重器之基

巧家县白鹤滩水电站移民纪实

吕　翼　刘建忠 ◎ 著

云南出版集团

云南人民出版社

图书在版编目（CIP）数据

重器之基：巧家县白鹤滩水电站移民纪实/吕翼，刘建忠著. —— 昆明：云南人民出版社，2022.7
ISBN 978-7-222-20824-7

Ⅰ.①重… Ⅱ.①吕…②刘… Ⅲ.①纪实文学 – 中国 – 当代 Ⅳ.①I25

中国版本图书馆CIP数据核字（2022）第004415号

出 品 人：赵石定
责任编辑：闵艳平　陈　晖
责任校对：白　帅
装帧设计：马　滨
责任印制：李寒东

重器之基
——巧家县白鹤滩水电站移民纪实

吕　翼　刘建忠　著

出　版	云南出版集团　云南人民出版社
发　行	云南人民出版社
社　址	昆明市环城西路609号
邮　编	650034
网　址	www.ynpph.com.cn
E-mail	ynrms@sina.com
开　本	720mm×1010mm　1/16
印　张	19.25
字　数	246千
版　次	2022年7月第1版第1次印刷
排　版	云南九欣文化传播有限公司
印　刷	昆明精妙印务有限公司
书　号	ISBN 978-7-222-20824-7
定　价	68.00元

版权所有　侵权必究　印装差错　负责调换

云南人民出版社微信公众号

习近平致金沙江白鹤滩水电站首批机组投产发电的贺信

在金沙江白鹤滩水电站首批机组安全准点投产发电之际,我对此表示热烈的祝贺!

白鹤滩水电站是实施"西电东送"的国家重大工程,是当今世界在建规模最大、技术难度最高的水电工程。全球单机容量最大功率百万千瓦水轮发电机组,实现了我国高端装备制造的重大突破。你们发扬精益求精、勇攀高峰、无私奉献的精神,团结协作、攻坚克难,为国家重大工程建设作出了贡献。这充分说明,社会主义是干出来的,新时代是奋斗出来的。希望你们统筹推进白鹤滩水电站后续各项工作,为实现碳达峰、碳中和目标,促进经济社会发展全面绿色转型作出更大贡献!

习近平

2021年6月28日

序 言

　　江流蓄势，磅礴大气；白鹤展翅，惊艳天下。历史将永远铭记这激动人心的一瞬间！

　　2021年6月28日，在中国共产党即将迎来百年华诞、金沙江白鹤滩水电站首批机组发电的伟大时刻，习近平总书记发来贺电。很快，一条重磅消息从新华社发出，随即传遍全世界：

习近平致信祝贺金沙江白鹤滩水电站首批机组投产发电
李克强作出批示　韩正出席投产发电仪式

新华社北京6月28日电　金沙江白鹤滩水电站首批机组于28日安全准点投产发电。中共中央总书记、国家主席、中央军委主席习近平发来贺信，表示热烈的祝贺。

　　习近平在贺信中指出，白鹤滩水电站是实施"西电东送"的国家重大工程，是当今世界在建规模最大、技术难度最高的水电工程。全球单机容量最大功率百万千瓦水轮发电机组，实现了我国高端装备制造的重大突破。全体建设者和各方面发扬精益求精、勇攀高峰、无私奉献的精神，团结协作、攻坚克难，为国家重大工程

重器之基　巧家县白鹤滩水电站移民纪实

建设作出了贡献。这充分说明，社会主义是干出来的，新时代是奋斗出来的。

习近平希望全体建设者和各方面统筹推进白鹤滩水电站后续各项工作，为实现碳达峰、碳中和目标，促进经济社会发展全面绿色转型作出更大贡献。

中共中央政治局常委、国务院总理李克强作出批示指出，要坚持以习近平新时代中国特色社会主义思想为指导，认真贯彻党中央、国务院决策部署，坚持新发展理念，始终把质量安全放在首位，大力弘扬工匠精神，强化科技创新，扎实有序推进后续工程建设，精心组织电站运行管理，做好移民后续帮扶，加强库区生态系统保护和修复，努力实现经济、社会和

◆ 白鹤滩水电站：白鹤亮翅　张广玉/摄

生态效益有机统一，为更好促进区域协调发展、更好保障国家能源安全、更好服务人民生活改善作出新贡献。

金沙江白鹤滩水电站首批机组投产发电仪式28日以视频连线形式举行，在北京设主会场，在白鹤滩水电站工程建设现场设分会场。

中共中央政治局常委、国务院副总理韩正在北京主会场出席仪式，并宣布白鹤滩水电站首批机组正式投产发电。全国政协副主席、国家发展改革委主任何立峰宣读了习近平的贺信和李克强的批示。

白鹤滩水电站位于四川省宁南县和云南省巧家县交界的金沙江河道上，由中国三峡集团开发建设，总投资2200亿元，总装机1600万千瓦，共安装16台我国自主研制的全球单机容量最大功率百万千瓦水轮发电机组。电站主体工程2017年7月全面开工建设，首批2台机组已投产发电，全部机组将于2022年7月投产发电。电站全部建成投产后，将成为仅次于三峡工程的世界第二大水电站。

消息一出，人们热血沸腾。眼前巨大的洪流，从高耸的大坝泄洪口急速而下，飞溅起白色的光芒，人们给了它一个优雅的名字——"白鹤亮翅"。白鹤亮翅，形象、生动，且与地名有关，真是好！这白鹤亮翅的背后，蕴含着中华民族五千年来不懈奋斗、生生不息的精神密码；白鹤亮翅，亮的是坚忍不拔、不达目的誓不罢休的攻坚精神；白鹤亮翅，亮的是迎难而上、勇击长空的大无畏精神；白鹤亮翅，亮的是不忘初心、牢记使命的拼搏精神；白鹤亮翅，亮的是这块土地上老百姓舍小家、为国家的奉献精神……

央视主播李梓萌满脸自豪地说："今天，'白鹤亮翅'这个词刷了屏，说的是白鹤滩水电站首批机组投产发电，这个水电站创下了多个世界之最……"

昭通市委书记郭大进出席了白鹤滩水电站分会场首批机组投产发电仪式，无数个日夜心系白鹤滩水电站的他百感交集。仪式结束后，他拍了拍刚从分管水电移民工作副市长岗位上退居二线的田渊的肩膀，满怀深情地说："老田同志，这些年来我们昭通上下团结一致，在省委、省政府的坚强领导和三峡集团的大力支持下，圆满完成了移民搬迁工作，为今天电站的发电打下了坚实基础，不容易啊！我们相信，库区移民的日子会越来越好，昭通的发展会越来越好！"

大国重器白鹤滩水电站第一台机组正式投产发电，这是中国共产党百年辉煌成就的一个缩影，是中华民族走向新胜利的一个体现，是伟大祖国更好服务人民生活的大举措！在中共十九大报告中，习近平总书记进一步指出："坚持以人民为中心。人民是历史的创造者，是决定党和国家前途命运的根本力量。必须坚持人民主体地位，坚持立党为公、执政为民，践行全心全意为人民服务的根本宗旨，把党的群众路线贯彻到治国理政全部活动之中，把人民对美好生活的向往作为奋斗目标，依靠人民创造历史伟业。"高峡托平湖，水电咏新曲。白鹤滩水电站建成的实践证明，社会主义是干出来的，新时代是流血流汗奋斗出来的。奋斗，是改变"金沙自古不通舟，水急天高一望愁"的艰难过往，也是百年大党壮丽辉煌永葆青春的秘籍。

在这个令人热血沸腾的时候，大国重器白鹤滩水电站所在地巧家县的干部群众更是激动不已。相关媒体第一时间采访了他们——

县委书记陆颖豪情满怀："我们将牢记总书记的殷殷嘱托，紧紧围绕总书记考察云南时提出的'一个跨越、三个定位、五个着力'的要求，借势白鹤滩水电站建设，立足巧家资源禀赋，全力以赴做好移民后续帮扶，加强库区生态系统保护和修复,做足高峡平湖水文章,打造'湖滨生态旅游城市',为实现碳达峰、碳中和目标,促进经济社会发展全面绿色转型作出巧家贡献。"

望江社区党总支书记、主任万吉祥也发出肺腑之言:"我从一个农民变为移民,又从移民的身份变成了城市居民。党和政府每月足额发放了生活补贴,所以我对生活充满了信心。另外,我作为一名基层党员干部,更多的是感党恩、听党话,引导广大党员和群众不要等、不要靠。只有拼出来的精彩,没有等出来的辉煌。一句话,幸福是奋斗出来的。"

移民代表左朝正感受也是非常之深:"现在我们住上了高楼大厦,又变成了房东。我分到三套房子,大孩子家一套,我住一套,还有一套已经出租了。我们还按规定领了相关补助,不愁吃,不愁穿……感谢党和政府对我们移民的关怀。"

网友们也情不自禁,纷纷点赞、留言——

"熹红柿农庄":白鹤滩水电站是实施"西电东送"的国家重大工程,是当今世界在建规模最大、技术难度最高的水电工程。开创了全球单机容量最大功率百万千瓦水轮发电机组的新纪元,实现了我国高端装备制造的重大突破。

"初冬暖了":要坚持生态优先、绿色发展,科学有序地推进金沙江水能资源开发,推动金沙江流域在保护中发展、在发展中保护,更好地造福人民。

"一川西来":白鹤滩水电站是实施"西电东送"战略的关键工程。为祖国自豪,为大国重器骄傲,为默默建设的工作人员点赞!

"故乡的云":我的家就在巧家县的白鹤滩电站库区,为了这一伟大的工程,我们一家四代人搬离了老房子。没有国,哪有家?没有付出,哪

重器之基 | 巧家县白鹤滩水电站移民纪实

有收获？我们想通了，我们的荣辱和祖国紧紧相连……

"清风拂柳"：这是一个美好的日子，在这光荣的背后，是昭通市、巧家县干部群众的默默付出。他们心中装有祖国，他们重任在肩，历史将永远记住他们。

……

白鹤滩水电站将与乌东德、溪洛渡、向家坝、三峡、葛洲坝几大水电站共同构成一条世界级的清洁能源走廊，将送电至华东、华中和华南等地区。

根据相关资料显示，白鹤滩水电站是世界在建规模最大的水电站，建成后将成为装机容量仅次于三峡水电站的世界第二大水电站。它拥有全球单机容量最大功率百万千瓦水轮发电机组，是继三峡工程水电恢宏篇

◆ 电站核心区 闫科任/摄

章之后我国的又一标志性工程，是继三峡水电站及溪洛渡水电站之后又一千万千瓦级巨型水电工程。

看看2021年全球十大水电站排名。这里以装机容量大小排序：

一、中国长江三峡水电站：2250万千瓦；

二、中国金沙江白鹤滩水电站：1600万千瓦；

三、巴西巴拉圭巴拉那河伊泰普水电站：1400万千瓦；

四、中国金沙江溪洛渡水电站：1386万千瓦；

五、巴西亚马孙河贝罗蒙特水电站：1123万千瓦；

六、委内瑞拉卡罗尼河古里水电站：1024万千瓦；

七、中国金沙江乌东德水电站：1020万千瓦；

八、巴西托坎廷斯河图库鲁伊水电站：837万千瓦；

九、中国金沙江向家坝水电站：775万千瓦；

十、美国哥伦比亚河大古力水电站：681万千瓦。

全球十大水电站中有一半位于中国，而其中名列第二、第四和第九的，居然都在昭通境内的金沙江上！

白鹤滩水电站的坝顶弧长为709米。整体浇筑低热水泥混凝土803万立方米，"体积"超过3个胡夫金字塔。

白鹤滩水电站建设土石开挖总量巨大，如果把它的开挖总量折算成一个1立方米的混凝土墙的话，这个墙的长度足够绕地球两圈。

白鹤滩水电站装机容量为1600万千瓦，居世界第二，仅次于三峡水电站。

白鹤滩水电站单机容量为100万千瓦，位居世界第一。

白鹤滩水电站水库库容为206.27亿立方米，与洞庭湖的总容积相当。它是我国水库库容第二大的水电站。

重器之基 | 巧家县白鹤滩水电站移民纪实

◆ 江上新桥　刘建忠/摄

　　白鹤滩水电站建成后，年平均发电量将达624.43亿千瓦时，如果以生活用电折算的话，一天的发电量就可满足50万人一年的生活用电，每年可节约标准煤约1968万吨，相当于少建近7座年产400万吨的大型煤矿。

　　白鹤滩水电站最大泄洪量为每秒42348立方米，相当于6分钟即可灌满整个西湖，枢纽泄洪功率居世界第三。

　　白鹤滩水电站能承受的总水推力达1650万吨，位居世界第二。

　　白鹤滩水电站总投资2200亿元，但初步估算，建设期间拉动四川省、云南省的GDP增量分别达到1530亿元、1510亿元。

白鹤滩水电站还创下了六个世界之最。

一、水电站共设计安装了16台单机容量为100万千瓦的水轮发电机组，是全球单机容量最大的水电机组，也是我国自主设计制造的100万千瓦机组。100万千瓦巨型水轮发电机组是世界水电行业的"珠穆朗玛峰"，研制与安装难度远大于世界在建和已投运的任何机组。

二、在300米级高拱坝中，首次采用了我国自主研制的新型特种水泥——低热硅酸盐水泥混凝土。自2017年4月开始浇筑以来，未产生过一条温度裂缝，这标志着我国已完全掌握了大体积混凝土温控防裂关键技术。

三、拥有世界规模最大地下洞室群，地下洞室总长217公里，相当于北京到天津距离的1.7倍。

四、圆筒式尾水调压室规模最大。

五、300米级高拱坝抗震参数最高，填补了复杂地质条件下建造特高拱坝的多项技术空白。

六、无压泄洪洞群规模最大。

作为世界上又一标志性的水利工程，白鹤滩水电站于2010年开始筹建，2017年4月开始浇筑，2021年7月前首批机组投产发电，预计2022年7月可实现16台机组全部投产发电。

电站成就，全球瞩目；国之重器，凝聚重托；重器之基，坚如磐石。大国重器之基的功劳，历史将永远铭刻。

这一重大光辉成就的背后，是各级党组织和广大党员干部始终坚持和加强党的全面领导，牢记初心使命，充分发挥党的政治优势、组织优势和联系服务群众优势，在支持服务国家重点工程建设中攻坚克难、担当作为的结果；是巧家县围绕"搬得出、稳得住、能致富"目标，用156天完成5万多名移民大搬迁的水电移民奇迹；更是他们舍小家、为国家，讲奉献、顾大局，以前所未有的奋斗姿态奏响的一曲感天动地的壮歌……

人们不会忘记，毛泽东同志当年写下的"更立西江石壁，截断巫山云雨，高峡出平湖。神女应无恙，当惊世界殊"的磅礴诗篇！

人们更不会忘记，昭通巧家白鹤滩水电站，从动议到建成，其间世世代代的追求、广大干部群众所付出的艰苦努力、巧家人民在其中表现出的襟怀与大爱……

千条江河归大海，万条真理靠行动。然而，就是这样一个水电站，却让我们等待了60多年。今天，当它以雄伟的姿态昂首屹立于金沙江之上时，生活在这里的人们，没有理由不为之欢呼，没有理由不为之自豪。

目　录

第一章　横空出世 // 001

一　群峰沃土 // 002
二　可贵的抉择 // 004
三　代代接力 // 015
四　移民新家园 // 025

第二章　家国情怀 // 037

一　带头人 // 038
二　最好的纪念 // 048

第三章　天下难事 // 073

一　历史留下的考题 // 074
二　从"回流之痛"到"安土重迁" // 101
三　以人民为中心 // 108
四　破解"天下第一难" // 117
五　有多少说不清的事 // 124
六　乌蒙铁军 // 141

第四章 右岸风采 // 151

一 工程背后 // 152

二 广厦万间 // 170

三 库区移民的福祉 // 178

四 "五千工作法" // 186

五 把春天搬进新家园 // 198

六 向幸福靠拢 // 222

第五章 人间画卷 // 239

一 收藏的是一份记忆 // 240

二 新的生活，甜蜜依旧 // 249

第六章 大江在侧 // 265

一 白鹤滩上新画卷 // 266

二 崭新经验，全新跨越 // 276

后 记 // 288

◆ 金沙江右岸的巧家县城　张万高/摄

◇ 白鹤滩水电站　张万高/摄

第一章
横空出世

一 群峰沃土

这是巧家历史上最为辉煌的一页。这方热土,天堑在英雄们的脚下变成了通途。在这里,同样辉煌和不能忽略的是金沙江蕴藏着的丰富的水能资源……

采写巧家白鹤滩水电站的移民故事,显然是一件幸福的事。这事值得花功夫,值得为之付出。因而,在过去两年多的时间里,我们一直在关注、在深入,想尽千方百计走进现场。我们查阅了大量的资料,了解了很多政策,走访了很多的在场者。在外与内之间,在大与小之间,在形与魂之间,在思与行之间,我们进了出,出了进,得到的比想象的更为丰沛。

因此想说的,的确太多。

对移民生活的了解与写作,自然不能绕开一条江。这条江,就是浩荡东流、奔腾不息的金沙江。

金沙江位于长江的上游,她神奇、神秘、古老而又朝气蓬勃,来势汹涌,一泻千里。其名字的来源,是因江中沙土呈黄色,远远看去,如黄金在流淌。金沙江又叫绳水、淹水、泸水,是川藏之界河。金沙江的发源地(也是长江的发源地)系青海省唐古拉山主峰各拉丹冬雪山，正源沱沱河。

金沙江水力资源异常丰富。据相关资料记载，金沙江落差3300米，水力资源1亿多千瓦，占长江水力资源的40%以上，干流规划有多级梯级水电开发，因此也被誉为国家的"水电富矿"。在这条江上，光是中上游就有数十座巨型水电站。下游的溪洛渡、向家坝、乌东德3座水电站已陆续建成发电，白鹤滩水电站建设正在加快推进。4座巨型水电站装机规模近4300万千瓦，年发电量约1900亿千瓦时，相当于2个三峡水电站。金沙江如此宏大而丰富的水能资源，作为我国最大的水电基地和"西电东送"主力应该说是当之无愧的。

位于云南省巧家县和四川省宁南县境内的白鹤滩水电站，是金沙江下游干流河段梯级开发的第二个梯级电站。建成后，它将充分发挥以发电为主，兼有防洪、拦沙、改善下游航运条件和发展库区通航等综合效益。水库正常蓄水位为825米，相应库容206.27亿立方米，地下厂房装有16台机组，初拟装机容量1600万千瓦。

穿山越谷而来的金沙江，像一条飘带，连接着远古和未来。今天，胸怀博大、吃苦耐劳、舍小家顾大家的巧家人民，正在以自己崇高的奉献精神支持国家重点工程建设，他们必将创造出辉煌的历史。

我们的故事，就从这大江在侧的白鹤滩水电站说起。

可贵的抉择

　　只要肯用功，一定会成功。经过近一年的实物指标调查，移民干部带回了来自现场的大批资料，反映库区的现状、问题和移民的诉求，提出了一系列建议以及对初期工程遗留问题处理的具体办法，有效保护了库区群众的合法利益……

　　2011年1月1日，当新年的钟声敲响之际，一个重要的消息也随之传来。

　　白鹤滩水电站移民工程取得突破性进展，三峡集团与川、滇两省，共同发出了金沙江白鹤滩水电站工程占地和淹没区禁止新增建设项目及迁入人口的通告。

　　这是一份凝聚了各方心血和汗水的通告。

　　这份通告，也就是人们所说的"封库令"。在三峡集团申请下达这份"封库令"的过程中，作为白鹤滩水电站的勘测设计单位，中国电建集团华东勘测设计研究院有限公司（以下简称"华东院"）付出的巨大努力是无法用时间和金钱去衡量的，其提供的系列技术支持也是不能用语言去形容的。那一项项工作的背后充满了艰辛，用"呕心沥血"一词来形容，一点也不为过。

我们想要的未来，是一步步走出来的。2006年，金沙江白鹤滩水电站可行性研究报告通过审查；2007年，正常蓄水位选择专题报告、坝址选择专题报告、施工总布置规划专题报告、水库回水计算分析专题报告通过审查；2008年，水库影响区范围界定工程地质专题报告、工程占地和淹没区实物指标调查工作细则通过审查。截至2010年底，施工总布置规划复核报告、建设用地范围分析报告、防洪限制水位和死水位选择等专题报告相继通过咨询或审查，工程移民和移民工程两所在极短的时间内组织完成了移民试点方案的编制，为"封库令"的下达创造了条件。更重要的是，华东院还协助三峡集团编制了详细的移民前期工作计划……

艰难困苦，玉汝于成。整整5年，1800多个日夜，华东院驻巧家的办公楼里的灯光，几乎都没有熄灭过。设计人员熬更守夜、加班加点，所有的辛劳和付出，都是为了这份具有重要里程碑意义的"封库令"。"封库令"的下达，为白鹤滩水电站能够按照既定的时间和目标开工走出了关键的一步。

"封库令"的下达，意味着水电站工程建设征地实物指标调查将全面启动，标志着国家"先移民后建设"水电开发新方针也将正式进入试点实施阶段。从国家重点工程建设层面上讲，这无疑是一个让人振奋的好消息。然而对居住在库区的群众来说，却不啻于在他们平静的心湖丢下一串石子，掀起了阵阵波澜。还未从新年喜庆气氛中走出来的群众，出现了不同的反应，甚至有一种莫名的躁动与不解：

"下了'封库令'，我们还咋个建房子？生产还咋个搞嘛？"

"国家重点工程我们当然会支持，但也要想想我们的难处啊！"

"'封库令'下达后，白鹤滩镇一切建设将会停止，巧家的发展会不会受到影响啊？"

重器之基 巧家县白鹤滩水电站移民纪实

"强按牛头喝水，办不到！"

……

一边是国家重点工程建设需要支持，一边是家园建设止步不前，矛盾结结实实地纠结在一起，叫人欲罢不能。这一纸"封库令"引发的震荡，不亚于一场小小的地震，让完全没有做好思想准备的群众难以接受。

任忠联就是这些人当中的一个。他家就住在白鹤滩镇黎明村营盘1组。不过，当我们见到他的时候，他已经从多年前那种复杂的心理状态

◆ 巧家县北门安置区　兰玉寿/摄

中走出来了。虽然在库区不能搞建设,但他带领群众搞起了养殖。任忠联说,当年听到"封库令"下达的那天,心头着实不是滋味儿。"白鹤滩镇是巧家县城的中心,'封库令'下达后库区所有建设都将停止,就算你在自己房前屋后种棵树、建个菜园都不可能了,谁家讨媳妇盖个新房那更不行。当时真的是很绝望的,毕竟那是我们生活的家园啊!"

是的,家园!多么令人憧憬又让人温暖的一个所在!自古以来,有多少人赞美、留恋自己的家园。唐代薛能在《新雪》一诗中写道:"香暖会

中怀岳寺，樵鸣村外想家园。"金末元初诗人元好问在《九日读书山》中也留下这样的诗句："山腰抱佛刹，十里望家园。"可见，家园在每一个人心目中的分量，何况是白鹤滩这样依山傍水的富庶之地呢！更何况，是他们祖祖辈辈都居住的地方呢！

白鹤滩的名字美丽而富有诗意。相传，很久以前，白鹤滩两边森林葳蕤，一年四季鸟语花香，宛如人间仙境。每天清晨，有成百上千只美丽白鹤从森林中飞出，如仙女袅娜地降落在江边的沙滩上，悠然觅食、追逐嬉戏。日暮时分，这群白色的精灵又飞回到森林中憩息，俨然一道绝美风景。这大概就是"白鹤滩"得名的由来吧。

巧家县著名作家邹长铭先生介绍，白鹤滩的历史文化沿革与巧家县是同步的，共属"堂琅文化"之乡，而巧家区位上的边缘特征，使白鹤滩镇成为云南与内地之间"交通走廊""文化走廊""经济走廊"的辐射地带。它留下了许多的历史文化古迹。如，库着村之"杨柳古渡"（今老渡口）为汉（三国）时"泸津"，诸葛亮征南中"五月渡泸"旧址，晋李骧伐宁州之"兵败堂琅"渡口，太平天国翼王石达开率部由滇入川经此，红军长征由滇入川渡口。在辖区内还有"北囿榴红"、龙洞泉瀑相连的龙潭公园、"魁阁倒影"等名胜古迹，国家级保护的濒危树种——五针白皮松，金沙江流水切割的"吊洞沟"，曲、幽、险、奇的大沟仙人洞，具有古老风情的老街、石山寺、风神庙、廖家祠堂，独具匠心的金沙江奇石，富有刺激与浪漫情怀的金沙江第一漂，纯朴的农家乐，金沙江畔的晚霞，怡情自然的梦里水乡……还有地方风味特点的美食"小碗糖""狮子糖""八大碗""稀豆粉""卷粉""凉粉""苞谷粑"……所有这一切，都已证明了白鹤滩在巧家县城不可撼动的中心地位和地理优势。

2006年2月，伴随着新型城镇化建设的步伐，巧家县撤并了原来的新华镇和巧家营乡，设立了白鹤滩镇。白鹤滩镇从地域面积、人口总量等方面成了巧家县名副其实的第一大镇，在城镇建设、生态资源、产业结构、非公经济、旅游环境等方面都位列全县第一。全镇辖27个村民委员会、4个城镇社区居委会，422个村民小组、62个居民小组，常住人口有10多万人。建镇之后的白鹤滩城镇发展活力激增，加之土地肥沃，农作物及经济作物丰富，经济发展迅速，很快成了全县最具竞争力和代表性的中心大镇。

可是现在，就在现在，因为要建设一座举世瞩目的水电站，他们美丽富庶的家园突然要画上建设的休止符！

水电站建设带来的土地淹没、征地拆迁，特别是库区移民的搬迁安置，是困扰水电站开发建设的一大难题。白

◆ 签订移民生产安置协议　徐有定/摄

重器之基 巧家县白鹤滩水电站移民纪实

鹤滩水电站工程涉及移民超过10万人，其建设征地涉及滇、川2个省6个县（区）1个产业园区的39个乡镇113个行政村。而巧家县涉及移民就有5万余人，占了整个移民总数的一半。

此前，在昭通境内的金沙江岸，就有向家坝水电站、溪洛渡水电站的建设。在建设过程中，昭通的广大干部群众在移民安置方面积累和总结出了很多可以借鉴的措施和经验。三峡集团表示，坚持"长期合作，融入当地、平衡兼顾、互利共赢"的金沙江水电开发原则，在电站建设中把移民安置与移民长远发展结合起来，把新农村建设和小城镇建设结合起来，把水电开发与促进地方经济社会发展和环境保护结合起来，实现社会效益和经济效益的协调统一。但是，对于巧家广大干部群众和库区的老百姓来说，见证这样的国家重点工程还是头一回。"封库令"下达之后的发展如何搞、实物调查究竟怎么做、有什么政策依据、需要遵守哪些程序、未来的生活是不是真的像领导们说的那样……这一切，大家的心里似乎都没有底，没有一条清晰的路可走。

更火烧眉毛的是，根据白鹤滩工程战略目标要求，2021年首批机组要投产发电，因此地下厂房施工和机组安装都要相应提前。这一项接着一项的工程，只要有哪一项跟不上，都会影响和耽误到后面的工程建设。

先有国，才有家；先有水，才有虾。2011年3月1日上午，云南省移民局在昆明组织召开金沙江白鹤滩、乌东德水电站实物指标调查和移民安置规划工作动员会，全面布置水电站实物指标调查和移民安置规划工作。云南省移民局、三峡集团移民工作局的领导悉数到场。

会上，云南省移民局副局长李勇信面色凝重。他说，目前移民工作已成为制约水电站建设的最关键因素，也是世界性难题。他要求各方要以高度的政治责任感和使命感，充分认识到移民工作的艰巨性和复杂性，提前做好思想和工作准备，把水电站移民工作作为一项政治任务抓实抓好，确保水电站建设顺利进行。

"实现两站蓄水发电目标重点在移民，难点也在移民。我们要按照国

◆ 认真研究，精心谋划　昭通市移民办/提供

家发改委要求，坚持'先移民后建设'的水电开发方针，认真编制好试点方案报告和试点区移民安置规划，为做好水电站施工区移民工作打下一个好的基础。"三峡集团移民工作局局长徐俊新语气异常坚决。

要向别人传道，先得自己懂经。2011年4月1日上午，在全省实物指标调查和移民安置规划工作动员会召开之后，白鹤滩水电站巧家县实物指标调查工作正式启动。

"我们一定要给库区群众讲清楚，让他们明白下达'封库令'，不是说这个地方就不发展了，而是国家重点工程建设给我们带来了更大的发展机遇，把白鹤滩建设得更漂亮，让库区的群众过上更好的生活！"时任县长丁开路在启动会上的讲话言辞铿锵。

巧家有首民歌：

哥哥闷头钻刺棵，头尾不顾滚下坡；
全身砸得稀巴烂，只留一副嘴壳壳。

这首民歌是对嘴上会说却不干事的人的一种讽刺。大伙都明白，真干事、干实事的时候来了，"言必行，行必果"，坚决不能像民歌里的哥哥那样，只留一副嘴壳壳。

国家国家，有国才有家。在支持国家重点工程建设的天平上，不能有半点倾斜，更不能有随意改变的想法。很快，昭通市移民开发局、三峡集团移民工作局、华东院移民所的领导分别对实物指标调查工作提出了具体要求。巧家县与库区各淹没涉及乡镇、行政执法部门签订了移民工作责任状。

与此同时，正在紧锣密鼓进行的还有一批又一批的移民干部培训。

实物指标调查工作如何组织、有哪些程序，人口、房屋及附属设施、零星林木、土地等的调查工作又有哪些规定……每一项都必须给群众讲得明明白白、清清楚楚，否则这项工作就不可能顺利地推进。

白鹤滩水电站移民工作任务繁重、涉及面广、周期性长。从实物指标调查工作启动之日起，对如何扎实抓好这项工作，巧家县委、县政府认真研究，群策群力，全面实行了县四套班子主要领导包保到移民乡镇、县级领导包保到移民所涉村、县直单位包保到行政村和村民小组、各单位职工包保到户的电站移民工作包保责任制和"七包、五为主"目标责任制，建立了"人人头上有指标、人人都是移民工作者"的工作责任体系。

2011年4月22日，巧家县举行金沙江白鹤滩水电站巧家县实物指标调查工作队出征仪式。1000余名经培训合格后的工作人员正式启程奔赴库区一线，拉开了实物指标调查工作的序幕。

刀钝石上磨，人笨人前学。随后，巧家县抽调130名人员组成第二批调查工作队，集中培训合格后分赴白鹤滩镇、蒙姑镇，与第一批调查工作队队员同步开展工作，全力打响了实物指标调查"攻坚战"。

白鹤滩水电站建设涉及巧家县5个镇32个村（社区）189个村民小组，迁安置17153户50178人，加上新址占地群众，移民占全县总人口的十分之一，时间跨度十余年，补偿安置和基础设施建设总投资100亿元左右，2012年底要完成试点区2000余人的安置任务，时间紧迫，任务繁重。

为加快白鹤滩水电站巧家县实物指标调查进度，巧家县又与华东院（设计方）和三峡集团（业主方）共同商定，从县直部门和白鹤滩镇抽调55人，从华东院抽调50人，从三峡集团抽调25人，加强实物指标调查工作人员力量，确保2011年12月31日前完成外业调查任务。

使人疲惫的不是远方的高山，而是鞋里的一粒沙子。实物指标调查，不仅要把抬升水位后征地范围的实物指标查清、把保护水源影响范围查清，还要把初期水位移民遗留问题查清，为解决移民遗留问题提出长效措施。这项工作不仅具体细致，更牵涉移民政策的贯彻和落实。

◆ 巧家县白鹤滩镇库着村实物指标调查　闫科任/摄

打通"隔心墙",架起"连心桥"。在现场调查过程中,调查人员深入每家每户,登记每一户的实物指标;解答移民提出的任何疑问;耐心地听取移民的诉求。有时还会反复核实数字,消除移民疑虑,让他们放下心来。调查人员还要对初期工程征地移民遗留问题进行现场调查,听取农村基层干部的意见、要求,形成现场调查报告。"把移民户的财产,看作自家的财产来清理。"不遗漏表格上规定的任何一项内容,在登记表格上还要经过移民、村组干部签字认可,所有这一切必须做细做实。

巧家是昭通市气温最高的一个县,在高温天气里,近百名调查队员和各方工作人员头顶烈日,挥汗如雨。在金沙江右岸三滩村的地界,调查队员们赤手开辟道路,攀爬陡峭的悬崖,在荆棘杂草中艰难穿行。队员们穿着写有"白鹤滩"三个大字和编号的黄色T恤,华东院的专家则穿着天蓝色的短袖衬衣。他们四处奔走,忘记了蚊虫叮咬、忘记了饥肠辘辘,一心扑在实物指标调查工作上,在白鹤滩留下了艰辛的足迹。

只要肯用功,一定会成功。经过近一年的实物指标调查,调查队带回了来自现场的大批资料,反映库区的现状及问题和移民的诉求,提出了一系列的建议以及对初期工程遗留问题处理的具体办法,有效保护了库区群众的合法利益。

道阻且长,行则将至。尽管实物指标调查艰难,但毕竟是万里长征迈出了关键性的第一步。

吃得三年寒暑苦,一朝功到自然成。白鹤滩水电站这一世界级伟大工程建设,由此翻开崭新的一页……

三 代代接力

金沙江滴水成河，从它的源头走来，走过洪荒千古的无边岁月，走过百折千回的艰难历程，终于走进了21世纪的春天，走进了21世纪中国巧家白鹤滩。在往昔和未来、昨天和明天的经纬上，我们看到了太多……

马克思说过，人类学会走路，也得学会摔跤，而且只有经过摔跤，他才能学会走路。浩浩荡荡的金沙江，奔腾不息，汹涌澎湃的河水，带走了太多的岁月和风雨，也留下了太多让人感动而难忘的故事。

傲立于世界水电工程巅峰的白鹤滩水电站，为什么要建在金沙江？它究竟和金沙江有着怎样的联系？这一世界级工程又是怎么进入"国家计划"的？这一个个耐人寻味的疑问需要我们去探究、去解开。

当然，要解开这些疑问，先得从金沙江最早的航运开发说起。

从玉树至宜宾，金沙江全长2316公里。整个河段峡谷幽深，河道狭窄，险滩礁石密布，自古为舟行禁区，没有人敢去触碰。直到明清时期才有了整治开发金沙江的举动。

抗日战争爆发后，随着战争形势恶化，为打通川滇两省之通道，以龙云为首的云南省国民政府高度重视金沙江通航问题，数次派出专家组查勘试航金沙江。1938年2月12日，云南水电厅派出了技工王维，会同中央经济委员会查勘队队长张官伦，由昆明出发，沿滇池循普渡河、金沙江进行实地查勘。查勘队一路风尘，历经云南所属的嵩明、昆明、安宁、禄劝、会泽、巧家、昭通、永善、绥江等地，入四川境内，同年4月3日抵达重庆。此次查勘对永胜至宜宾金沙江段的地质、水文、险滩、航行可能等都获得了极为宝贵的第一手资料。查勘后编写的《金沙江查勘试航报告》，对这一江段的概况和通航可能均有记述，对金沙江最为艰险的巧家县一段记述尤详。这应该是开发金沙江航运的第一次系统查勘、论证，也为后来白鹤滩水电站建设提供了许多有价值的参考。

还有，一位为金沙江航运开发作出贡献的外国专家值得一提，他的名字叫蒲德利。1930年，蒲德利来华，他先以国际联盟派驻中国的技术合作专家身份服务于宋子文主管的经济委员会，后因经济委员会撤销转到经济部工作。当时的国民政府经济部部长翁文灏十分欣赏蒲德利，以军事委员会、经济部、交通部的名义，请蒲德利负责金沙江查勘、试航工作。蒲德利慨然允诺。时任云南省政府主席的龙云，就出生在金沙江边的松乐村，对生养他的金沙江怀有深深的解不开的故土情结。不论是缘于乡情还是从保障战时运输、发展地方经济考虑，他都积极赞同，并为此次查勘做了很多工作。

后因蒲德利不听当地水手的劝说，强行登舟试航，舟行滩中，随即覆没，蒲德利与随行人员落水，只有一水手挣扎脱险，其余全部殒命。

所幸，云南人并未却步。开发金沙江航运的方案因抗日战争进入艰苦的相持阶段而显得更为紧迫。战事所需，是大事，更是大势。1942年，

◆ 金沙江淹没前的渡口　符云昆/摄

国民政府交通部委派万琮为督察，领导船队继续开展试航。6月22日，万琮率2艘船从巧家县蒙姑镇起航，下水前行至白鹤滩时，前船闯滩触礁倾覆，船上6人全部遇难。万琮在后船，见此情形，决定不再冒险，弃船盘滩而过。这种办法甚是有效，试航并未中断，遇险滩，均盘滩而过。万琮所率船队，历千难万险，终抵宜宾，连接长江。

有胆才有识，有识才有胆。几次试航，代价惊人，用生命换回的成果，最终推动了金沙江航运的发展。他们探明了从云南巧家、会泽两县到达宜宾的水路。这一成果叫人振奋，令人鼓舞，这条航线的建设可进一步推动。可是，初步预算出来后，实施河道整治所需要的经费，完全就是一个天文数字。他们数次上报国民政府，但因为经费困难，整治工作数度搁置。随着时间的推移，日本侵略者节节败退，滇缅战场局势好转。最高当局关注的重点已转移，金沙江的整治开发，也就再无人问津。

　　数十年后，在这片英雄辈出的土地上，还有一个人，我们要永远铭记。他为这条江河的治理和利用，立下了不朽的功勋。

　　他，曾是滇军名将、云南省副省长张冲。

　　新中国成立以后，根据中央的指示，张冲毅然回到云南工作。回云南任职后，张冲最关心的就是云南省的水电事业。其间，他最钟情的就是白鹤滩的事情。1960年到1977年间，他曾三次到白鹤滩和红石岩考察。

　　不是铁肩膀，不敢挑重担；不是打虎将，不敢进山来。1960年4月的一天，年逾60岁的张冲，在刚刚结束对洗马河水电工程的视察后，又风尘仆仆地赶往巧家，亲临白鹤滩现场踏勘。天未见亮，张冲一行即从昆明出发，到巧家县，翻越大海梁子，绕道曲靖市会泽县，颠簸500余公里。天色已至黄昏，吉普车才风尘仆仆开进了巧家县委会的大门。夜里，在听取了县委领导的汇报后，张冲立即决定，次日便到白鹤滩现场踏勘。考虑到张冲年纪大，从县城至白鹤滩没有公路，要走几十公里的驿道，县里便准备了乘骑的骡马、食品、帐篷等。可张冲一见，连连摇头说："不需要，这些东西都不需要，你们给我们每人找一床披毡，下雨可以当雨衣，晚上往身上一裹，找个避风的旮旯就可以过夜了……再给我们烙几个荞麦粑粑，拿点咸菜就行了。"

　　张冲态度坚决，县委相关同志只好按照张冲的意见去办。

　　阳光刚从山顶照进峡谷，张冲兴致勃勃，已经走在去白鹤滩的路上。当时的巧家县与外地的交通，依靠的只有一条竣工不久的石渣路。而县城到白鹤滩，更是山路崎岖，只有少数几段路可以骑马，其余路段得小心翼翼地步行通过。张冲年逾花甲，险途跋涉，大伙都十分担心。但张冲一点也不在乎，他笑着说："你们能走，我也能走，我过的桥比你们走的路还多，什么样的险路我没走过。"是呀，张冲出生在云南泸西，那也是山区地带，到处峭壁悬崖，山路纵横。多年戎马生涯，他哪种路没走过。在可以骑马的几段路上，大家劝他骑马，都被他婉言拒绝了。他说："骑在马上，不方便同你们说话，我反觉寂寞。再说，我用四条腿，你们用两条腿，这也不公平。不过你们今天给我准备的这双草鞋确实是好东西，这鞋走山路最把稳。"他套上草鞋，拿着挂手的竹棍，精神抖擞地朝前走着。

水利是治国安邦的大事，是农民富裕的先决条件，是国家振兴的必要条件。"水源冰川万道，水急一瞬十尺，水边绝壁千仞，水截湖波百里，亿兆劳力，粮棉油煤，长流斯峡，永世不绝。"这是张冲挥笔写下的一段文字。这个从云南泸西走出的彝家汉子，内心时刻都在勾勒着开发"千古闭塞之江"，实现"高峡出平湖，天堑变通途"的美好愿景。

一晃十多年过去。1974年早春，张冲第二次来到巧家县。他不改初衷，沿金沙江作徒步考察。他先到了白鹤滩，又顺金沙江而下。在巧家县拖姑村境内的红石崖下，他伫立江岸，双手叉腰，意气风发，神采飞扬："你们看看，这里的条件多好！两岸坚固的崖石，就像排列整齐、威风凛凛的金刚，成坝的地质条件多优越，应该请专家考察确定坝址。在金沙江水电开发建设中，我们可以干多少大事啊！不干，死不瞑目，死不瞑目啊！"

张冲建议将红石崖改名金刚峡，同时决定为巧家县争取资金，先修通公路。"公路通了，车辆、人流能够进来，进一步的勘察、论证才能更好地进行。"他说。

1975年3月22日，金刚峡公路在省、地区和县里的共同努力下，终于竣工通车。张冲听到消息，愉快地接受邀请，风尘仆仆赶到拖姑村，亲自为公路通车剪彩。在远距巧家县城200多公里的拖姑村，张冲满面春风，破例接受了村民杀猪宰羊的盛情款待。面对县乡干部和村民代表，他捧起一大碗酒说："谢谢大家！谢谢大家了！"情动于衷，言从心生，平日刚硬的张冲，眼眶湿润，声音颤抖。

1977年，张冲卧病在床。可是，他的心里仍有梦想在燃烧。金沙江、白鹤滩，像团巨大的火焰，烤得他坐卧难安。躺在病榻上，他约见了中央新闻电影制片厂和云南电视台等媒体，诚恳地请求他们派出摄制组到白鹤滩、金刚峡摄制资料片。他要亲自上北京呈送给党中央、国务院的领导同志审看。摄制组根据张冲的要求，迅速将资料片摄制完成。张冲那个兴奋，溢于言表。他抱病赴京，四处奔走，向上级报告，为白鹤滩水电站的开工建设作出了不可或缺的努力。

1980年10月30日，张冲与世长辞，享年80岁。"七七张冲凌云志，征

◆ 巧家县北门安置区　兰玉寿/摄

山战水到江边。手指峡谷面微笑,高峡平湖在今朝。"可惜张冲没有看到白鹤滩水电站发电的宏伟场景,但他的这首诗为白鹤滩水电站的建设,描绘了一个锦绣前程。

金沙江的开发和白鹤滩水电站的建设,蒲德利和张冲作出了莫大的贡献。在这一伟大工程的背后,还有很多人为之耗尽心血。

据史料记载,1959年6月,捷克斯洛伐克专家组和国内选调的专家组到巧家县勘察,为白鹤滩水电站进行具体选址。同年11月,昆明水电设计院勘察队进驻白鹤滩钻探,开展前期工作。

1961年,白鹤滩水电站前期工作停止,勘测队撤离。

1965年,白鹤滩水电站工程列入国家国民经济和社会发展第三个五年计划。次年5月,国务院交通运输部、水电部与四川、云南两省的领导干

部及技术专家40余人会集白鹤滩，对拟建中的白鹤滩水电站进行现场踏勘评估，确定初步方案，待上报党中央，然而受"文化大革命"影响，水电站建设再次被搁置。

改革开放后，随着国民经济快速发展，能源需求日趋增大，开发建设白鹤滩水电站的呼声日渐高涨。

1990年，国务院批复同意了《长江流域综合利用规划简要报告》，确定金沙江干流下游河段按乌东德、白鹤滩、溪洛渡、向家坝四级开发。

进入21世纪，国家正式将白鹤滩水电站预可行性研究工作列入国家水电前期工作计划。2002年，金沙江白鹤滩水电站开发建设拉开了序幕。同年，国家明确三峡集团为项目业主。受三峡集团委托，中国电建集团华东勘测设计研究院有限公司承担了金沙江白鹤滩水电站的勘测设计工作。

此后的8年时间，白鹤滩水电站又经历从预可行性研究到全面进入可行性研究的过程。一直到2011年1月1日，云南省人民政府发布《关于禁止在白鹤滩水电站工程占地和淹没区新增建设项目和迁入人口的通告》。

◆ 移民故事　兰玉寿/摄

◆ 葫芦口大桥　符云昆/摄

之后又经历艰难的6年时间，白鹤滩水电站主体工程于2017年7月全面开工建设。

2018年10月27日，白鹤滩水电站100万千瓦水轮发电机组首台导水机构在哈尔滨通过验收。验收结果表明，导水机构各项关键尺寸及技术参数均符合设计图纸及技术规范要求，达到精品标准。

2019年1月12日，全球在建最大水电站白鹤滩电站使用的首个百万千瓦级水轮机组转轮，在东方电机白鹤滩转轮加工厂完工。这个高3.92米、直径8.62米、重达350吨的世界水电"巨无霸"的诞生，标志着我国发电设备企业率先掌握了百万千瓦等级巨型水轮机组的核心技术。

由于白鹤滩水电站下闸蓄水，曾经吞噬了多人的老君滩将永远沉没在江底，不再与人类为敌。谁也没有想到，桀骜不驯的金沙江虽然不能全线通航，但它却以另一种方式呈现在世人面前，并且将恒久地为人类的幸福作出应有的贡献。

金沙江滴水成河，从它的源头走来，走过洪荒千古的无边岁月，走过百折千回的艰难历程，终于走进了21世纪的春天，走进了21世纪中国巧家白鹤滩。在往昔和未来、昨天和明天的经纬上，我们瞩望白鹤滩，似乎已经看到了"高峡出平湖"的波澜壮阔，看到了"水木湛清华"的满园春色，看到了"星光照万里"的辉煌灿烂，看到了"丰碑垂千古"的万众欢腾。

这就是中国，山川壮丽，物华天宝！这就是白鹤滩，气势如虹，雄奇壮观！

四 移民新家园

人顺潮流，水顺槽流。水电移民要以"搬得出、稳得住、逐步能致富"为目标，要让移民自主选择安置方式和途径，"以本地安置为主、外迁安置为辅"，坚持"安置地条件要优于迁出地"的原则，这样才有可能做好移民工作……

筚路蓝缕，以启山林。2011年1月1日，白鹤滩水电站"封库令"下达，电站建设征地范围内禁止新增建设项目和迁入人口。从那刻开始，白鹤滩水电站建设基本上就从"可研"阶段进入了实质性建设阶段。白鹤滩地理位置特殊，是一个富庶之地，库区很多群众都生于斯，长于斯，不出意外可能也会老于斯。在他们眼里，这可是流金淌银的地方。虽然金窝银窝，不如自己的小窝，但安土重迁，已经在他们的脑海里根深蒂固。因此，"我们要到哪里去"成了他们不断思考的问题，也成了滇、川两省殚精竭虑、千方百计推动的大事。

移民搬迁安置，这个重要的词汇，从此便占据了巧家政府和群众的视野。移民是具有一定数量、一定距离，在迁入地居住了一定时间的迁移人口。中国历史上

◆ 巧家县黎明安置区 兰玉寿/摄

发生过的人口迁移，数不胜数，迁移人数以千万计。可以肯定，在这漫长的历史长河中，由于人类适应自然的生存能力非常有限，必然要经过无数次的迁移。中国历史上的移民有各种类型，就其性质而言，有生存型和发展型两种。白鹤滩水电站移民当属后者。

世事更迭，岁月变迁。今天的移民远非过去择地而栖、简单生活的移民。今天的移民问题也不单纯是经济问题，而是人类发展过程中的社会和文化问题，涉及移民的社会影响、社会调整、社会适应和社会融合。

回头再来看巧家，整个县所承受的不仅仅是移民搬迁一项工作的压力。巧家是国家多年重点扶持的贫困县，全县61.8万人，光贫困人口就有17万多。2014年8月3日鲁甸发生的那场6.5级地震，让毗邻的巧家成为重灾区。加上金沙江白鹤滩水电站库区5万移民要在2021年3月之前搬迁。重建！脱贫！移民！这三场攻坚战每一场都是世界级的难题，犹如三座大山叠加在一起，结结实实地压在了巧家全县干部群众的肩上……

人顺潮流，水顺槽流。水电站移民要以"搬得出、稳得住、逐步能致富"为目标，要让移民自主选择安置方式和途径，"以本地安置为主、外迁安置为辅"，坚持"安置地条件要优于迁出地"的原则，这样才有可能做好移民工作。这里，必须提到一个人，就是永善县原副县长刘峰。当年，他亲身参与、经历、见证了溪洛渡水电站移民工作。考虑到刘峰做移民工作的经验，白鹤滩水电站建设启动后，他被调任巧家县人民政府副县长，同样分管库区移民工作。有了溪洛渡水电站移民搬迁安置的教训，在后来建成的向家坝水电站、乌东德水电站，包括正在建设当中的白鹤滩水电站移民安置，省、市、县各级政府都改变了思路，决定采取"城镇集中安置和分散安置"两种方式，移民安置区统规统建，商住分离，做到小区化安置，产业配套。总而言之，移民安置必须"以民为本"。

《云南省人民政府办公厅关于印发加快推进金沙江乌东德、白鹤滩水电站移民安置工作任务分解的通知》明确巧家县按照"精品旅游县城定位"做好县城规划设计和建设工作。2016年底，巧家县人民政府委托华东院编制库区旅游总体规划以推动特色旅游城镇创建，要求结合移民安置区统筹考虑。库区旅游总体规划2017年10月通过省厅组织的专家论证；同年12月，通过巧家县人民政府批复。《巧家县城市总体规划（2017—2035）》结合特色旅游城市定位重新优化调整，成果于2018年7月通过昭通市人民政府批复。

移民能够"搬得出"，更关键的是要"稳得住，能致富"。扣子一顺，规矩自正。在移民安置实施过程中，为了促进地方经济社会发展，移民资金与支持地方发展资金结合使用，云南省委、省政府与项目法人三峡集团就结合巧家县移民安置点打造特色旅游城镇建设进行了讨论研究，并达成了共识。2018年5月26日，云南省委、省政府与三峡集团在白鹤滩水电站召开金沙江下游水电移民工作调研座谈会。根据《金沙江下游水电移民工作调研座谈会议纪要》，关于开展巧家县特色旅游城镇建设，会议要求

◆ 回望老家　兰玉寿/摄

按一步规划到位、分步实施、逐步建设的原则，认真做好巧家县移民安置规划与城市（镇）总体规划、旅游规划的衔接和实施工作，基础设施和公共服务建设要考虑周全、先行规划到位，切实把巧家库区打造成一流特色旅游城镇，促进移民群众逐步致富。一是结合移民安置规划实施，对移民安置区内进行局部优化调整，并尽快启动基础性工程项目建设；二是按照乡村振兴战略和城镇化建设要求，对移民安置区（点）红线范围内的基础设施和风貌适度提高标准，进一步完善配套城市公共设施，建设好移民安置用房；三是积极采取市场化运作、旅游产业投融资、招商引资等方式，统筹解决旅游规划项目资金不足的问题。在实施过程中，对巧家县结合移民搬迁安置打造特色旅游城镇建设增加的约35亿元投资，由云南省和中国长江三峡集团各承担一半。

◆ 晚霞　张万高/摄

千人同舟共条命，万朵桃花一树生。移民搬迁安置是世界性难题。云南省携手三峡集团，坚持把移民搬迁安置工作作为重大政治任务抓实抓细，有力有序推进完成各阶段搬迁安置工作，全力确保白鹤滩水电站如期下闸蓄水发电。同时，着力改善移民群众生产生活条件，努力实现一次性搬迁、同步摘穷帽、共同奔小康，全面增强移民群众的获得感、幸福感和安全感。

在这个漫长而艰难的过程中，巧家县委、县政府始终把国家和移民的利益放在首位，使整个移民工作闪耀着人性之光。"把自己放在移民位置上来思考"，"把政策尽量制定得符合实际，体现出政府亲民爱民和维护移民的合法权益，让群众得到应有的实惠"。在实调和补偿中，由于政策不配套，按原政策移民果林补偿过低，巧家县尽力争取到国土政策补偿，为

重器之基 | 巧家县白鹤滩水电站移民纪实

◆ 支持电站建设，造福子孙后代　何顺凯/摄

移民争得更多利益。对县城移民的宅基地补偿，巧家县主动给移民较大的补偿，解决了城镇移民的后顾之忧。在移民搬迁安置房建房面积政策上，巧家县从移民长远利益着想，牺牲了政府后期开发利益，在坚持维护移民政策严肃性的前提下多方汇报争取并主动让利于移民，得到了广大移民的拥护，使得移民搬迁工作得以顺利推进。

眼下的库区群众在中国共产党的领导下，政策好，大伙又勤劳，都过得很幸福、很自足。库区移民都是非自愿移民，要离开祖辈生息的故土，甚至是已经富庶的家园，换任何一个人都难舍难分。移民干部他们自身也是移民，然而他们不仅不能考虑自己个人的利益，还要去说服更多的人服从国家建设的大局。这些又不是大道理能说得通的，需要更多的交流、心灵的沟通，最后达到思想的理解。

俗语说：“顺得好，牛过得去；顺得不好，针都穿不过去。”大家都明白这个道理。"一切为了群众，一切依靠群众"，"从群众中来，到群众中去"，这一句句被贴在墙上、挂在工地、镌刻在人心的标语，激励着全县5万移民群众及移民干部不断奋勇向前。11月2日晚，随着金沙江白鹤滩水电站巧家县移民工程北门安置区内4号地块3栋、10栋最后两栋17层的楼顶板浇筑完成，标志着北门安置区移民安置房实现全面封顶，距离移民搬迁入住又迈出了关键一步。

北门安置区是白鹤滩库区巧家县规划建设的8个移民安置区之一，位于巧家县白鹤滩镇北门社区。这块地位置很好，平坦，又是临江。据介绍，北门安置区占地面积1691.7亩，建设17层的移民安置房81栋，建筑面积82.3万平方米，共安置移民4860户13426人，是白鹤滩水电站库区安置移民最多、建设面积最大、建设难度最大的工程。

浪花总是顺着扬帆者的路开放的。据云南建投第二建设有限公司北门安置区4号地块生产副经理杨红波介绍，北门安置区房建工程项目自2019年11月开工以来，克服了新冠肺炎疫情和巧家高温天气等困难，于2020年11月2日全面完成主体结构封顶。下一步，将陆续开展二次结构、装饰装修以及室外市政道路的建设，项目部将按时、按质、按量完成各项节点目标，保证巧家移民顺利搬迁入住。

"我是北门安置区7位移民代表之一，参与移民安置房工程建设的质量和进度监督，它关系着我们自己的切身利益。看到北门安置区所有安置房已封顶，样板房已装修，在质量和进度上感觉还是挺满意的。作为移民来说，很感谢政府的努力和付出。"北门安置区移民代表黄信开高兴地说。

还是让我们来看看如此之大的搬迁规模吧！为支援白鹤滩水电站建

设，巧家库区涉及移民5万余人，占此移民项目云南库区的95%，共建设8个移民集中安置区（大寨镇王家湾，白鹤滩镇黎明、七里、北门、天生梁子、邱家屿，金塘迁建集镇，蒙姑镇十里坪），共建安置房722栋21057套，总建筑面积313.7万平方米，共安置移民16867户49152人。

巧家县委、县政府以移民为中心的工作理念，通过大量的调研，明确了安置规划和建设及安置方式，让一项项具体的搬迁安置措施一一落实，他们的努力和付出正逐步解答着库区群众心中那一串串充满疑惑的难题。

◇ 美丽家乡 张万高/摄

第二章
家国情怀

038 | 重器之基 巧家县白鹤滩水电站移民纪实

一 带头人

每个人都有家国情怀。回望故乡时，故乡的一草一木会让人心疼。在整个移民生产安置人口界定及协议签订过程中，深明大义、可亲可敬的移民群众，他们清楚地知道过去，他们能够畅想未来。在支援服务国家重点水电工程建设上，他们犹豫过，彷徨过，但还是毅然签订了协议。

◆ 签订移民生产安置协议　徐有定/摄

初冬的巧家，暖阳高照，没有半点凛冽寒气。阳光普照下的大寨镇热气腾腾，移民生产安置协议签订的序幕正徐徐拉开。

"我是退伍军人，是村民小组组长，也是界定委员会成员，当然就要带好这个头！"见到我们，赵远顺乐呵呵地说。

三文铜钱摆两摊——一是一，二是二。让赵远顺没有想到的是，自己这一带头签字，却签出了特别的"意义"。他不但成了全镇第一个在移民生产安置协议上签字的移民，也成了全县第一个在移民生产安置协议上签字的移民。

2020年11月24日下午2时，对于习惯了劳作没有什么时间概念的赵远顺来说，这个时间节点却如此清晰地刻进了他的脑海。面对眼前的移民生产安置协议，他异常郑重地写下了自己的名字，并认认真真地按下了红红的手印。送走前来办理签字的移民干部，老赵的心里有一种说不出的踏实和欣慰。

"其实，我早就盼望这一天到来呢！"58岁的赵远顺是大寨镇大寨社区王家湾村民小组组长，1979年12月他入伍到云南文山州，参加过马关县金塘乡罗家坪防区作战。1983年，赵远顺退伍回到了老家大寨镇。

"在外能挡千军万马，在家能孝亲持家"，这是他的家国情怀。和所有的人一样，脱下戎装的老赵，娶妻生子，又开始了另外一种生活。他和妻子种的两亩多水稻，虽然为他们的生活带不来更多收入，但小日子却过得有滋有味。之后，他们又生了第二个孩子，一家四口其乐融融。时日渐长，孩子们慢慢地长大。最近这些年，两个儿子都去了玉溪租地搞蔬菜育苗，收入也还过得去，老赵基本上不用操心。

2000年，在外打工的孩子们挣到了钱，就在老家盖了一大栋新房。4层楼房每层都有近100平方米的面积，看上去特别的宽敞明亮。尽管两个孩子常年打工不在家里住，但老赵老两口的日子也不轻松，除了种好地之外，最重要的"任务"就是带好几个小孙子。老赵说，儿子在外打工，我们不能让他们分心。

大寨镇是白鹤滩水电站施工枢纽区。作为土生土长的大寨人，赵远顺见证了这一国家重点工程的建设和发展。看着水电站大坝一天天地"长大变高"，老赵心里说不出的高兴。白鹤滩水电站施工枢纽区能够落到大寨，给这个镇带来了更多的发展机遇，也让居住在这里的人们看到了生活的希望。随着水电站下闸蓄水发电，赵远顺相信以后的日子会越来越好。

◆ 搬家　张万高/摄

当然，有段时间赵远顺和老伴也为此深深地纠结过。因为水电站建设，他家的土地将被永久性占用，这就意味着他们从此将失去赖以生存的"命根子"。有好些日子老赵都为这事吃不下饭、睡不好觉。火怕撬，人怕闹。后来，赵远顺想明白了，白鹤滩水电站是国家重点工程，在大家与小家之间，在个人与集体之间，孰轻孰重，赵远顺心里还是明白的。想想当年牺牲在老山前线的战友们，赵远顺觉得自己活着都是一种幸运和幸福。如今，白鹤滩水电站建设需要更多人去作出牺牲，自己竟然有这样自私的想法，赵远顺越想越愧疚。作为部队曾经培养的一名战士，他必须像战场上的勇士一样冲锋在前。因此，移民生产安置协议在大寨刚刚启动之后，他就带头签订了协议。

"这还要感谢包保干部。之前，他们多次到我家宣传移民的相关政策，帮我算账。我家里有10口人，每个月能领3977.5元，到明年每个月就可以领4091.5元。过去靠种几亩地苦死累死一个月也'种'不出这么多钱来，现在不种地就能领这么多钱，生活有了保障，还把劳动力解放出来，子女可以到外面打工挣更多的钱。所以，签协议这天我就早早地来了，早签早领钱嘛！"赵远顺说着，脸上露出了笑意。

"远顺是退伍军人、村民小组组长，他第一个签了，我们也没啥意见！"

"远顺在村里有威望，我们相信他！"

……

劳动号子——一呼百应。在赵远顺的带动下，王家湾村民小组的群众纷纷签字并按下了自己的手印。截至2020年11月26日，大寨镇移民生产安置协议签订涉及的4个村（社区）22个村民小组1101户3317人，已全部完成协议签订，户签订率达100%，比全县规定的目标时间节点早了35天。

大寨镇成为全县率先完成移民生产安置协议的乡镇。正如镇宣传委员李敏晓说的那样，什么事情都不会一帆风顺。这个镇之所以能够在全县领先圆满完成移民生产安置协议的签订，其背后是广大党员和移民干部身沉一线、真抓实干的结果，而这样的结果凝聚了他们太多的辛苦、心血和汗水。人心齐，泰山移。的确如此。

"工作提前一天完成，移民可早一天得益。我们的党员干部要将移民的利益放在第一位，一心一意服务好移民群众，把推进移民生产安置协议签订工作做实做好。"在水电站移民生产安置人口界定及协议签订还未启动时，大寨镇党委书记颜亨正就敏锐地意识到了这一工作的复杂性和艰巨性。他多次开会把这一工作的重要性摆在了桌面上，强调全镇要牢固树立"移民利益为先，移民工作为重"的理念，把移民工作与党建工作高度融合，充分发挥基层党组织和党员在移民生产安置协议签订中的战斗堡垒和先锋模范作用，一定要圆满完成移民生产安置协议签订工作。

话虽是一句，但真正落到实处却异常困难。别看这么一纸小小的移民生产安置协议，可关乎的是移民未来的生活。11月23日一大早，镇宣传干事杨光富到移民杨某某家宣传政策就遇到了困难——

"杨同志，你给出个主意，看看我们家的这个协议咋个签！"一进门，杨某某就给杨光富出了一道难题。

杨某某几年前就离婚了，他和前妻生有一个孩子。前妻的户口没有迁出去，一直还在他们原来的户口簿上。离婚后，前妻在外面成了家。而杨某某也重新组合了家庭，后娶的这个媳妇到杨家还带着3个孩子，之后她又跟杨某某生了1个。这样一来，就意味着有8个人涉及移民生产安置协议的签订。由于杨某某对前妻有成见，不想让她再掺和到他重新组合的家庭中来。事情显得异常复杂，提出的要求得不到满足，杨某某就是不签协议。

"不管你们现在有几个人，都属于全淹没区，只要户口上有的，都不受指标限制，都是合理合法的，都要签订协议的。"杨光富了解了情况后，开始给杨某某做思想工作。

"你们想过没有，以后领生产补助怎么个领法，难道我把钱领了，再分给我的前妻吗？这样做太麻烦了，我不同意搅和在一起签！"任凭杨光富怎么解释，杨某某就是一根筋，不开窍。

时间一分一秒地流走，很快两个小时就过去了。人心不齐，桌子难移；思想不一，做事大忌。

"协议虽然在一起签，但是给你们移民生产安置补助都是分开付的，都是分别打到你们各自账户上的，你们互不干扰、互不影响啊！如果你们都不签这个协议，那到时候就得走法律程序了。走法律程序时间很长、很烦琐，结果什么样还不好说了！"杨光富再次接过杨某某的话茬，郑重其事地告诉他。

"那你们得给我们做个公证啊！"杨某某的脑瓜子还是一下子转不过弯来，说起话来不依不饶。

"不用公证的，到时镇上给你们打钱自然会打到你们各自的银行卡上的，放心！"杨光富说。

"那既然这样，我们就签了吧！"锯断的木头好抬，说清的事情好办。杨某某觉得再固执已经没有什么道理，于是在协议书上签下自己的名字，而此时已经是晚上的11点多了。走出杨某某家的门，杨光富和同事们长长地舒了一口气。

柏拉图说，耐心是一切聪明才智的基础。这话没错。

移民干部只有把工作真正"落实在一线"，才能得到移民群众的理解和支持。移民生产安置协议签订工作开始后，大寨镇组建了10个由县挂包单位和镇、村、组干部组成的专职移民工作队，选派有能力、有担当的党员干部担任工作组组长，形成了主要领导带头抓、分管领导具体抓、工作组长抓落实的工作机制。

乌龟跌在石板上——硬抵硬。工作组每天的任务，就是下沉到一线的4个村（社区）指导开展工作并帮助大家解决实际工作出现的问题、难题。晚上回来组织召开日调度会，对各组有针对性地进行业务服务和指导，专门解决生产安置人口界定及协议签订"疑难杂症"，及时研究解决对移民生产安置工作进度和质量有影响的各类问题，畅通移民诉求渠道，排查化解矛盾纠纷，确保全镇移民生产安置工作统筹有力、稳步有序推进。

船装千斤，掌舵一人。颜亨正是大寨镇党委书记，在这一点上他十分清楚。大寨镇地理位置特殊，历史悠久，文脉绵长，在这个岗位上工作，有很多难以想象的难度。他坦言道，移民生产安置协议的签订有很多矛盾和不确定性，要做好这项工作，够呛。移民干部既要当好"宣传员"，又要化身"账务员"，精准锁定到组、到户、到人口和土地，给群众算清每笔经济账。政策清了、家底清了、账目清了，大伙就理解你、支持你。除此之外，还要化身"调解员"，梳理排查不说，更要疏解移民诉求、化解矛盾纠纷。

这一段时间里，他们稳妥处理历史遗留问题360余件，切实将矛盾风险化解在一线。

"在签订协议的过程中，我们碰到了不少难题，比如兄弟之间担心老人不在世，为争老人的补助就会闹得面红耳赤。"按照协议规定，如果老人去世，子女是可以继承的；但是子女一定要协商好，确定谁继承。为了解决这些"家务事",镇村干部和移民生产安置签订委员会很多时候要充当公证人的角色,为他们做证明,帮助他们妥善解决好遗留问题,目的就是让移民生产安置协议签订工作做得更顺畅,早日完成移民生产安置协议签订任务。

没有一颗珍珠的闪光,是靠别人涂抹上去的,那可是自带的光芒啊!移民干部是移民群众的"主心骨",打造一支能打硬仗、善打胜仗的移民干部队伍,是移民工作得以顺利开展的基础。全镇党员干部、移民干部凝心聚力、积极作为,坚持"5+2""白+黑",全力开展工作。移民群众在哪里,他们的工作就在开展到哪里;哪里的群众有困难,他们就身到哪里、心到哪里。在移民生产安置人口界定三榜公示结束后,他们迅速采取集中签约、预约签约、入户签约、田间地头签约、跨地上门服务签约等形式,帮助行动不方便、在外签订"难"的群众解决了问题,得到了广

◆ 天天离不开的坛罐,还得让它再陪陪自己　张广玉/摄

大移民群众的理解支持，高效推进移民生产安置协议签订工作。在整个过程中，全体党员、移民干部发扬了苦干实干的精神，紧盯目标任务，早谋划、早行动、早签订；用情用心服务移民群众，做到政策宣传全面化、工作服务最佳化、争取利益最大化。

"白鹤滩水电站的建设是大国重器，我们村的老百姓都很支持，因为水电站的建设使我们地方的发展至少提前了20年，比如房子、道路的建设让我们看到了前所未有的发展变化。我选择了生产安置逐年补偿，每月每年都能领钱，生活有保障，而且子孙还能继承。这么好的政策我没犹豫就签了。"大寨镇大寨社区下红岩居民小组群众韦白洪说。

莫学蜘蛛各结网，要学蜜蜂共酿蜜。老辈人流传了几千年的话，是有道理的。

没错，山再高没有理想高，路再长没有双脚长。广大移民群众顾全大局舍家为国。在整个移民生产安置人口界定及协议签订工作中，最深明大义的是移民群众，最可亲可敬的是移民群众，他们能够理解、体谅移民工作人员的工作难度，在支援服务国家重点水电工程建设上，他们毅然选择了签协议，舍旧家、顾大家。

作为第一个签订移民生产安置协议的赵远顺，除了每月领到的移民生产安置补助金之外，还有700元的退役军人补助金。用他的话来说，一家人未来的生活一点问题都没有。唯一感到不太习惯的就是，没了土地，除了带孙子，赵远顺对突然清闲下来的日子有点难以适应，每天起床，看不到庄稼上的露珠，听不到沟渠里流水的哗啦声，实在是不习惯。没事的时候，老赵早早起床，来到移民集中安置点已经建好的活动广场，进入"锻炼模式"。赵远顺说，什么事情都有个过程，慢慢就会习惯的。

炊烟深处，微风吹过。站在山顶上的赵远顺，踢了踢腿，然后又展了展双臂,他仿佛看到了一个崭新的大寨镇,不由得心生一阵温暖……

仰望祖国历史的天空,家国情怀生生不息、熠熠生辉;跨越金沙江岁月的长河,一代又一代人渐次成长。从历史到现实,过去与未来,家国的书写,大我的胸襟,"先天下之忧而忧,后天下之乐而乐"的境界,始终激励着他们往前,再往前。

好日子,他们很向往,也很珍惜。

最好的纪念

张万高、兰玉寿、岳世现、杨林……在白鹤滩水电站库区,有很多像他们这样的文化人。多年来,他们用电影、用相机、用图片、用视频,对白鹤滩水电站的建设,对库区的山川河流、风土人情、生活场景一一进行记录。他们找到的,也许是些支离破碎无法复原的记忆碎片;发现的,也许是些永远无法重现的历史沧桑。但他们留下的,一定是那一张张烙下时间和家园印记的痛与爱……

2020年11月30日,对白鹤滩水电站库区移民来说,是一个重要的时间节点。随着上王家湾片区最后几栋楼顶板的混凝土浇筑,巧家县大寨安置点传来了全面封顶的喜讯。

我们到王家湾片区采访时,不时看到村民在空地里放爆竹。震耳欲聋的爆竹声响彻云霄,随之而起的红色纸屑,在天空中纷纷扬扬地落下,他们在为新家祈福。按照当地风俗,在修建土房子的最后一天,要将大梁安置于房顶,这叫"上梁"。这一天仪式隆重,四乡八里的乡亲都要赶来朝贺。挂红、送礼钱、送镜屏,说吉利的话、唱喜歌，一样也不能少。当然，还要烹羊杀猪，大宴宾客。

现在移风易俗，但简单祝贺一下也是可以的。

安置区就要建好了，这就意味着离库区移民搬迁的时限又近了一步。作为移民又是影视制作人的杨林，在这个时候的心情是异常纠结的。他一边对搬迁充满了期待，一边又不愿意过早地搬出自己的家园。

坐在我们对面的30多岁的杨林，显示出他这个年龄少有的沧桑。9年的光阴里，作为一个普通的巧家人，他究竟想了什么，经历了什么，又为移民难舍的家园做了什么，从他娓娓道来中，我们窥见了他一路走来的艰辛和不易。

2010年10月29日，对于普通人来说，是一个平常得不能再平常的日子，但对于杨林来说，却是一个极不平常的日子。这一天，一部由巧家农民自编自演的电影《香火》首次试映，当晚的巧家县城万人空巷，电影院被挤得水泄不通。随后的几天里，在观众强烈要求下，电影院反复放映了该片。

《香火》的制片人就是杨林，拍电影就是由他最先发起的。他知道歌德说过一句话："你若要喜爱你自己的价值，你就得给世界创造价值。"那时的杨林同广大农村孩子一样，电影、电视是他们主要的文化娱乐方式。1993年，10岁的杨林被《鹿鼎记》里面的故事情节和精彩的镜头吸引住了，一句句台词

◆ 电影《香火》拍摄花絮　杨林/提供

和一个个动作成了他和伙伴们模仿的对象。从那时起，他就梦想着自己有一天能成为银幕上的大明星。可开了多年照相馆的父母却把他的梦当成了玩笑话，总以教训的口吻说："你不要白日做梦了。"

1998年，15岁的杨林初中毕业后辍学回家。在他的软磨硬泡下，父母感觉到他对摄像的痴迷，心一横，就花了4000多元钱为他买了一台二手摄像机。从此，杨林白天到处拍外景，晚上回来精心编辑自己的作品。他把拍摄来的东西配上音乐，做成MTV，得到了大家的认可。慢慢地，从百姓家婚丧嫁娶到政府部门大大小小的活动，都邀请他去摄像、摄影。杨林开始在巧家小有名气了。

辛勤的蜜蜂永远不会有时间悲伤。2003年，杨林成立了"天石"影视制作室。可时间一长，杨林发现自己所掌握的知识和摄影技术越来越不适应业务的发展。于是，成立仅仅一年多的"天石"不得不解散，之后，杨林踏上了去昆明的路。一年后，在外打工的杨林回到了巧家。梦想不灭的他和田宏等人再次组建了"金泉"影视制作室，并招募了一大批文艺爱好者，跳舞、唱歌、演小品，这些人个个都是好手。所以，县里要组织个什么活动，都会请他们出几个节目。

2007年，他们的第一部幽默短片《要孙子》制作完成，亲朋好友们一看，笑得前仰后合。但由于前期宣传不到位，大家对《要孙子》不太了解，所以投放市场后连个水花都没冒。这次，他们血本

◆ 电影《水富一方》剧照　杨林/提供

无归，燃起的激情一下子降到了冰点。因为资不抵债，他们只好宣布解散"金泉"。天不严寒地不冻，人不伤心泪不流，散伙那天，几个大男人在县城寒冷的公园里抱头痛哭到深夜。

2008年，杨林为后来成为《香火》剧组成员的夏勇拍摄婚礼照，已经很长时间没有体验舞台滋味的他们一拍即合，凑钱在县城策划举办了一场晚会。没想到，这台歌舞晚会一下子吸引了上万观众。尽管花了2万多元钱，但是他们觉得值。他们说因为晚会赢得了广大观众，为第二年策划拍摄《香火》打下了深厚的群众基础，让他们离自己的电影梦越来越近了。

观众的热情，无异于给他们打了一针"强心剂"。他们下定决心要拍电影。但是，拍什么题材的电影好呢？土生土长的他们发现，在国家大力抓社会主义新农村建设的今天，重男轻女的传统封建思想仍然根深蒂固，有些老人始终觉得要男孩才能传宗接代延续香火。于是，一个"生男生女都一样"的主题突然闪进了他们的脑海，他们觉得很有必要拍一部片子来教育大家。

主题确定下来，接下来便开始创作剧本。最初，他们把剧本起名为《家》，后来觉得太笼统，商量后就更名为《香火》。剧本中情节的设置、服装、台词，都是大家反复揣摩，数易其稿才完成的。

剧本出来后，他们又开始忙设备。只有一台价值1万多元的家用微型摄像机，离专业机器的要求相差十万八千里。没有摇

◆ 电影《周清顺》拍摄花絮　杨林/提供

臂，没有反光板，没有轨道，他们就自己找材料来制作。简单的设备准备完之后，接下来就要找演员了。当他们告诉别人准备拍电影时，却引来一阵哄笑。有人说："你们几个都拍得成电影，金沙江水都要倒流了。"甚至，有人还说他们几个被电影迷得走火入魔："疯了！""脑壳烧坏了！"

误解也好，嘲讽也罢，都没有吓倒他们。只有把抱怨环境的心情化为上进的力量，才是成功的保证。2009年6月，《香火》开始试拍。虽然，好不容易才说动家人参加演出，但他们把影片质量放在第一位，发现自家人演得不行，就换演员，光男一号"廖老汉"就换了10多个人。

"人家大导演拍《红楼梦》都海选演员，我们为什么不能呢？"剧组里有人提议。这个主意不错，于是，他们开始海选演员。当电影演员的吸引力，出乎意料。消息一传十，十传百，昆明的老大娘来了，重庆的俏美女来了，四川的帅小伙也来了……各地的参选演员一下子来了200多人。但是考虑到这是一部地方方言剧，最后他们还是选用本地演员。对于外地来的演员，他们全部纳入"人才备选库"，打算下部片子优先选用。应聘而来的巧家人马应富不但当起了导演，还说服妻子出演剧中的兄弟媳妇——王小梅。

由于只有一台摄像机，每一个镜头要变换角度就得重拍很多次，特别是受伤的一些镜头，许多时候演员在片场就哭了，但是因为爱好，没有一个人放弃。

听说巧家人自己拍出了电影，十里八乡的人都跑来看，场场爆满。电影《香火》在巧家共上映了5场，火了。剧组一夜之间在小小的县城也火了，这群热爱电影的农民终于实现了他们的梦想。但是，随之而来的是他们要面临着常人无法想象的困境。

杨林说，那时候他们所有的拍摄器材都是廉价得不能再廉价了。为了拍摄下雨镜头，就租用两台抽水机；为了拍摄闪电，就用照相机闪光灯和电焊机发出的强光来模拟闪电。尽管厉行节俭，但是由于拍摄工期长，人员多，最后还是花去了20多万元，这些钱都是剧组人员七拼八凑借来的。

拍摄时，演员加上工作人员有30多人，全部在杨林家吃饭，常常一顿饭要煮好几锅。有段时间，他们连生活费都成困难。为此，杨林老婆也和他分手了。望着老婆甩门而出的背影，一种说不出的苦楚涌上了杨林的心头。就是在这种窘境下，杨林走上了漫长而艰辛的电影之路。直到今天，他依然没有放弃用电影的方式去记录人生的梦想……

从2011年开始，杨林又开始思谋着做另外的一件事，那就是用镜头拍摄和记录白鹤滩淹没区移民的日常生活。因为他最大的心愿，就是在搬迁之前为移民留下一段值得回忆的历史。

产生这样的想法，是受库着村的一位老者的启发。

老者对杨林说："国家修电站是好事，我们搬迁以后的日子也会越来越好。最难的是，政府能够给我们物质上的东西，可房前屋后的树木小草怎么能够搬得走呢！"老者说罢，长叹一声，满目怅然。

乡愁，一旦揪住人的心，那种疼，没有经历过的人是无法体会的。

是啊，如果这些东西搬得走就好了，移民在物质和精神上都能够得到满足，也许他们生活会更加安心。杨林这样想着，便产生了用电影的方式去记录移民日常生活的想法。于是，他便着手策划以"乡音"为主题的系列移民生活纪录片。这样的工作一直持续到2013年。随着拍摄素材的不断增多，杨林和他的团队已经做了四五百部关于移民的生活纪录片，光是保存视频资料的硬盘就有上百个，热心的杨林把这些拍摄好的纪录片一一刻成光碟都拿给了库区的老百姓。

重器之基　巧家县白鹤滩水电站移民纪实

"电站下闸蓄水，我们的家园将去向何处？"

那些日子，和所有的移民一样，杨林总会在不经意间追问自己。想到即将消失的家园，想到小时候那些最难忘、最快乐的时光，杨林的心总会一阵阵的痛。在库区拍摄的时候，他曾经问一个孩子最舍不得的是什么地方，那孩子告诉他是"绿荫塘"，这个回答一下子戳痛了杨林的心。他知道那个地方是所有孩子都喜欢的地方，夏天里他们会在那里追逐嬉水、撒欢奔跑，而这一切很快就会荡然无存。

杨林怀着激动的心情奔波在路上。他说，拍摄到最后才发现，原来每个家庭都不容易，背后都有一段感人的故事。在库区拍摄的时候，杨林碰到过这样一个空巢老人，他的儿女都忙着做事情，顾不上照看他。每天，只有老人一个人在打发琐碎的日子。老人给杨林讲起了他的孩子们，讲起他们小时候的故事，哪个听话，哪个不听话，哪个的性格最叛逆。老伴离开他多年，他希望子女们能够多陪伴他一些时光，然而这样的想法似乎成了一件奢侈的事情。杨林听着老人的诉说，回到家含着眼泪做完了这个片子。可还没等到杨林把片子做好送给老人，老人就遭遇车祸去世了。他的子女们知道杨林拍过父亲的录像，在看到父亲生前的一个个镜头时，个个都捶胸顿足，泣不成声。

在拍摄移民纪录片的过程中，很多时候，杨林都是免费的。杨林说，中国人最在乎的就是传统文化，是故

◆ 电影《周清顺》剧照　杨林/提供

土，他们害怕丢失。在库区，很多移民谈论水电站补偿等物质的东西，但他们更在乎精神上的，比如即将消失的故土和家园、传统文化等。有一家人，儿子死了，儿媳妇改嫁了，家里只有两个老人带着一个孙子。当得知要收取一点拍摄费用时，孩子的奶奶不同意了，说："生活都成问题，拍这些整啥子用？"孩子的爷爷一听，立刻就火了，说："你懂个啥子嘛！我们这代人是穷，可你就断定我们下一代人将来也会穷吗？日子到时过好了，可有哪个还晓得我们原来居住过的家园、老屋，再贵我也要做！"

老人的一席话，让杨林的心情变得很沉重。他能够明白，老人年岁已大，来日无多，希望通过这种拍摄的方式去记录下他的家园和老屋，将来有一天他的孙子能够在成年后记住他们的家园，能够记住这割不断的乡愁。最后，杨林毫不犹豫免费为老人拍摄了纪录片。

故乡，对每个人来说，是一种摆脱不了的存在。杨林对故乡唯一的爱，就是用电影的方式去亲近故乡、记录故乡、拓展故乡。

2012年5月4日，经国家电影总局批准，反映白鹤滩水电站建设移民题材的电影《宝地》开机。这部由杨林导演、电站两岸库区移民组织拍摄的电影以移民龙九公、龙小云的生活为主线，穿插了不法分子利用移民牟取利益、搬迁群众用水电补偿款赌博、村主任徇私枉法受到法律严惩和移民干部通过努力维护移民利益，把不公平、不公道的事情公之于众等错综复杂的片

◆ 电影《宝地》剧照　杨林/提供

段。电影拍摄了半年，片长近2个小时，串联了巧家的山山水水，讲述了库区移民离开家园支持国家水电站建设的故事，在电站移民中引起了很好的反响。

每条被堵住的路，其实都有一个出口。

◆ 电影《大糖坊》剧照　杨林/提供

这之后，为记录下库区小碗红糖这一非物质文化遗产，杨林还拍摄了微电影《大糖坊》，讲述了一个熬制小碗红糖，生产良心、安心和放心食品的曲折故事。这部微电影受到中宣部宣教局、中央新闻纪录电影制片厂（集团）表彰，获得了社会主义核心价值观微电影二等奖。

杨林说他是一个恋旧的人，故乡的每一寸土地、每一处沟沟坎坎、每一个角落，都系着他儿时的酸甜苦辣。如果再重新选择一次，他说自己宁愿不搬。他说，他至今都不会忘记自己睡在老屋杂草铺上的感觉："那种温暖，那种气息，那种挠心的东西，是什么东西都无法代替的。还有，对故乡的不舍，就是当你遇到挫折时就会想到她，唯一能够让你慢慢静下来的地方就是故乡。"

2021年6月，白鹤滩水电站正式蓄水发电，金沙江下游的自然和人文景观被彻底改变，永远被淹没在历史的漫漫长河之中。在巧家，有很多人都在为即将消失的家园做着自己应该做的事情。杨林用电影和专题片的方式记录下移民的日常生活，而另外有一些人则用图片和视频保存了即将失去的家园的记忆。

张万高关注移民搬迁的话题应该是在2017年以后。之前，他的摄影都是处在一种自觉不自觉的状态，都是单纯地拍一些照片和视频。自库区移民工作开始以来，县里要出一本画册，这时拍摄和记录移民生活的思路才在他的脑海中逐渐变得清晰起来。

张万高最初喜欢上摄影是在2009年。当时华东院对库区移民的设计规划还没开始，张万高就对金沙江沿岸的自然风光进行了多次拍摄，不仅如此，后来他又把自己的拍摄范围扩大到了白鹤滩水电站大坝、施工区、淹没区等地点。尤其是对淹没区老百姓的房屋、街道以及有代表性的建筑。棉纱湾村是张万高经常光顾的一个地方，这个地方在中华人民共和国成立前是东川通往巧家的交通要道，也是一条铜运古道，过去很多马帮都要把这里作为一个驿站过夜。即使是在20世纪80年代，这里依然繁华热闹。张万高回忆，当时读高中的他们，要回县城基本都要在这里住上一晚。张万高用镜头聚焦棉纱湾的街道和百姓的日常生活，也留住了棉纱湾曾经辉煌的过往。

拍摄库区移民生活开始进行得并不顺利。很多时候，正在田地里干活的移民很不配合，常常甩给张万高的话就是："我们穿得不讲究，人又丑，有什么好拍的呀！"这时，张万高总是有点尴尬。他想，这样下去肯定是拍不到好照片的。于是，他开始给移民递烟，尝试着和他们拉家常。"再过几年，这里就要淹没了，到时候干劳动是干不了了。我想把你们现在的生活拍下来，留给你们的后辈儿孙，好让他们知道你们以前的生产生活是什么样子的！"

张万高的话，一句句戳在移民的心坎上，他们渐渐地和张万高亲近起来，并慢慢地开始配合他完成了拍摄。

张万高是巧家县摄影协会主席，他说，巧家现在正处于大建设大变革

◆ 大寨镇海口村新貌 张万高/摄

的重要时期,正在经历着变革过程中的阵痛。作为摄影界的一个带头人,他有责任、有义务把这个时代记录下来,因此,在县城旧城改造的过程中,他一有时间就会带着摄影协会的会员们去拍摄。他说,不记录,以后就再也没有机会了。

很多时候,张万高的拍摄都是义务的。巧家糖厂是国有企业,曾经创下很多骄人的业绩。为了拍摄糖厂最后的一个榨季,他在那里蹲了好几天。张万高说,那段时间虽然很疲惫,但是把糖厂辉煌的过去留下来,值得!

拍摄库区有很多欣慰,当然也有很多遗憾。2013年,白鹤滩水电站刚刚建设之初,张万高就在棉纱湾发现了一处非常漂亮的河滩,河水碰撞礁石激起的浪花美不胜收,这让张万高异常兴奋,他拍摄了大量关于浪花的照片,足足有20个GB的资料储存。然而,没有想到的是,2019年他的硬盘出了问题,很多照片数据都已丢失,只给他留下了一小段视频。那一刻,张万高沮丧得几乎要崩溃,气得一连好几天都吃不下饭。2020年7月,张万高又去了一次棉纱湾河滩,可河滩早已不在,他连补拍的机会都没有了。说起这些往事,张万高的肠子都悔青了。

金沙江波峰浪涌,白鹤滩傲立世界,这样的机遇百年不遇。张万高说他曾经想以长幅照片的形式,拍摄巧家境内130多公里金沙江和白鹤滩水电站,出一本《巧家·金沙江画卷》,然而由于时间有限和经费缺乏不得不放弃了。

白鹤滩水电站下闸蓄水的日子越来越近,库区移民搬迁的日子也越来越近。张万高说,他最大的心愿就是,选择一户移民或者一个自然村,帮助他们拍摄搬迁之前与之后的全家福,用镜头记录时代变迁,让这些不同的照片永远地留存在移民的记忆当中。

2012年,在巧家,一种叫栗喉蜂虎的热带候鸟被人们发现。这种鸟的喉部是栗红色的,黑色的过眼纹,绿色的翅膀和背部,蓝色的尾翼,飞行时翅膀下面露出的羽毛又是橙黄色的,在阳光的照射下,全身闪烁着金属般的艳丽光泽。因为它外表形态极为美丽,所以被摄影爱好者称为中国最美丽的鸟之一。

兰玉寿就是从8年前开始与栗喉蜂虎结缘的。兰玉寿是巧家县信用联社的一名职工,白天因为工作他没有时间去拍摄栗喉蜂虎,他只能利用业余时间与这种美丽的鸟相约。

兰玉寿说,栗喉蜂虎飞行技术高超,能在空中做出急速飞行、滑翔、悬停、急速回转和仰俯等高难度动作。这种鸟以蜻蜓、蝴蝶、蜜蜂、甲虫、苍蝇等为主要食物,主要生活在东南亚一带。在中国,只有云南的局

◆ 栗喉蜂虎　张万高/摄

部地区、海南岛、香港和广东、福建的部分沿海地区有分布。而巧家因其纬度高、环境好，沙壁的沙质干净、软硬度适中，非常适合栗喉蜂虎筑巢。加之巧家属干热河谷地带，农田多、气候好，昆虫繁殖多，就成了栗喉蜂虎最佳的寄居地，也成了全国各地众多摄影爱好者最喜爱的拍摄地。

有着20多年摄影经历的兰玉寿，经历过黑白和彩色的胶卷时代，也经历过太多拍摄带来的苦恼和喜悦。1996年，兰玉寿开始在报刊上发表摄影作品。不过，那个时候他的作品题材多以人文和新闻为主。比如卖菜的大妈、耕田的农民，比如古桥、老屋等等。直到2012年，他才真正从繁杂的拍摄题材中剥离出来，专门关注跟踪这种叫栗喉蜂虎的鸟。

周末和节假日，是兰玉寿最忙碌的时刻。别人休息，他却背着相机开始穿行在巧家县的蒙姑、金塘、白鹤滩等乡镇一带，去拍摄栗喉蜂虎。作为鸟类中可爱的小精灵，兰玉寿太喜欢它们了。因此怎么样选取拍摄的角度，在什么地方拍摄，每一次兰玉寿都颇费思量。为了近距离地接触栗喉

◆ 栗喉蜂虎　兰玉寿/摄

蜂虎，兰玉寿不知道跑了多少冤枉路，他蹲在沙壁附近一边静静地观察，一边频频地按下快门。为了栗喉蜂虎，兰玉寿每年的拍摄时间都在100天以上，不管刮风下雨。

2014年11月，兰玉寿得了一场大病。其实这场大病起源于他在昭通办影展时得的感冒。他在影展现场忙碌了5个多小时，甚至都要休克了。感冒引起的肺部感染，让他很不好过，他便去了一家民营医院，由于病情很重，不得不转到昆明的医院。2015年5月，兰玉寿又做了心脏手术。然而，还没有痊愈，痴迷于摄影的兰玉寿就出院了，他冒着四五十度的高温又投入到栗喉蜂虎的拍摄。天热得不像话，大地烫得连脚都不敢着地，兰玉寿一边认真拍摄，一边不停地擦着汗水，几乎就要中暑。

每年从4月初开始，数以万计的栗喉蜂虎到巧家县的江边河谷地带筑巢，繁衍后代。它们将巢筑在沿江沙壁上。5月中下旬到7月初繁殖幼鸟，8月初带着儿女逐渐离开。有"来时三月三，去时六月六"之说。

兰玉寿爱栗喉蜂虎就像爱自己的孩子一样。他不仅了解这些鸟儿的生活习性，也目睹了很多关于栗喉蜂虎的感人故事。2015年7月下旬，他约朋友一起去金塘拍摄栗喉蜂虎，看到很多鸟都带着孩子飞走了，唯独还有几只幼鸟没有离开。兰玉寿感到纳闷儿，后来他看到又有两只成鸟飞了过来，这时他才明白：原来，这几只幼鸟是两只成鸟的孩子，因为没有出巢，不能跟随大部队飞回到马来西亚，因此它们的爸爸妈妈只能留下来继续陪伴它们。那一刻，兰玉寿被感动了，原来万物皆有灵，在亲情上，鸟类和人类其实是一样的。兰玉寿当然不会放过这样感人的瞬间，他用心拍摄下了这一幕幕美好而感动的瞬间。

这样的事例有很多。兰玉寿说，几年前，他在马树镇拍黑颈鹤的时候，也遇到过感人的场面：一只幼鹤吃了喷洒了农药的食物中毒而死，而幼鹤的爸爸妈妈却一直守在它们死去的孩子身边叫个不停，后来幼鹤被人捡走了，两只成年鹤又继续叫了三天才绝望地离开。爱与痛、生与死，发生在这些鸟类身上的故事让兰玉寿一辈子都忘不了。

这些年来，来巧家县栖息、繁殖的栗喉蜂虎数量不断增多。据追踪估测，目前有3万余只栗喉蜂虎前来巧家度夏筑爱巢。这一数据，意味着巧家已经成为国内栗喉蜂虎最大的繁殖栖息地。

每年栗喉蜂虎到来时，摄影爱好者们都会从各地汇聚到巧家，只为观察和拍摄这一中国最美丽的鸟之一。而兰玉寿拍摄的栗喉蜂虎照片就达数万幅。新华社、中央电视台、新华网、人民网、中新网、《云南日报》、《四川日报》、《春城晚报》、《云南经济日报》、《云南信息报》、《昭通日报》等媒体相继作了大篇幅报道。栗喉蜂虎也因此被列入世界自然保护联盟（IUCN）2013年濒危物种红色名录，也是国家级保护物种，属于《国家保护的有益的或者有重要经济、科学研究价值的陆生野生动物名录》的物种。

在巧家有这样一说："冬观黑颈鹤（昭阳大山包、巧家马树），夏赏栗喉蜂虎（巧家金塘、蒙姑、白鹤滩）。"兰玉寿说，黑颈鹤和栗喉蜂虎是巧家的两张生态文化名片。因此，为了这两张"名片"，兰玉寿成了一个狂热的摄影爱好者，只要他喜欢，就会不计成本地投入。这些年来，为了拍好这些鸟，他大概投入了50万元购买无人机、网络教材、相机等设备，用他的话说，确实很"烧钱"。

可以说，兰玉寿的摄影作品是用时间和心血堆积起来的。随着他拍摄的大量作品频频亮相在各个媒体平台，他的知名度也越来越大，新华社、央视以及一些国外的摄影爱好者到巧家后都喜欢找兰玉寿，向他索要关于栗喉蜂虎的照片，让他带路去寻找最佳的机位和拍摄点。

然而，栗喉蜂虎无忧无虑的生活局面终究还是因为白鹤滩水电站的建设而被打破了。随着水电站下闸蓄水，它们栖息的家园将被淹没，没有了沙壁、没有了农田和昆虫，就意味着它们将彻底失去生存的条件。

"栗喉蜂虎还会来吗？"很多时候在面对沙壁、面对这些翩翩起舞的精灵们时，兰玉寿就会这样问自己。搬迁的日子越来越近，飞离成了栗喉蜂虎必然的一个选择。移民离开可以到集中安置区，而作为鸟类的栗喉蜂虎究竟可以去到哪里、未来是个什么样子，兰玉寿真的没有想过，也不愿意去多想。就像相处多年的朋友一样，如果有一天它们突然从你眼前消失了，你有的只能是沉沉的无奈与失落。

如果说，杨林、张万高、兰玉寿是以传统设备和方式去留住库区移民即将消失的乡土、故园的话，那么34岁的岳世现则用现代科技的手段全景式记录下了金沙江沿岸、白鹤滩水电站以及巧家县城历史性的变迁。

出生在巧家新店镇的岳世现很不健谈。在与我们的交流中，他更多的是用电脑上的那些大图去冲击我们的视觉。2009年，从云南机电职业技术学院计算机应用技术专科毕业的岳世现，又到西南科技大学系统学习信息资源管理。之后，他便在昆明闯荡了4年，一直从事网站建设和服务器管理工作。

2013年，岳世现从昆明回到巧家，创办了思索者科技有限公司，主要是专注于720度航拍全景。这一动议，应该源于他在网上看到的一张记录昆明翠湖的全景图，当时他被这幅图片大气磅礴的画面震撼到了，这也触动他产生做全景图片拍摄的想法。很快，他就花1万多元买来了无人机，并在巧家县消防大队门前的那片土地上拍摄了第一幅全景图片。"你看，现在的这个位置已经建起了酒店，过去的那些场面那些东西现在都成了记忆！"岳世现用鼠标点开这幅图，认真地说。

岳世现航拍全景的事情引起巧家县委宣传部的注意。部长孙莉萍找到他说："小岳，我们非常看好你们拍摄的全景作品。白鹤滩水电站正在建设当中，巧家正处于大发展过程中，县城和库区移民的生活需要你们去拍摄和记录。我们想委托你们来做这件事，你看怎么样？"

"没问题，部长！交给我们公司来做，您就放心好了！"岳世现的回答十分爽快。其实，在他心里早就有这个想法了。白鹤滩水电站建设日新月异，巧家发展未来可期，以720度全景航拍这种方式去记录这一切，岳世现为自己能够参与这样的大变革感到自豪。再过几十年或者几百年，很多东西都将不复存在，而能够留给后人的就只能是这些拍摄作品。

很快，岳世现和他的团队就进入了紧张的准备工作中。他们确定了详细的拍摄计划，分期实施。第一期是围绕白鹤滩建设至蒙姑的全景拍摄；第二期分三个阶段对重点企事业单位、码头进行地面拍摄和航拍。第一个阶段是2018年6月至9月；第二阶段为2018年10月到白鹤滩水电站蓄水发电之前；第三阶段白鹤滩水电站发电后的6个月内。

也许是岳世现把问题想得太简单了，很多事情说起来容易做起来却很难。有时候光是找拍摄地就很费周折，有一部分历史古迹找不到位置，而为了完成这张图，就得联系很多单位。记得有一次去拍气象局旧址，他们就遇到了困难。因为水电站建设，这个旧址很早就被拆掉了，岳世现带着公司员工整整走了一天，最后问了很多人，才弄清楚准确的位置。

完成第一期拍摄任务，时间非常紧，又碰到修路。那是从棉纱湾到金沙江大桥的一段拍摄，当时天气异常炎热，密密麻麻的墨蚊，叮得人到处都是疙瘩，肿好长时间才能消散。那次拍摄他们用了差不多一个月的时间。拍大药山的时候，岳世现还把脚给崴了，走路一瘸一拐，一个星期才恢复。

对自己不满是任何真正有才能的人的特征之一。航拍全景的工程量实在是太大了，由于要分地面和区域、时间段来采集数据，非常耗时。后来发现原来是技术跟不上，他们只有重新再增加新设备。在外面拍摄更难，有时候为了获取3秒的镜头，受地面拍摄空间的限制，要找到合适的制高点，半个小时才能完成。碰到刮风下雨等特殊天气还不能拍摄。合成图片同样也花心思，常常是四五十幅图片要做好长时间，加班加点到深夜已经是岳世现及其团队的工作常态。

至于说损失，岳世现已经是忽略不计了。因为GPS定位失误，他们的无人机撞上墙已经损失4台，算一算都有七八万元了。而且这些无人机修理的成本相当大，少则几百，多则上千元。"但是能够帮家乡做点事情，我觉得很有意义，付出再多也值得！"岳世现说。

心系故乡，志在远方。岳世现的团队共有13个人，公司经营有巧家网、快手、抖音、公众号多个平台，专门发一些关于巧家航拍的视频和图片。施工区、淹没区、移民安置点……从建设到完工的历史变迁，以时间为轴，凸显历史纵深感，这就是岳世现720度航拍全景的真正目的。

拍摄更好的东西，不仅仅是设备投入大，而且投入时间和精力也不一样。面对拍摄的体量和任务，岳世现和他的团队忙得不可开交，他们每隔一段时间就要去拍摄一次，因为白鹤滩水电站下闸蓄水不等人。现在，他们已经完成的全景图片有1000多幅。光是储存这些图片资料的服务器他们就买了4台。岳世现说，他们害怕这些资料丢失。这些东西不仅是他们的命根子，也是记录巧家发展变迁、白鹤滩水电站建设和移民生活的珍贵资料，一旦丢失了，他们将会成为"历史的罪人"。

除了完成县委宣传部交给自己的这个"政治任务"，岳世现还想做一件事，那就是记录巧家所有的乡村，记录这些村落的历史变迁、风土人情以及美食美景等。他想用三维立体的方式呈现给读者和观众,更好地宣传巧家、推介巧家。"过了年,我们就要去做这个事情!"岳世现这样说着,态度坚决、信心满满。

我们不知道,对每个人来说,生活在某个地方数十年不肯挪窝,是否总得靠一种叫"精神"的东西支撑着。

至少,油画家李仕敏就是这样。

虽然崛起的白鹤滩水电站淹没了他们生活的家园,虽然昔日浊浪排空的金沙江变得波平如镜,但他依然深爱着这条江,这是一种早已流淌在他的血液里并且深入骨髓的爱。

今年48岁的李仕敏,在巧家县白鹤滩中学当教师,是地地道道的巧家人。他从小就在金沙江边长大,天天看江水,对金沙江有一种与生俱来的感情。从县城到四川要途经巧家糖厂,糖厂下面就是杨柳古渡,那里过去商贾云集、熙来攘往,衍生出太多商道文明和码头文化。虽然后来修建了金沙江大桥,古渡稍显冷清,但依然割不断李仕敏与金沙江往来的脚步。李仕敏说他外婆的家就在这里,苍烟夕照下,他经常会看到艄公光着膀子推船的情景,印象极为深刻。这就为他后来的创作积累了很多素材。

李仕敏毕业于云南师范大学美术专业。他的代表作品有《江畔》《暖冬》《七月湖畔》《山野》《秋后》等。他说:"我是一个老老实实画画的人,至今依然坚持用自己仅有的绘画感知去画,只想真实地表达我看见的和我为之感动的。我觉得能让人感动的,是为大美。"

李仕敏用油画关注金沙江和库区移民的生活本应该是在五六年前。他创作了很多关于金沙江的作品,有的作品多次入选云南省青年美展和云南省油画学会作品展。2018年5月,他随中央美术学院学术交流团赴俄罗斯交流学习,作品被多家机构和个人收藏。在昭通市庆祝建党100周年活动中,李仕敏以"杨柳古渡"为背景创作的《红军渡》引起轰动;在市教育系统举办的建党100周年美展中,他创作的《白鹤滩电站》还获得了一等奖。

"白鹤滩水电站建好后,很多地方都被淹没了,江水覆盖了人们的记忆,如果不留下一些什么,那真的是可惜了。"李仕敏说自己对金沙江的情感和别人不一样,只有回到这条大江的怀抱,回到江畔他的小窝,推开家门,踏踏实实地坐下,心情才称得上妥帖。这种感觉,是金沙江给他的。因此,这些年来,除了工作,他主要的时间都用在了绘画创作上,要么在江边写生,要么待在家中临摹。至今算来,他已经画了有300多幅关于金沙江的作品,这占了他作品的一半之多。

李仕敏对金沙江了解深刻,因此他创作的作品在当地很有名气,从某种意义上讲,他和他的作品成了金沙江的一个符号。然而,为了这些作品,李仕敏却经历了太多常人难以想象的艰辛和危险。金沙江畔风大,而且怪,无风时静悄悄的,一旦起风,就会以迅雷不及掩耳之势突然来袭。2012年2月,李仕敏在江边画古渡船时忽然起风,他来不及收拾画夹,一

◆ 双子余晖(油画) 李仕敏/作

◆ 杨柳古渡（油画） 李仕敏/作

幅1.4米长、0.7米宽的大尺寸画作和他的遮阳伞一起被狂风卷到江中。眼睁睁地看着快完成的心血之作沉入江底，李仕敏难过得真想大哭一场，心情沮丧到了极点。好在画夹、画板和画箱后来被捞起来了，多少给了他一丝丝安慰。

像这样的事情，李仕敏经常遇到。

"白鹤滩水电站建好后，金沙江以前的古老和沧桑不见了，从艺术创作上讲，这肯定是一种损失。不过，现在也不错，高峡出平湖的秀丽，绿如宝石的江水同样也值得人期待。再说了，国家水电站建设是大事，没有白鹤滩水电站，巧家的发展不知道要滞后多少年。"让李仕敏感到遗憾的是，他后悔自己没有过早地介入，没有更多的时间去多画一点关于金沙江的作品。虽然画了一些，但总觉得还是不能留住金沙江的全部。有时候想想还是挺伤感的。

虽然伤感，李仕敏依然会把白鹤滩水电站移民的后续发展作为自己创作的主题，他想用连环画的形式创作一套关于水电站库区移民的作品，通过生动的故事去反映移民群众经历的酸甜苦辣，以及他们的爱情、家庭和

◆ 泊（油画）　李仕敏/作

生活。

　　梦由自己来创造，路由自己来走好。杨林、张万高、兰玉寿、岳世现、李仕敏……在白鹤滩水电站库区，有很多像他们一样的人。就是他们，10多年来不顾一切、不计得失，一次次地跋山涉水，一次次地风餐露宿，拍摄和描绘着白鹤滩水电站的建设及库区的山川河流、风土人情、生活场景。他们用这样的方式，寻找、发现、留住一些记忆碎片，让那烙着时间印记的家园永恒定格。

　　他们用心完成的东西，将来有一天，就是巧家的宝贝。随着时间的流逝，它会愈加地珍贵。

◆ 从今往后，路不再艰难　张万高／摄

第三章

天下难事

历史留下的考题

　　对于乡下人来说，搬家是大得不得了的事。让5万人搬家，这题目太大。经过无数次调研，经过无数次的会议讨论，经过无数次的与有关部门对接和向领导汇报请示，一个"以移民为中心"的移民搬迁工作思路逐渐有了轮廓……

　　分管移民工作的巧家县人民政府副县长刘峰，实际上已经是一个"老移民"了。

　　与水电站建设移民的不解之缘始于2003年，因溪洛渡水电站建设，在永善县细沙、青胜等乡镇工作了17年后，刘峰调入永善县移民局工作。随着溪洛渡水电站、向家坝水电站两座大型水电站的建设结束，刘峰从永善县移民局局长、永善县政协副主席（兼永善县移民局局长）、昭通市移民局副局长再到分管移民的巧家县人民政府副县长，移民工作已然成为刘峰大半生的事业。

　　"我有四个家，父母是一个家，妻子是一个家，我是一个家，远在武汉的儿子是一个家。"刘峰说到这里的时候，不得不停下来，他强忍着，怕继续说下去，会控制不住情绪甚至流下眼泪来。

是啊，因为干移民工作，与家人聚少离多，已经是每一个移民干部的工作常态。

莎士比亚说过，人的一生是短的，但如果卑劣地过这一生，就太长了。十多秒短暂的回忆，酸甜苦辣全浮现在脑际。"作为一个土生土长的干部，我其实也是一名普通的移民。"刘峰说。一方面是基于移民干部的身份，必须着眼移民工作大局，如何按时间节点推动整个库区的移民搬迁；另一方面是作为一名普通移民，当具体的政策落到个人身上，其中的不舍与付出，有了切身之感。

曾经的两种身份的叠加和交织，让这个被金沙江水淘洗得干练敏捷的汉子，对移民工作的理解和推动有极其务实的个性。

2018年5月26日，时任云南省委书记的陈豪在巧家调研，指出移民的工作思路应该"不再就移民而移民"，而是要把移民工作放在新型城镇化建设及产业发展这个背景下进行。这样的指示，一下就把巧家未来的发展方向说得非常明白。巧家县人民政府抓住这一契机，布局"特色旅游城市"，因此就有了今天移民安置点的规划布局，让移民看得见未来。

◆ 宣传移民安置相关政策　陈红云/摄

省委主要领导的调研，不仅给了巧家县移民工作在政策和资金方面的支持，并且将"以移民为中心"这一民生思维传递给巧家各级干部。这是一次给予巧家县足够信心的调研，昭通市成立了以市委书记杨亚林，市委副书记、市长郭大进为双组长的白鹤滩水电站移民工作领导组；而巧家县委、县政府领导成员中，从县委书记张华昆、县长陆颖，再到县委副书记宋廷柱及副县长余铁、刘峰，他们的工作经历都在某个时间节点与大型水电站移民重合。

让专业的人干专业的事和干部的合理配置，给大国重器之基打下了扎实的基础。白鹤滩水电站被中央高层称为"国之重器"，整个工程的进度与移民工作的进度密切关联。对于巧家县各级领导干部，"天下第一难"的工作，已经由多年前的计生工作，变为当下的移民工作。

在昭通11个县（市、区），巧家县是一个独特的存在，一方面要与其他县（市、区）同步完成脱贫攻坚工作，另一方面必须按照白鹤滩水电站建设的时间节点提前推动移民工作。这不是两只脚走在一条钢丝上，而是两只脚走在两条钢丝上。如何平衡，如何协调？巧家县不得不往前走，不能停下来，更不允许掉下来！

巧家县各级领导干部面临"天下第一难"的工作，他们下一步的路怎么走？

在社会学家葛剑雄、曹树基、吴松弟的《简明中国移民史》里，对移民有这样一个定义：具有一定数量、一定距离，在迁入地居住了一定时间的迁移人口。从这个定义的理解，巧家的历史其实也是一部移民史，一部人与自然的抗争史。

云南的汉族多属于移民。据史料记载，在天宝年间唐朝与南诏发生战争前，云南的汉族主要来自姚州都督府的戍兵和逃避封建赋役的民众。唐朝与南诏交战后,南诏又掳掠来众多汉人。如至德元年(756年),南诏攻掠巂州时,就掳掠甚多,"女子玉帛,百里塞途"。

上述记载中的巂州,即今天的四川省西昌市,其所辖的宁南县和金阳县以金沙江为界,与昭通市的巧家县隔江而望。多年以前,在一场战争之后,留守在巂州的汉族人用一只牛皮筏跨过金沙江,到达彼岸,在巧家择水岸居住下来。

人类活动对地球的影响,一直没有停止过。英国地质学家科林·沃特斯说过,塑造地球的主要力量,不再是河流、冰或风了,而是人类。尤其是自工业革命以来,人类在土地利用、水资源利用等方面极大地改变了地球面貌。

随着白鹤滩水电站的崛起,被截流的金沙江江水一寸寸沿着金沙江向两岸高山蔓延。随着两岸5万多移民携家带口,奔向各个安置点,人类的

◆ 建设中的白鹤滩水电站(巧家县大寨镇) 闫科任/摄

力量在金沙江江岸凸显出来。

巧家县水电站移民服务中心的办公楼外面墙体上，一条"党心民心移民工作不忘初心，真干苦干撸起袖子加油干"的标语赫然醒目。另外一面墙体上，有一排蓝色的字："政策移民，情感移民，阳光移民，和谐移民。"

在巧家县水电站移民服务中心门口，有干部对我们解释："其实，这些标语是对巧家移民工作的态度和方法的最好阐释，这是一种俯下身子的姿态。"

因为原来的办公楼在白鹤滩水电站825米高程以下，现在的办公楼是最近迁建的。在这幢新办公楼里，每一个人都有一个与移民有关的故事。

火不猛，水难烧开。多少个夜晚，巧家县水电移民服务中心办公楼的灯光总是亮到最后。

移民工作事关社会的稳定和每个移民群众的切身利益，一头是国家大局，一头是百姓利益，巧家县水电移民服务中心的干部职工深知其中的艰难。他们是县委、县政府的参谋和助手，他们必须想在前、做在前。为了健全移民信访维稳体制机制，巧家县水电移民服务中心在库区所涉镇、村、组配置了信息员，编织了一张信息网，及时掌握移民思想动态，努力把问题化解在基层，提升应急突出能力，抓好后勤保障。这些信息员纷纷深入一线，辗转于田间地头，往返于移民家中。他们心里装着移民，移民的事，在他们眼里，不分大事和小事，事事都认真对待，在移民政策范围内优先办好。在面对地界的争论、地类的定论及抢栽抢种等诸多困难时，他们心平气和地聆听，查找原因，结合政策做思想引导和解释；在面对抵触情绪较大、思想僵化、顾虑重重、不愿签订搬迁安置协议的群众时，他们用政策引导、用事实说服、用典型影响，使移民政策家喻户晓，赢得了移民群众的信任和支持。

巧家县水电移民服务中心工作人员的罗坤华，大部分时间在基层奔波。他说："人生平凡得很，能参与白鹤滩水电站建设的移民工作，我十分荣幸。无论周末还是节假日，无论严寒还是酷暑，无论是被蚊虫叮咬还是尘土漫天，再苦再累都是值得的……"

巧家县水电移民服务中心的工作是榜样、是镜子，大家的眼睛都朝着他们看。所幸，他们做得极好。

巧家县大规模的水电移民，其实是一次社会重构，安置仅是一个方面，规划就是重构的一个手段：从外迁到内搬，怎么搬？生产生活问题怎么解决？移民后扶怎么去落实？所有这些具体要面对的问题都应根据经济社会发展做调整。

对这些问题的深入调研、思考，促进了巧家移民工作思路的形成。直到今天，当5万余移民顺利搬进各个安置点，巧家移民工作"先谋而后动"的思路在各地移民工作中依然有借鉴意义。

毫不讳言，移民政策全国一盘棋很难：每个水电站建设都有其特殊性，每个地方的经济社会发展不一样，意味着社会重构的条件和环境不一样。

"比如巧家县，优质的土地分布在金沙江两岸，而这些区域恰好处于淹没区。如果采取以土地安置为主的方式，将给巧家移民工作带来极大压力。"国土部门的一位干部介绍。

无数次的调研，鞋子一次又一次糊满泥土，汗水和焦虑相互交织。经过无数次的会议讨论，思想、观点一次又一次交锋、汇集，可贵的思路逐步建立在很多看似无效却又非常可贵的争吵之中。方案形成，他们又无数次地与有关部门对接和向领导汇报请示，一个"以移民为中心"的移民搬迁工作思路逐渐有了轮廓。

拿出巧家最好的资源进行安置，将移民全部安置在库区。这个思路的出发点与易地扶贫搬迁和城市化建设不谋而合。巧家移民从农业化安置转为城镇化安置，借移民安置之机，将巧家建成"一城（巧家县城）三镇（蒙姑、金塘、大寨）"特色旅游城镇。

定位出来了，资金从哪里来、如何开展工作？凡事预则立，不预则废。继2016年11月30日首次调研，2017年5月26日，时任云南省委书记陈豪第二次在巧家调研并做出了决策部署，巧家移民开启了一段波澜壮阔的历程。

巧家县金塘镇人大主席张恒描述了白鹤滩水电站蓄水发电后金塘镇集镇搬迁后的样子："山水画廊，温泉金塘。"

搬迁后的金塘将由货运港口、观光步道、一片果园、生态农庄等功能区构成。这与即将搬迁前街景的杂乱无序相比，搬迁后的金塘，是一幅每个移民梦境里的美丽图画。

然而，修改一幅画与在一张白纸上画画相比，显然前者要艰难得多。

金塘镇地处金沙江河谷，东与崇溪乡相连，南与蒙姑、炉房乡接界，西隔金沙江与四川省会东县相望，北与白鹤滩镇接壤。境内最高海拔2260米，最低海拔670米，高差1590米；地形东高西低，重峦叠嶂，沟壑纵横，西部平缓地带堆积层厚。

与蒙姑、白鹤滩、大寨这三个乡镇相比，金塘镇镇政府所在地属于搬迁范围，一定意义上讲，金塘镇是唯一一个整体搬迁的乡镇。

2011年下达"封库令"后，金塘镇的移民离自己的家园就越来越远了。他们知道这一天会到来，但当这一天真正到来的时候，心里千般滋味竟难以言说。

2018年4月,金塘镇双河社区马店村民小组青杠坡安置点建设启动,临时过渡安置搬迁成为金塘镇党委、镇政府移民工作的重点。126户如何搬到临时安置点,成为金塘镇移民搬迁工作的首次尝试。

接到社区搬迁的通知,126户移民建了一个微信群,平时大家早不见晚见,有什么事登门说一声,都不用在微信上说,觉得这很不正式。但是,当大家面对共同的问题时,微信群成了一个相互交流倾诉的平台。

三百六十行,种地是一行。金沙江边的人,一直都是这样认为的。微信群里开始是晒种植的庄稼、房前屋后的风景、家人团聚的场景,甚至是雨季还没来临前看上去温顺的金沙江。这一些图片汇集成一种情绪:不搬!面对肥沃的土地、熟悉的家园,甚至是朝夕相处的邻居,哪能说搬就搬、说舍就舍?

"手拿锄头去种地,胜过外面跑生意!"

◆ 回望老家 兰玉寿/摄

"七十二行做买卖，赶不上种田打土块！"

……

在126户移民搬到临时安置点前，金塘镇党委、镇政府已经对实物指标调查等遗留问题进行化解。张恒介绍，为清除移民搬迁前的障碍，从2016年12月开始，金塘镇党委、镇政府调解各种矛盾纠纷55起，由镇党委书记牵头、班子成员调解的各类纠纷有10起。直到2017年12月，所有明面上的和潜在的矛盾纠纷全部"清零"。

"这是金塘镇移民工作的一个转折点，为下一步的整体搬迁奠定了基础。"张恒说。

但当进入仅126户移民的临时搬迁阶段，搬迁工作的困难程度远远超过了金塘镇党委、镇政府班子的想象。

"不搬！"

"不搬！"

"就是不搬！"

微信群里抵触的情绪还在蔓延……

金塘镇党委、镇政府开始组建4个工作组分片区对126户移民做工作。

对家园的不舍是一个共性的东西，但是，每一户移民都似乎有不搬的理由：过渡安置点分散，126户人被安置到不同的地方；虽然距离不远，但少了左邻右舍的相互依托；要搬迁的房屋不如原来居住的，生产生活极不方便；年青一代都外出打工了，没有劳动力搬；政策补助不到位，等解决了才搬。理由不一而足，甚至很多理由交织在一起，移民不搬的理由越来越多，最后就两个字"不搬"。

搬还是不搬？

"老藤，你是党员，带个头嘛。"社区副支书施学聪喊的老藤叫藤传连，一名老党员，在地方很有威信，他说话算话，村民都听他的。

"我知道要以大局为重，电站已经在建了，我们不搬走，安置点就不能施工，到时候水涨上来，那么多人搬哪里去？"藤传连说。

移民中不缺少明白事理的人，但是，当他的想法与绝大多数人不同时，他也害怕自己被孤立起来。搬迁要在搬迁协议上签字，政府和移民都信这个。空口无凭，一旦签上字，按上手印，那就是一言九鼎的事。想不想搬不重要，重要的是在协议上签字。

听出话有些松动，工作组趁机动员藤传连把字签了。

"不是我不想签，是我签了，别人要骂我。"藤传连犹疑着说。

一粒黄豆磨不成浆，一滴山泉成不了河。一整天，工作组待在藤传连家里，忘记了吃饭，渴了喝一口水，继续做动员工作，累了抽一支烟解乏。大家都很清楚，移民没有不搬的充足理由，但是就是不搬；工作组也有很多理由说服移民搬迁，但是不起作用。移民工作如果是把政策讲清、把道理讲懂就能做好，那也就不是"天下第一难"了。

"很多时候，我们把亲情、友情牌都打完了，还是不起作用。我们只有用行动感动移民，良心长在肉身上，你的努力移民会看到的。"张恒说。

那天傍晚，金沙江河谷的热风还没完全散去。藤传连突然想通了，说："我签。"那一刻，工作组好像得到了最高奖赏。在藤传连放下签字笔的那一刻，工作组的人员不约而同地说："老藤，谢谢你支持工作！"

工作组知道工作局面打开了，藤传连成为签下临时过渡搬迁协议的第一人，以后的工作就会很好开展。通情理的人前好说话，知地方的人好指路嘛！

第二天一大早，工作组高高兴兴来到青杠坡。藤传连签字后，以藤传连的号召力，村民们都会签字。这126户村民不搬走，安置点工程建设就无法进行，后期的移民工作会更难推进。

弯木头服的是直墨线。126户临时过渡安置移民的工作局面总算真正打开了。

志不立，天下无可成之事。冉志新是巧家县金塘镇移民工作站站长。第一次接触移民工作是在2011年3月，他接到通知，要到大寨镇大田坝开展实物调查工作。4月22日，他来到了大寨镇。他清楚地记得，从不同部门和乡镇抽调人员组成的实

◆ 院坝会解决了大问题　何顺凯/摄

◆ 打着电筒开始签订协议　何顺凯/摄

物调查工作组由200人组成，在大寨镇开展为期4个月的实物指标调查试点工作。那一段时间冉志新中途只回了一次家。金沙江边的阳光是暴烈的，当他回到家里，儿子都差点认不出他来了。看见一脸黝黑的父亲，儿子开玩笑说："你是不是去了非洲？"

正是这段时间与移民零距离地接触，冉志新知道移民心里在想什么。

2000年1月1日，白鹤滩水电站被下达"封库令"，淹没区就不能种植农作物了，但是移民仍然该种植的还是种植，让土地在有限时间继续发挥作用。一直到进行实物指标调查，抢栽抢种的现象同样明显。

"这不仅是抓住增加收入的机会，更是对土地的依恋。"冉志新说。

在大寨镇大田坝进行实物指标调查试点后，大规模的实物指标调查工作随即在全县铺开。禁止抢栽抢种，意味着作为农民的移民，他们与土地开始割裂。

在实物指标调查中，调查人员感受到移民的期望值很高，但是在刚性的政策面前，他们默契地统一了工作方式，尽量保证移民利益。

"打个比方，某个移民的地块种上蔬菜，自用型蔬菜和商用型蔬菜补偿的标准不一样，商用型蔬菜补偿标准高，我们就认定为商业用蔬菜。"冉志新说，"怎么样去定义，可变性很大，为移民争取利益，他们很高兴，但还是满足不了他们的诉求。"

金塘镇党委副书记赵军也认为，实物指标调查是保证移民利益的一个重要环节，当移民的期望得不到满足，矛盾必然会产生。怎样化解这些矛盾，基层党委、政府要直接面对，除了向移民讲清楚政策外，还要在政策范围内给移民争取补助资金，让移民享受到最大利益。

移民需求和政策补偿之间的矛盾，一直是移民工作要解决的问题。

2012年7月，巧家县实物调查工作基本完成。2018年3月，巧家县启动移民界定工作，这项工作包括搬迁人口界定和生产安置对象界定。这些工作都绕不开移民需求和政策补偿之间的矛盾。

移民工作之所以难做，就在于移民的利益诉求超过了政策范围。这些政策的刚性特点，让移民干部的工作开展得非常艰难，不得不使出浑身解数。

青杠坡的126户移民中，藤传芳是最后一个在协议上签字的。

70岁的藤传芳患有重病，与96岁的母亲相依为命。与健全的家庭相比，举家搬迁，他们缺乏最基本的劳动力，即便是想搬也困难重重。关键

◆ 巧家北门移民安置房开始打桩　闫科任/摄

是96岁高龄的母亲死活也不搬。"就死在老屋算了，我哪也不去。"工作组人员和藤传芳听清楚了老人含混不清的声音。

　　5月15日清晨，金沙江河谷的热风还未沿河道漫过来，刚起床的藤传芳听见母亲喊自己的名字。他走到母亲床头，母亲从被单里伸出骨瘦如柴的手，示意将她扶起来。在清晨的阳光中，藤传芳扶着母亲在房前屋后转了一圈，始终没有说一句话。来到屋檐下坐下，母亲的目光一直向外望，很久很久，藤传芳听见母亲说："走啊，儿，就剩我们了，不要拖后腿。"

　　火把不点不燃，道理不说不明。藤传芳低头看看母亲，两行泪水从母亲干涸的眼眶淌出了。好多年，藤传芳已经没看见过母亲的眼泪了。

　　得知藤传芳一家可以搬了，工作组非常高兴，马上联系原来出租房子的村民，说藤传芳一家要搬过来了。但是，就在藤传芳一家折腾的这段时间，出租房子的村民了解到藤传芳本人重病、一个96岁的母亲随时可能去世，如果万一在自家房子里去世，在农村是一个忌讳。

青杠坡126户临时过渡安置移民的房屋，都是政府向集镇、社区的居民临时租用的，移民安置在哪一家都有随机性。对于藤传芳的情况，房主的想法可以理解，可是，藤传芳一家要怎么安置？经过多次协调，房主想开了，还是答应了。

6月10日，在村民们的帮助下，70岁的藤传芳和96岁的母亲搬离了青杠坡。当天，青杠坡安置点建设施工队入场。在机器的轰鸣声中，那些126户移民所熟悉的道路、庄稼、沟渠、圈舍被扬天的灰尘淹没，一个村庄就此消失了，一个崭新的安置点即将出现。

田坝村民小组280亩土地能干些什么，双河社区第五支部书记、田坝村民小组移民代表李贞祥如数家珍。

◆ 拆除　邱锋/摄

田坝村民小组共有土地280亩，可以种三季苞谷、两季稻谷，在这片紧靠金沙江的土地上，一年四季都有农作物生长。除苞谷、稻谷等传统农作物外，这里可以种植出桑树、甘蔗、花椒，还有各类蔬菜和果类。这里属于热带气候，光热条件好，水资源丰富，一亩土地能给这里的村民带来最低近2万元的收入，最高可达5万元。

造物主从不吝啬将成果馈赠给每一个勤劳的人。200多年前，陈、张、刘、李、周等五姓人家从江西、湖南一带来到这个历史上叫小河街的地方安居下来，演变为今天的100多户415人的小村子。

有水，有阳光，就能让人活下来！

从上辈口传的家族史里，李贞祥知道自己的曾祖父李复兴沿金沙江一路流浪到了小河街，李复兴的母亲就靠打草鞋这一技能在小河街生存下来。同时，这里的土地、阳光、水源给了他们生活下去的必要条件。

直到今天，一个以村民小组为区划的空间，不同姓氏的人们和谐相处，只要勤劳，就可以无忧无虑地生活下去。

但是，这一惬意的生存状态，随着白鹤滩水电站的建设，将会被改变。未来的日子会怎样，他们只能通过政策这一窗口瞭望。然而，水电站建设对土地的补助每亩仅200元，对于在土地上有巨大收益的村民来说，这是无法接受的事实。更重要的是，安置补助是多少，当时也没有明确。国家政策不会因田坝村民小组而改变，田坝村民小组的村民只会因国家建设需要而改变。这个观念的改变，李贞祥发挥了一名党支部书记的作用。

开始实物指标调查的那一年，也就是2011年，李贞祥的儿子李国被昆明医科大学录取，而在昭通至巧家二级公路承包工程的李贞祥回到了老家田坝。在儿子读大学这几年，李贞祥在水电站淹没区以上租用了20亩土

◆ 库底清理 邱锋/摄

地，种上葡萄，每亩葡萄收入近8000元。

一次与镇上领导闲聊，李贞祥无意识地透露了自己"返乡"的秘密，他要通过自己的行动，告诉村子里的人，社会发展太快了，田坝的人不一定要守在家里；经济环境好了，离开这片土地，我们依然会活得好好的。

这一聊，让金塘镇的领导兴趣盎然。是啊，移民工作难做，难在故土难离的情结，难在看不到未来的生活会怎样。应该把李贞祥的想法变成移民们的想法。

2018年3月，这是一次在田坝村民小组召开的党员扩大会议，正是巧家县移民界定工作最忙碌的时间。

"搬迁后的日子怕不如现在。"

"搬得走，晓得住得下来不？"

参加会议的人说出各自的顾虑，这次党员扩大会议就是除了党员外，部分移民代表也参加。这次会议的议题显然很重要，包括人口界定和安置协议。没有收到邀请的个别村民也来参加了，参会者众说纷纭，困惑与不满弥漫在会议现场。

等大家稍微平静下来，李贞祥开口了："水淹上来，你们搬还是不搬？到时候，你签了安置协议要搬，不签安置协议的也要搬。"

会场立即鸦雀无声，大家想不到平时和和气气的李贞祥语气竟然那么强硬，但他说的都是现实啊。

李贞祥事后一想，觉得自己语气有点重了，就不把日常工作放在会议室解决而是放在田边地角，除非是一些需要表决的事项。

"我们要支持国家建设，国家建设好了，就会带动地方发展。这些年来，就是国家发展好了，政策好了，给了我们很多补助，我们才富裕起来的……"

剥皮才见豆米，拨弦才知琴音。统一思想，是步入成功之门的通行证。李贞祥从大道理讲起，他知道这像是一段音乐的前奏，没有不行。这样由远及近的宣传方式，移民们更容易接受，他要把自己的认识传递出来，这个认识就是"要想得通"。他指着不远处正在修建的高速公路说："如果不修水电站，高速公路不知道哪一天才修得好，舍小家为大家就是这个道理嘛。"村民们多数支持，少部分还是想不通。李贞祥安慰他们："不怕，慢慢来。"

2018年3月，金塘镇、双河村召开镇、村两级群众大会，推选李贞祥为田坝村民小组移民代表。

村民们说："我们信任老李，他才能为我们考虑、能办实事。"

李贞祥说："大家这样信任我，我只能把上级的政策向大家宣传，把大家的想法如实向上反映。"

在李贞祥的意识里,这一代人只要肯付出,下一代人就好了。国家建设能带动地方经济发展,会给巧家带来翻天覆地的变化,他乐意接受移民代表这一苦差事,是发自内心地为移民工作付出。

只因"把上级的政策向大家宣传"这一承诺,会后,李贞祥开始认真学习移民政策,并发现了一些问题。比如,实物指标调查过程中,除了本地干部,华东院及水电站的人员都参与了,他们对巧家的很多情况不熟悉,某户移民地里种的是芒果,结果被登记成蔬菜,芒果的价格和蔬菜的价格不一样,移民得到的补偿肯定有差异。还有,另一户移民家外出打工,土地荒了,荒地里面长了树,实物登记时登记为树,得到的补偿就比实实在在种庄稼的移民都高,其他移民觉得不公平,影响了工作的开展。李贞祥一方面将这些问题向上级反映,另一方面以一己之力积极化解矛盾。

没有了土地,怎么办?

田坝村民小组的移民们都在想这个问题,李贞祥也在想这个问题。

"其实是很难的,作为移民代表,其实不单独代表移民,也代表政府。"李贞祥说。

从在外务工到承包工程,见多识广的李贞祥知道:作为农民,一旦失去土地,即便有国家安置补偿的政策支撑,但与土地长期打交道的这些农民,就会感觉失去依靠。

这是移民最深的感受,李贞祥本身就是移民。

随着白鹤滩水电站建设的推进,政府开展的所有工作都告诉淹没区的村民,"你们很快要到另外一个地方去!"到哪里不知道,听说是到5公里外的青杠坡。不远,从江边往上走,一个小时就能到。但是,越往上走，土地越贫瘠，原来养育了几代人的肥沃土地就只能成为记忆。或者说要移到外县，这更是一个空洞的概念，那里还像田坝一样好居住吗？

回到田坝，李贞祥只想做两件事：一是要以儿子李国读大学的经历告诉大家，一定要管好娃娃，金钱买不来下一代的成长；二是要带领村民发展产业，白鹤滩水电站蓄水发电后，搞观光农业是一个不错的项目。

李贞祥其实对农业种植也不熟悉，他从熟悉的莲花白种植开始，尝试种番茄，到最后种成了20亩葡萄园。

在发展产业的过程中，李贞祥和大家的关系越走越近。他毫无保留地传授种植技术，或者让大家加入自己成立的农民专业合作社，这不仅让大家增加了收入，还要把金塘镇建成旅游点、要发展什么的思路分享给大家。他想通过移民一代人向移民下一代人传递一种思想，不管社会发生什么变化，个人的奋斗很关键。

在田坝村民小组采访遇见李贞祥，他是一个看上去很谦和的人，内心却埋藏着一个张扬的梦想。他带着我们走过田坝村民小组的田间小道，走到自己租种的20亩葡萄园里，这是他梦想的一个分水岭。通过几年的不断摸索，他已经从种植传统的农作物改变为种植经济作物，将来有一天，当白鹤滩蓄水水位逐渐上升，他在山顶种的地瓜也许已经成熟，鲜花已经盛开，草木已经茂盛。人只要去创造，没有的总会有。

"像蜘蛛一样，哪里有洞就往哪里钻。"李贞祥用一个比喻，说明自己目前的状态，只要有能带动大家增收的项目，就要努力去实践。

2019年6月，云南省移民办公室相关领导到巧家县调研移民工作，来到田坝村民小组，问李贞祥搬迁协议有什么困难没有，李贞祥回答说："有，党员带头签了，但有部分人还会观望。这就像赶羊子上车一样，只要有两只上车了，后面的就会慢慢地跟着上车。"一位熟悉李贞祥的乡镇干部说:"你就是先被赶上车的那只羊。"话音刚落,现场一阵笑声。

从巧家县人民政府办公室调任蒙姑镇党委书记的肖品川,心里非常明白,巧家县移民工作的局面重点在白鹤滩、难点在蒙姑。

2017年,也是因移民工作的原因,肖品川受命于危难之际,离开机关来到蒙姑镇任一把手。此时的蒙姑镇,脱贫攻坚、移民搬迁、格巧公路征地等三项工作叠加,这是一个考验领导干部能"十指弹钢琴"的时候。

人生最精彩的不是实现梦想的瞬间,而是坚持梦想的过程。一到任,肖品川就开始梳理每一根弦,要让每一根绷紧的弦弹奏出明亮的音符。

第一根弦是巧家县民政福利综合厂。

蒙姑镇移民安置点设在十里坪,但这里20多年前遗留的问题悬而未决,各种矛盾错综复杂,各种利益冲突集中在一起。相对其他安置点单纯的征地,十里坪地面的情况已经不是"复杂"两个字能说清楚的。

我们在相关资料里看到了有这样的记载。

巧家县民政福利综合厂创建于1993年。1994年,原蒙姑乡人民政府与原蒙姑村委会签订土地流转协议,将蒙姑村位于十里坪的3000余亩集体土地流转给原蒙姑乡人民政府。原蒙姑乡人民政府又与巧家县民政福利综合厂签订土地流转协议,将从原蒙姑村流转的集体土地流转给巧家县民政福利综合厂,用于烧制红砖、石灰和种植养殖等生产经营活动。民政福利综合厂于2003年停止经营。2007年,由原蒙姑村民委员会和李坤签订承包管护合同,合同期为5年,到期后未续约。

2016年,蒙姑十里坪新址占地区实物指标调查登记房屋涉及争议面积达3538.62平方米,登记土地590.796亩。其中农户189.366亩,涉及集体土地争议面积达401.43亩。在管护期间自然人李坤对民政综合福利厂内的相关设施进行了维护、修缮。李坤与福利综合厂、蒙姑社区集体在十里坪开发区枣园、养殖场、砖瓦厂修缮维护投入上产生了纠纷。2016年，蒙姑十里坪新址占地区实物指标调查时将45.092亩原本是旱地的集体土地登记为工矿仓储用地，但工矿仓储用地按照金沙江白鹤滩水电站的实物补偿补助政策，没有补偿补助标准。蒙姑社区群众要求按照相邻地块的补助标准纳入补助，而三峡集团和华东院要求按照电站移民的规程规范处理，不给予补助，蒙姑社区的群众反响强烈。加之民政福利综合厂内的部分附属设施未进行登记。这一系列的复杂问题，给处理加大了难度，增加了压力。

合同、产权、补偿等纠纷交织的背后，是各方利益的角逐，需要对历史的理解和尊重。在加大组织力量的同时，厘清历史遗留问题原因所在，加强与各个层面沟通，让解决问题的落脚点回到法治本身，这措施不仅需要较高的站位，同时需要用情用心去实践。

第二根弦是实物指标调查遗留下来的问题。

2011年的实物指标调查留下很多问题，没有签字的就有100多户。具体情况是土地权属混乱、家庭财产分割不清。很多工作看似结束了，其实留下很多问题。

肖品川举例说，蒙姑镇蒙姑社区拱洞一组21.127亩集体土地原属于荒山，金沙江白鹤滩水电站实物指标调查前周发德等15户村民在该集体土地上实施小片开荒，实调时该土地被登记在小组集体名下。现村民担心在进行移民人口界定时会影响他们的生产安置人口界定指标的测算。周发德等15户村民要求将该土地分解到各户名下。同时，周发德以此为由和两个儿子（周文明、周文祥）拒绝工作组入户开展移民工作。

要解决这个问题，得靠法律法规和移民政策。于是，蒙姑片区移民工作指挥部组织工作人员查阅《中华人民共和国土地管理法》《中华人民共和国土地承包条例》《中华人民共和国农村土地管理法实施条例》和《金沙江白鹤滩水电站可行性研究报告阶段移民实物指标调查细则及工作方案》。通过调解，将涉及的21.127亩土地分解到15户农户，并协调三峡移民局、华东院等各方按照调解协议对21.127亩土地进行变更登记到相应的农户，移民工作才得以顺利开展。

第三根弦是无序流转的土地。

13件土地流转纠纷案例中，面积最大的竟然达到2400亩。在签订土地流转的时候，双方都没有考虑到白鹤滩水电站建设的补偿，条款上没有表述，当补偿来了后，"补偿给谁"成为矛盾的焦点。

2010年，蒙姑社区段家坪子二组李文云等17户村民将属于在本小组的35.206亩土地流转给牛滚荡二组村民余兴发用于开发。其中，耕地32.616亩、荒山2.59亩。按双方流转协议利益分配，流转方与17户农户各占50%。金沙江白鹤滩水电站实调时将17.603亩土地登记在相应的农户名

◆ 消失的金塘集镇　闫科任/摄

下，剩余的17.603亩土地登记为余兴发，但因余兴发不是本小组村民，遂将17.603亩土地分为29个图斑登记在段家坪子二组村民张胜明名下。李文云等17户农户担心在进行移民人口界定时会影响他们的生产安置人口界定指标的测算，故要求将张胜明名下的17.603亩土地分解到相应的17户农户，因此就对补偿补助产生了异议。

最后还是通过法律法规，组织双方进行调解，将被淹没的土地"两费"（土地补偿费和安置补助费）的补偿补助归17户农户所有。土地"两费"补偿补助按照移民安置政策处理。涉及流转土地的地面附着物的补偿补助归余兴发所有，补偿补助由移民主管部门直接兑现给余兴发。

什么叫成功？把每件小事做好就是成功。讲完这些案例，肖品川调侃："十多分钟时间，我就把这些事情的经过讲完了，但解决这些问题不知花了多少时间和精力，我们移民干部都快没有'家'这个概念了。"

难点却远不止于此。

历史上的蒙姑和地理位置上的蒙姑，它的特殊性，决定了移民工作相对其他地方更为艰难。

在蒙姑，金沙江、小江、以礼河在这里汇集，形成三江并流的独特景观。三条江的两岸，分布着四川省凉山州会东、宁南、布拖、金阳及云南省东川、会泽、鲁甸、昭阳等行政区划，不同区域之间的民间交往频繁，信息和观念也在这里"并流"，相互影响、干扰和渗透，维稳工作压力巨大。

局势分析清楚后，一张关于脱贫攻坚、白鹤滩移民、格巧高速公路征地一盘棋统筹和整合的工作路径图出来了。时间表、路线图、工作图非常清晰，该干什么、怎么干、结果应该是什么，每个移民干部一目了然。

从政府办副主任空降到蒙姑镇的党委书记，干部职工和移民都在等待肖品川出招。很快，大家看到了新上任的书记招式很简单：抓移民代表，抓移民党建。

一场场选举移民代表的会议在各个村民小组展开，选出移民代表的目的在于把工作力量下沉到底，移民代表知道移民在想什么、需要什么。经过选举，党委、政府信得过、在移民群众中有威望的9名村民被选为移民代表，他们在移民工作中担当起"政策宣传员、信息收集员、矛盾化解员"的角色。

被选为移民代表的杨林，身上的移民"烙印"特别清晰。

"日子过不下去了，离开故土是被动的移民；为了生活得更好，离开故土是主动的移民；为了支持国家建设，是积极的移民。"36岁的杨林，集几种移民特点于一身。这个即将展开的故事里，他的身份是一个移民宣传员。

随着历史上的湖广填四川、四川填云贵的移民大潮，杨林的先辈来到巧家，来到一个叫拖亨的地方居住下来。

一个家族史会因口口相传而充满想象。8岁前的杨林，一直没有离开过现在叫新塘村坪子小组的这个世代居住的地方。8岁的时候，他离开拖亨第一次到新塘村所在地的外婆家，第一次闻到了汽车燃油的气味，第一次吃到了糖葫芦，第一次看见外婆家门口就有饮用水，好多的第一次都刻在一个8岁孩子的记忆里。

一早从拖亨出发，中午时分就可以到达外婆家，外婆已经把香喷喷的饭菜摆上桌。从偏僻的拖亨来到外婆家，觉得外婆家很好。"在拖亨，要到三四里外的地方挑水，而外婆家的水就在门口。"杨林说。

因为新塘村在蒙姑的交通优势和自然资源优势，周围的人们逐渐向这里搬移。2005年，居住在拖亨的村民陆续全部搬离，杨林的父亲在巧家县城开一间照相馆。杨林兄弟姐妹和母亲寄居在外婆家，一家人很快融入新塘村。在县城开照相馆的父亲偶尔回来，带回一些新塘村民没看过、没吃过的东西分享给村民。因此，即便是寄居，杨林一家也很受欢迎。

有了这一段经历，杨林成为新塘村的一名移民宣传员。这也是蒙姑镇党委书记肖品川所说的推选移民代表的条件：懂得移民生活，在移民中威望高，群众基础好。

对杨林来说，因为父亲在巧家县城开有照相馆，兄弟姐妹四个都在照相馆里工作过，对照相、摄影有一定的了解，这为杨林后来涉足传媒行业奠定了基础。

"其实，大部分时间虽在县城，但对新塘村精神上的寄托更多一些。"杨林解释为什么要参与到移民工作中来，并不完全是为了得到村民们的认同，而是有自己的想法。多年以前，白鹤滩水电站确定建设后，他与他的团队抢救性地拍摄了即将被淹没的金沙江人文风貌。这一次，当他被推选为移民宣传员时，他想再一次零距离地接触移民这个群体的内心。如果可能，还将拍摄一部反映移民生活的影视剧。

从各地聚集到新塘村的村民们，几乎忘记了原来生活过的地方，融入新塘村的生活后，已经成为一个完完全全的新塘村人。当听说又要搬走时，千般不舍的情绪涌出来。当工作组上门拿出合同要求签字时，搬走已经是迫在眉睫的事了。

杨林明白这道理，他想，这个工作做通应该没问题。树挪死，人挪活。不就是搬家吗，哪一家人会永远居住在同一个地方啊。

后来面对的工作超乎了他的想象。杨林笑了笑，总结了遇见的几种情况。移民对移民工作人员不信任的现象较为突出；与移民无关的遗留问题，都要蹭一下移民工作的"热度"，想乘机解决；移民工作不仅是单纯的移民工作，得懂得一些人情世故。

几年前，新塘村橄榄坝村民小组村民王仪发和妻子带上才几岁的孩子外出务工。不幸的是，因为妻子的粗心，孩子走失了。后来竭尽全力地寻找，但仍然没有找到。

人口界定工作中，王仪发要求给这个走失的孩子上户口。如果能上户口，也就能多一个人享受搬迁安置补助。但是，孩子走失时，向派出所报过案；在孩子还未找到之前，派出所不给上户口，王仪发心中开始积怨。因为修建房屋，他与邻居发生纠纷，经过村上调解，王仪发认为不公正，心里一直不服，王仪发心中再次结怨。有一次违章，他被交警拘留了15天，性格就变得暴躁异常。

种种经历，让王仪发产生了对社会的抵触情绪，以至于他对任何人都极度不信任；听说要让自己搬家，他拒绝和任何一个移民干部说话。

如何化解这个"钉子户"的对抗情绪，移民工作组一筹莫展，很多人把眼光转向杨林，希望这个群众基础好的移民宣传员能够破局。

杨林不止一次走进王仪发家，王仪发知道杨林是来干什么的，因此，要么避而不见，要么冷言相向，要么提出要解决的问题。但他提出的要求都是解决不了的。

签订搬迁安置协议的最后的日期一天天临近，王仪发没有半点改变。一天，回家吃午饭的杨林看见母亲收拾东西往外走，问母亲去哪里。母亲说，王仪发的老妈生了重病，左邻右舍的，得去看看。

杨林丢下碗筷，说："我也去看看。"母子两人到了王仪发家，王仪发被感动了，长期以来因觉得不公带来的压抑开始融化。他主动对杨林说："把协议拿给我，我签了，你跑了多少趟，不要再跑了。够辛苦的！"

杨林的眼窝突然一热，泪水一下子滚落下来。

再硬的铁能被炭火熔化，再犟的人能被道理说服。这话没错。

移民工作人员包括移民代表都在党建这个网格里开展工作。

马行软地易失蹄，人贪安逸易失志。抓党建的目的，肖品川和巧家移民蒙姑片区指挥部及镇党委、镇政府班子很清楚，组织、引导、发动移民参与到移民工作中，通过打造三级服务网格，在党建带群建的工作路径中，实现网格化管理，服务移民群众，把工作细化到每个移民。

抓移民党建，肖品川有一套自己的思路。重点是抓人的思想统一，抓工作氛围的营造，从而实现工作目的。

"把移民的想法和诉求融入规划中，把移民的长期利益规划到具体项目中，许多工作都会迎刃而解。"肖品川说。

2019年12月29日，冬天的蒙姑清晨过后很快阳光普照，在河谷间吹过的风没有春夏季节的燥热。

站在十里坪安置点沙盘前，工作人员介绍，十里坪安置点不仅有满足移民居住的建筑物，连行政部门、卫生院、学校等也都在其中，甚至旅游产业规划都围绕安置点进行。

十里坪安置点，它的规划和设计让移民看见失去土地后，他们真正实现由姓"农"到姓"城"的转化，看见了未来安身立命的希望。

2019年6月20日12点58分，最后一份安置协议签下来，5166个移民知道了他们将去哪里。

肖品川长长地舒了一口气，在复盘整个工作过程时说："这在意料之外，也在情理之中。"

移民搬迁工作最难的就是历史遗留问题的处理，巧家县以推进蒙姑镇十里坪移民安置点建设为主线，在本着实事求是的原则上解决一系列问题，体现的是地方政府的责任与担当。

从"回流之痛"到"安土重迁"

为了电站的建设,他们舍小家、顾大家、为国家,告别曾经熟悉的景物,告别不能搬走的家园,这一切都会是痛。人是有记忆的,有记忆就会有怀念;有怀念,就永远不能忘却。

1992年,历时18年,为了支持三峡工程建设,上百万移民含泪告别故土,离开了生活几辈子的家园,搬迁到异地他乡开始新的生活。那悲壮而令人感动的场面,那"舍小家、顾大家"的奉献与牺牲,至今依然留在人们的记忆深处并时时被谈起。

无疑,三峡移民工程是一项前无古人后无来者的伟大工程。库区广大干部和群众勇于创新,探索出的有中国特色的大型水利工程建设移民的新路子,解决了移民工程这道世界级难题。然而,随着时代的发展和形势的变化,进入21世纪的水电移民工程面临着很多新情况、新问题,比之当年,其复杂和困难程度不亚于三峡水电站移民。因此,从这个意义上说,三峡移民外迁的做法也不是一把万能钥匙,不可能解决新时期水电移民面临的所有问题。

重器之基 巧家县白鹤滩水电站移民纪实

2003年底，开始筹建的溪洛渡水电站就遇到了这样的难题。

2004年1月9日，溪洛渡水电站施工区永善县首批移民54户230人在1万多名父老乡亲的欢送下启程外迁。由大小21辆车组成的外迁移民护送车队日夜兼程，经过两天的长途跋涉后，顺利到达距永善县城1300多公里的移民安置点——云南省思茅地区（现普洱市）孟连县勐马镇。作为电站首批外迁移民，他们得到了当地党委、政府的热情接待。

2008年2月28日，溪洛渡水电站施工区永善县首期第二批外迁移民告别故土家园，以同样的方式踏上千里行程远走普洱市孟连县。此次外迁集中安置的移民300余人，年龄最大的82岁，年龄最小的刚满月。

"要走了，我最舍不得的是家乡的亲戚朋友，最怕看到的也是他们。"78岁的移民向金秀含着眼泪说，"我一看到他们就觉得喉头发酸，想哭。但是，县委、县政府为移民搬迁做得很周到，那边条件也好，为了

◆ 重新开始 张广玉/摄

建水电站，我们也愿意。"

车队在乡亲们的告别声中走走停停，缓缓驶出了县城。这种别离的场景，乡亲们已在送别第一批外迁移民上经历过，遥远的迁移之路，充满了不舍和眷恋。

"以外迁农业集中安置为主，自行安置为辅"的安置原则，是经国家发展和改革委员会批准并符合当时的历史背景和移民工作实际的。但是，随着经济社会发展的变化，处于新老政策交替阶段实施的溪洛渡水电站（云南部分）施工区移民安置工作出现了许多新情况和新问题。当初外迁的移民多数还能"稳得住、能发展"，而仍然有一小部分移民群众因为"不服水土"而思乡念故，重新"回流"到永善，给当地政府部门和移民工作带来很大压力。

事隔多年，我们回头再看当初实施的移民外迁方式确实还有许多不完善的地方。像历史上的任何一次大规模移民一样，搬迁的车轮滚动，只意味着第一步的迈出。外迁移民需要一个漫长的适应与被吸纳的过程，那是一场触及心灵的长征。但不管怎么说，溪洛渡人谨记"我们的溪洛渡，就是我们的希望"。为了水电站的建设，他们作出了巨大贡献，也付出了巨大的牺牲。历史应该记住这些人，也记住了这些人。

相对于溪洛渡水电站在移民工作方面存在的短板和不足，向家坝电站移民工作因为获得了一些经验而显得日臻完善。从2004年7月向家坝水电站开始筹建至今，8年时间里云南省昭通市近7万名移民搬迁，没有一户闹事，没有一户非正常上访，没有一起群体性事件发生。

奥妙在何处？

作为我国"西电东送"的骨干电源点、金沙江最末尾的一级水电站，向家坝电站所涉及的库区移民6.95万人。其中作为"一墙之隔"的绥江县整个县城都要搬迁,是云南省名副其实的第一移民大县。更要命的是,从2011年至2012年仅仅只有一年的移民迁建时间。面临搬迁时间紧、项目核准难、安置程序严、移民政策多、搬迁体量大等五大难题,绥江县委、县政府和广大干部群众没有退缩,而是积极探索干部直接联系服务群众的有效途径,创造了1年完成300万平方米房屋建设、1个月完成库底清理、2个月完成6万名移民搬迁的"三个奇迹",也就是后来被全省乃至全国媒体报道和水电移民推广的"绥江经验"。

结对包保"一家亲",尽最大努力赢得群众信任。坚持哪里有群众,就到哪里去做群众工作。绥江县级四套班子主要领导挂钩乡镇、其他处级领导挂钩村(社区)、科级干部挂钩村(居)民小组、一般干部挂钩移民户。全县3000多名干部职工通过认路、认门、认亲"三步走",与1.6万多户移民群众结成对子、攀上亲戚。科级以上干部每周驻村入户不少于3

◆ 怀念　兰玉寿/摄

天，任务不完成不出村，安置不好不脱钩。处级、科级干部每月轮换分别走访群众不低于20户，其他干部职工每周轮换走访群众不少于1次，做到移民全接触、民情全掌握，赢得群众的理解和信任。

民情办理"一条龙"，尽最大努力回应群众诉求。坚持把群众呼声作为第一信号，把回应诉求作为第一责任。建立民情收集办理责任机制，每天安排处级、科级领导敞开大门收集民情、分类定时定人定责办理民情。加强为民服务体系建设，把服务机构延伸到人口较为集中的地方，建立诉求应急处置机制，设立救助帮扶基金。强化移民诉求回应保障，深入实施"移民先锋"工程，优先设置移民机构、优先配备移民干部、优先提高移民村（社区）干部待遇、优先满足移民村（社区）工作经费、优先提拔使用移民工作一线干部。

政策共商"一条心"，尽最大努力维护群众利益。坚持未听取群众意见的事项不决策、未经群众讨论的事项不决策、群众不同意的事项不决策"三个不决策"原则。决策前问需于民，决策中问计于民，决策后问效于民，开展入户调查，广泛征求意见，组织考察学习，变"替群众做主"为"让群众自己做主"。群众对政策的信任度明显提高，实现了移民利益的最大化。

信息公开"一扇窗"，尽最大努力打消群众疑虑。坚持"以公开透明消除群众误解，以公平公正赢得群众信服"的原则，抓住房屋丈量、土地分解、资金测算、意愿选择、房屋分配等涉及群众切身利益的关键环节，遵循信息传播规律，顺应群众需求，采取电视全程直播、移民信息三榜公示、组团巡回宣讲、实行"两会一榜一册"、现场释疑解惑等群众喜闻乐见的方式，加大信息公开力度，及时应对网络舆情。

城乡统筹"一盘棋"，尽最大努力增进群众福祉。坚持以移民搬迁安

重器之基　巧家县白鹤滩水电站移民纪实

置为契机，切实加强城乡基础设施建设。统筹县城与集镇、移民集镇与非移民集镇、集镇与乡村的规划建设工作，打破城乡二元结构，探索城镇管理新模式，推动移民后续发展，在以城带乡、城乡互动、联动发展上进行了大胆实践，连续5年实现全县生产总值、地方财政收入、城乡居民人均可支配收入"三个快速增长"，增进了群众福祉。

"群众信不信任，关键在于是否具有亲民之心；群众满不满意，关键在于是否具有爱民之心；群众答不答应，关键在于是否具有顺民之需；群众拥不拥护，关键在于是否具有为民之情；群众高不高兴，关键在于是否具有福民之利。"

这就是"绥江经验"给昭通水电站移民带来的最大的启示。

白鹤滩水电站库区移民之所以能够用156天完成5万多移民大搬迁，刷

◆　红路码头最后的轮渡　兰玉寿/摄

新水电移民纪录，创下"巧家速度"，除了巧家移民干部和移民群众的不懈努力和拼搏外，从某种意义上说，多少也吸取了溪洛渡水电站移民"回流"的教训，借鉴了向家坝水电站总结的"绥江经验"，最重要的是靠创新闯出一条适合巧家水电移民实际的路子。

政之所兴在顺民心。在移民工作上，巧家深入调研、集思广益，制定出台了"统规统建、商住分离、小区化安置"的政策，这一政策满足了移民群众"安土重迁"的普遍心理，让移民背井但不离乡、遇得见亲友、记得住乡愁，不会因民情风俗、生活习惯、气候条件等不适宜带来"水土不服"。巧家县围绕"搬得出，稳得住，能发展，会致富"，将移民政策制定与巧家实际、与群众期盼和长远发展紧密融合，赢得了群众的思想认同和情感认同。

不谋全局者，不足以谋一域；不谋大势者，不足以谋一时。只有科学绘制蓝图，才能画好移民搬迁和后续发展的"同心圆"。现在，随着白鹤滩水电站全面发电，巧家县高峡平湖畔"一城三镇七点"的旅游城镇也已初见雏形，伴随着"十四五"启程的脚步，巧家将按照昭通地区康养旅游示范区、滇东北高峡平湖首选目的地、乌蒙山区堂琅文化展示地的定位，积极打造以"亚热带气候、湖光山色、健康养生、休闲度假、民俗文化、金沙江水电文化、红色文化"为特色的旅游产业体系，水电站库区发展，已成为推动巧家经济社会高质量跨越发展的"新引擎"。

束金江之水，建能源基地，是民族百年梦想。但梦想的最终实现，是靠一家家、一户户移民的奉献和牺牲铸成的。为了水电站的建设，他们舍小家、顾大家、为国家，告别曾伴自己长大的一草一木，告别不能搬走的故园，这一切都会是痛。人是有记忆的，有记忆就会有怀念；有怀念，就永远都不会忘却。

三 以人民为中心

什么最难？移民工作最难。难在哪里？难在很多很多的事，合情不合理，合理又不合情，甚至既合理合情但又不合法，合法又不合情合理。这样的冲突导致移民工作成为天下难事，这些现象也给移民工作带来很大的困难。

在白鹤滩镇采访的日子里，我们的内心总是被"忍辱负重"、默默奉献的情怀所打动。在一次采访中，我们笑称移民干部是"三吃干部"。

在场的干部们听后吓了一跳，脸都白了："作家同志，我们可没有违规违纪啊！"

"你们的三吃，不是吃饭、吃钱、吃人，是吃得亏、吃得气、吃得苦。"

他们放下心来，笑了。有人说："其实我们也是三吃，是吃得淡、吃得粗、吃得不准时。"

他们说的是实话。在搬迁第一线，哪有啥好吃的。方便面、洋芋坨坨，还有干硬的粑粑，肚子不饿就行。但不准时吃东西是常事，饿出胃病来的人也不少。

吃得亏、吃得气、吃得苦就是移民干部的情怀。面对繁重的工作压力甚至是移民的责难，他们不曾叫苦喊累，也从来没有退缩过，不管什么时候，他们的脸上总是带着灿烂的笑容，给人以希望和信心。

又有人告诉我们："啃硬骨头。"

会心会神。大家笑。

白鹤滩镇副镇长彭华接受我们的采访是晚上9点多了。因为白天太忙，他根本没有时间接受采访。说实在话，看到他一脸疲惫的样子，我们真的不忍心再去打扰他。

巧家库区共涉及搬迁移民50178名，作为全县第一大镇，白鹤滩镇移民就有12906户36711人，占全县整个移民数量的三分之二还多。移民工作压力可想而知。电站建设启动后，由于当时移民的集体安置政策还没出台，各项工作要推进，很多安置点项目要建设，彭华带着移民干部一边做老百姓的思想工作，一边启动征迁任务。

第一个要啃的硬骨头就是莲塘社区的垫高造地工程，为了做好这个工作，白鹤滩镇在前期就分了4个工作组，分别负责所涉及的4个村民小组。谁想到，工作开展了几个月，还是有一部分群众不支持、不配合。群众搬迁的问题解决不了，就意味着电站蓄水的进度会受影响。没有办法，彭华只能选择强势推进。虽然这样做有一定的风险，但必须得这样做。

果然，不出所料，彭华担心的事还是发生了。

"彭副镇长，不好了，出事了！"这一天，彭华正在工地上督工，就有移民干部慌慌张张地跑来报告。

"怎么了，出啥子事了？"彭华表情严肃，急切地问。

"移民工作队员被人咬伤了！"来人说。

墙壁上挂草席——不像画（话）。彭华意识到问题的严重性，立即赶往莲塘社区。在沙坝一组的工地上，一群人正围着几名移民干部推推搡搡，谩骂声、叫嚷声混杂在一起，场面十分混乱。彭华干移民工作已经有几年了，还是有一些经验。他冲着人群大喝一声："乡亲们，不要闹了，有什么问题我们坐下来慢慢商量！"彭华一边说着，一边很快把被围困的移民干部拽出来，随后又和其他移民干部劝开了围拢的群众。一场剑拔弩张的对峙才渐渐地缓和下来。

虽然场面没有先前那么紧张了，但还有个别移民群众想要继续"挑事"。彭华把他们叫在了一起，蹲在工地上给他们解释："乡亲们，建电站是国家工程，我们莲塘社区不动，垫高工程就不能推进，就会影响整个移民安置区的推进，最后影响的就是白鹤滩水电站的下闸蓄水。这个责任，我们谁也担不起！"

人群中，有的人思想开始动摇了。彭华看到了一丝希望，不放过任何机会，就继续做群众的工作。他给移民群众讲政策、摆道理，给他们算经济账、发展账，慢慢地群众的思想疙瘩解开了。有的人陆续起身离开，紧接着，又有几个人离开了工地，最后，闹事的人都纷纷离开了。

困难要面对，委屈咽肚里。群众离开后，彭华才带着被咬伤的几名干部回到指挥部的工棚里。看着这些刚刚参加工作不久，脸上还流露着稚气的年轻人，不知道为什么，彭华突然想哭。面对国家重点工程，这些二三十岁的年轻人，有担当、有勇气，甚至可以在危难面前义无反顾、义不容辞，但因为缺乏工作经验，再加上年轻气盛，不能更好地化解与移民群众之间的矛盾，这都是教训。话说回来，彭华何尝不是从他们这个年龄过来的。

被咬伤的年轻干部中，有个叫于红静的姑娘，破皮的手指还滴着血。但坚强的姑娘没有哭，她咬着嘴唇，一直在勇敢面对，没有半步退缩。

彭华一边安慰着于红静，一边给这些年轻的干部做思想工作。告诉他们遇事一定要冷静，冲动是魔鬼，不但不利于问题的解决，弄不好，还会激化矛盾，导致更坏的结果出现。几个年轻人听了彭华的话，都默默地点头。作为一次教训，他们都深深地铭记在了心里。

其实，有关莲塘群众的临时搬迁安置，县委、县政府事前都是做过充分考虑的，是一环扣着一环来的。搬迁安置和生产协议签订在整个移民安置过程中至关重要。相关政策出台后，彭华和移民干部大部分时间都花在了政策的宣传和做老百姓的思想工作上。签订协议过程中，有很多群众在四川、昆明等地打工，回不来，很多移民干部就开车上门去服务。

做移民工作没有奉献精神是干不下来的。其实，彭华就是这众多移民干部当中的一个典型。

这位彝族汉子是2018年从东坪镇教师改行到司法所工作的。后来，因为工作需要，他又调到白鹤滩镇水电移民服务中心。记得当时是4月份，白鹤滩水电站移民安置工程正式启动，镇上决定让他负责移民搬迁安置工作。说实话，彭华开始真的还有点抵触。对他来说，移民工作真的是太艰巨，他清楚其中的责任有多重大。好在这个工作自己以前都干过，想想，就当是组织上给自己的又一次锻炼吧。想到这些，彭华毅然接受了这一挑战。

彭华结婚很晚。43岁的他从东坪镇下来时，大女儿才3岁。2018年5月，大女儿出生时，因为那段时间移民安置工程刚刚启动，他只在医院看了孩子一面，就回到了移民工作站，把照顾妻子的事情交给了年迈的父母。

彭华吃住都在移民工作站，一个月难得回一趟家。俗语说，年三十的砧板——不得闲。对讲机的两对电池轮换着用，一刻也没闲过，嗓子都快冒烟了。有时候连续工作24小时，吃饭喝水都让人送。白天上移民家做说服动员工作，晚上核对移民的各种信息，不敢有丝毫大意。由于搬迁时间紧迫，免不了采取一些强制措施，移民们心里本来就憋着一股子气，如果出了差错，移民和政府之间的矛盾就可能被激化。但即便发生冲突，彭华和移民干部们也始终恪守县里规定的"打不还手，骂不还口"。彭华天天往返于群众与移民工作站之间，他和黎明社区书记邱尚超一心扑在黎明社区100多户移民过渡安置上，花了一个星期就签完协议，最终让这个社区的群众全部搬了出来。

"那才是真正的忍辱负重啊！""三吃干部"彭华感叹道。

有一次，他正在吃午饭，几个对补偿费持有异议的移民上前一把打掉了他的饭碗，把他包围在办公室里，连上厕所也不准。说到一些移民们的"蛮不讲理"，他倒很体谅。彭华形象地总结移民干部的工作："动人家的'命根子'，拆人家的房子。"这话听来恐怖，我们有些吃惊，问："何谓动人家的'命根子'？"他说："庄稼不就是农民的命根子吗？这些祖祖辈辈在土坷垃里扒饭吃的农民，指靠的就那么几亩地。现在为了建电站工程，不仅种的地没有了，就连自己住的房子也没有了，还有什么人比移民做出的牺牲更大吗？"这样一说，我们才明白了其中的道理。当然，这只是他从个人感情出发的想法。作为一名移民干部，感情不能代替理智，彭华必须始终牢牢按政策法规办事。何况世界上的事，哪有每一碗水都端平的呢？但作为搬迁的亲历者和见证人，尽管已经过去多时，但彭华仍然无法忘记在移民工作中度过的那些日日夜夜。他仿佛是一位从前线归来的军人，在回首自己曾经参加过的一场又一场难忘的战斗……

"你要问我移民工作难不难，真难！你要问我为什么能坚持，因为我被移民地区的群众感动了，我们要把他们当亲人才能做好这个工作！"

抬竹竿进城门——直来直去。彭华说，做移民工作需要韧劲，更需要"巧劲"。面对村民们的不理解，他们提出"分步工作法"，像剥洋葱一样解决问题：第一步，先做村干部的思想工作；第二步，做村干部亲属及朋友的思想工作；第三步，对曾担任过村干部的家庭做工作；第四步，找村里有威望的老人做工作。

3个多月的时间里，彭华徒步走了2000多公里，用双脚丈量了白鹤滩镇移民村的每一个角落。最累的时候，他和镇长的嗓子都沙哑了，说不出话来。面对面站着干瞪眼说不出话，只能用短信交流。"几年了，我们早就忘记了什么是周末双休日，什么是春节假期，'5+2''白+黑'，在我们这里已经是常态！"彭华和他的同事们，终于用坚持和勇毅啃下了白鹤滩镇移民安置这块"硬骨头"。

做移民工作太苦太累，这是全县干部职工最深刻的一个感受。"但是，当你看到自己生活的县城就在自己手头得到了改变和发展，一下子比原来扩大了好多倍，是那么漂亮、繁华，就觉得非常欣慰，就觉得这样付出也值得。比起大国重器白鹤滩水电站，比起未来巧家的发展，我们苦点累点真的算不了什么！"彭华这样说着，眼神里都是光。

水电站移民难，难在家园难舍、故土难离。在情与理的边缘该如何选

◆ 心往一处想，劲往一处使　邱锋/摄

择，无时无刻不在考验着移民干部们。

田景森是白鹤滩水电站巧家库区的一名移民群众，居住在离县城两公里左右的可福村。通过几十年的打拼，他修建起了数百平方米的大房子，同时养殖产业等也搞得风生水起，日子过得有滋有味。对于移民搬迁，他有一万个舍不得。

为了国家重点工程建设，要让田景森搬离故土，这给负责他家的马树镇移民干部党兴阳出了个难题。党兴阳不仅要让田景森提高思想觉悟，支持国家水电站建设，还要尽其所能地帮助田景森解决八九十只山羊的处理、安置房等各种问题，让田景森满意认可。

对于原来在马树镇担任过人大主席的党兴阳来说，要让田景森理解移民政策、支持国家建设，就是他眼下必须面对的一件大事。

"老田，没有国，哪有家？哪有我们今天的安定生活？现在国家重点工程需要支持，有时候我们还必须得作出一些牺牲！"党兴阳对田景森说，语气真诚。起初，田景森的脑壳一直转不过弯来。后来，党兴阳天天上门与田景森交心谈心，给他讲了移民政策和未来发展的前景。两个月之后，田景森才慢慢地接受了党兴阳讲的那些道理。于是，党兴阳趁热打铁，多方协调，帮田景森在白鹤滩镇旧营村解决了山羊的安置问题，田景森被党兴阳的真心感动了，最后他顺利搬离了故土。

白鹤滩水电站巧家库区土地肥沃、四季无霜、光照充足、气候温暖，农民一年四季都可以种菜卖，特别是不用大棚种植的冬早蔬菜长期以来备受青睐。

为支持国家重点工程建设，巧家移民舍小家、顾大家、为国家，他们始终坚信在中国共产党的领导下，日子只会越过越好，移民搬迁是新生活的新起点。但既要按时搬新家，又要尽可能完成春收，毕竟增加收入是移民群众的"心头事"。移民李国相说:"国家建设,我们全力支持。当然,能尽量在库底清理前把成熟的蔬菜及时处理好,我们就开心了。"

"感谢共产党,感谢你们。"家住白鹤滩镇可福村二组的朱庭兰,没想到移民包保单位巧家县融媒体中心干部早就考虑到他们的不舍,协调县教育投资有限公司按照不低于市场价的价格到地里进行蔬菜收购,并联系移民搬迁志愿服务者到地里帮其采摘。原本抱着"能收多少算多少"态度的夫妻俩乐开了花,对包保单位干部和前来帮助采摘、收购的人员感激不尽。

在如火如荼的移民搬迁安置中,除了移民群众外,数千名移民干部也是舍小家、顾大家、为国家,将最好的耐心和服务献给移民群众。

巧家县人民检察院职工尹富凤,就是其中的一员。

尹富凤今年35岁,这是一个生活压力巨大的年龄,上有接近70岁的父母需要照顾,下有2个年幼的孩子需要抚养、教育。2020年11月,正是开展生产安置人口界定工作的关键时期。这天早上,尹富凤接到家里老父亲打来的电话,尹富凤母亲因意外腿受了重伤,需要及时送医。一边是工作,一边是父母,只见尹富凤着急地打了几通电话,眼里的泪水还在打转,又有条不紊地进行着手中的工作。在她的母亲受伤住院20多天时间里,她的父亲也病倒住院,父母双亲和2个年幼的孩子都是丈夫一人照顾,她也没请过一天假。

最难的不是苦和累,而是部分移民群众的不理解、不支持,甚至是无理取闹、脏话连天。这时,尹富凤都是选择忍气吞声,不厌其烦地为移民群众解疑释惑,做到移民群众满意为止。最终,尹富凤所负责的村民小组移民搬迁等各项工作100%完成。

"我相信丈夫能照管好父母和孩子,但移民工作,我觉得我不能离开。"尹富凤如是说,"移民工作嘛,我们只是受点气、吃些苦,过了就好了。"

一个"理"字和一个"情"字,确实很难调和,顾此就要失彼。在移民工作中,移民干部经常会面对这样的情与理。很多事情,要么是合情不合理,要么是合理不合情。一情一理,两相对立,难得调和,就像白天与黑夜泾渭分明,就像一水一火难得相容。

良言一句三冬暖,恶语一声六月寒。我们的移民干部要把出发点和归宿点都放在关心移民群众切身利益上,放在为移民群众解决实际问题上,对移民群众反映的问题要认真对待、分类处理并具体落实;对应该解决而又能够解决的问题,要抓紧及时解决;对一时难以解决的问题,要将困难和情况向移民群众解释清楚,求得他们的谅解;对一些不合理的要求,移民干部往往要做耐心细致地说服教育工作,争取移民群众的理解和支持,其中所付出的耐心和时间成本只有移民干部心里最清楚。

四 破解"天下第一难"

"中国共产党人干革命、搞建设、抓改革,从来都是为了解决中国的现实问题。"实践证明,中国共产党的坚强领导是中国发展的根本保证。

白鹤滩水电站在建规模全球第一、单机容量世界第一、装机规模全球第二,是党的十八大以来核准并开工建设的千万千瓦级巨型水电工程。移民安置工作是在全面把握我国发展新要求和人民新期待的重要时期开展

◆ 大寨镇党员志愿服务队助力安置点建设　兰玉寿/摄

的。视百姓为父母、把移民当亲人成为新时期移民工作的主要特征。党和国家专门出台一系列优惠政策,为移民工作大开"绿灯"。水利部科学规划,精心安排,认真督导,全力推进。

号称"天下第一难"的移民搬迁,不仅展示了各级领导的执政智慧,也展示了共产党人"以民为本"的时代风范。云南举全省之力支持白鹤滩水电站建设,省委、省政府多次召开会议研究白鹤滩水电站移民安置工作,确保移民安置工作高质量开展。昭通市的搬迁安置人口占云南库区总搬迁人口的95%,各级党委充分发挥统揽全局、协调各方的作用,会同三峡集团移民办,与参建各方勠力同心、通力协作,克服诸多困难,按照电站蓄水发电进度要求,高标准、严要求推进移民安置工程。

能否完成白鹤滩5万多移民的安置,是水电开发成功与否的关键因素。巧家县将移民搬迁安置视为全县"一号工程",全面实行县四家班子主要领导包保到移民乡镇、县级领导包保到移民村、县直单位包保到村民小组、干部职工包保到户的"四包四保"责任制,建立了"人人头上有指标、个个都是移民工作者"的工作责任体系。

一引其纲,万目皆张。从2011年移民搬迁实物指标调查、移民安置规划编审到移民安置搬迁入住的10年间,巧家全县上下关心移民工作,支持移民工作,投身移民工作,以移民工作为"音符",奏响了又一曲时代高歌。

"欲筑室者,先治其基。"基层党组织是党执政大厦的地基,地基固则大厦坚,地基松则大厦倾。织密党建的组织体系,一体推进库区移民党组织建设,筑牢党在基层的战斗堡垒尤为重要。

移民搬迁难点在一线,重点在基层。面对"移民数量多,搬迁规模大;时间紧任务重,工作强度超乎寻常;移民的心态复杂,工作难度如履薄冰"的困难，巧家县坚持以党建统领移民工作全局，筑牢堡垒、身沉一线，践行初心使命。

织密"宣传动员网"。把移民政策宣传到户，增强群众对政策的知晓率和认同感；让诉求渠道畅通，帮移民群众算好补偿补助、利益对比、违法成本"三本账"。"这些同志前前后后往我家跑了20多次，电话打了上百个。"精诚所至，金石为开。起先不愿搬的移民雷有明被党员干部的真诚感动了，他带头签下了协议……

织密"服务保障网"。1000余名县直部门党员干部当起了片区长、网格长、楼栋长，2600余名乡镇党员干部职工挂包到户，全程服务保障移民群众搬迁入住。以党建带群建，由党员、团员、公益组织组成的志愿者队伍，为移民群众排忧解难。各安置点临时党支部，引进果蔬、米油、装修建材等商家，满足了移民群众搬迁入住后的基本生活需求……"2号地块

◆ 吹响志愿者服务集结号　巧家融媒体/供图

50桶洗洁精、100桶食用油、100提卷筒纸……"北门安置区临时党工委办公区后面,是发放移民慰问物资的仓库。一群头戴小红帽、身穿红马甲的党员志愿者在清点搬运物资,人来人往,形成了一条红色的物流通道。

织密"后续发展网"。各级党组织坚持以移民社区服务体系建设为重点,做好移民搬迁"后半篇文章"。按照高度组织化和集约化模式、党支部+合作社"三个全覆盖"要求,狠抓芒果、火龙果等特色热区产业培育;引进7家全国知名人力资源企业进驻安置区,有序转移2万余名移民劳动力就业。"以前在超市打工每月就1000多元的工资,又苦又累。现在的工作不仅离家近,还能照顾到老人和小孩,工资待遇也比以前好。"成功应聘到安置区物业公司的张玉难掩喜悦之情。

巧家把涉及移民搬迁的32个村(社区)调整优化为19个,并同步推进社区为民服务中心和警务室、卫生室、老年人活动室等配套功能室建设,建强服务移民群众的"主阵地"。坚持"四级书记"抓党建促搬迁,以"双整百千"为抓手,推动移民区233个党组织"个个达标"、书记"人人过硬";打造移民区党建示范点24个,整顿提升移民区软弱涣散的党组织7个,在8个移民安置点新增社区成立11个临时党支部,选优配强临时党支部班子,打造出一批治理效能高、服务水平优的基层党组织。

"移民搬迁是一场大仗、硬仗、苦仗,我们科学组织,创新方法,筑牢战斗堡垒,从而推动了移民工作的顺利开展,成功破解了这个天下第一难。"县委组织部部长匡锐说。

在白鹤滩水电站库区,广大党员干部怀着高度的政治责任感和强烈的事业心,长期奋战在移民工作一线,加班加点、夜以继日地工作。他们用行动和奉献诠释了"江山就是人民,人民就是江山"。

关键时刻冲得上去,危难关头豁得出来,打非常之仗,就要派最能打的人。面对移民搬迁攻坚战，一批批共产党员挺身而出，啃硬骨、涉险滩，毅然奔向一处处没有硝烟的战场。

在2019年就要退休的大寨镇扶贫工作站职工郭兴敏，本应在家安享晚年，没想到2020年10月她又以临时党支部书记的身份回到工作岗位上。那段时间是安置区建设矛盾纠纷最多的时期。面对移民工作不理解、施工进度滞后等诸多压力，郭兴敏宣传政策、答疑解惑、调解矛盾，帮助群众换锁、修水龙头……有人说她没必要这样折腾自己，而她却笑着回答："退休的是岗位，不休的是党性。"

早出晚归、三餐不定、言语辱骂，是金塘镇双河社区田坝村民小组党支部书记李贞祥要面对的常态。从未退缩的他带头签订协议，带动群众从"不理解"到"我愿意"。

2019年6月，白鹤滩镇开始移民搬迁安置协议的签订工作。就在这时，可福村居民周光荣的妻子突发意外去世，一些别有用心的人想借题发挥，将事情闹大，于是聚众堵在他家门口，想和周光荣作交易，出20万元甚至更高的价格买他妻子的遗体。以此要挟政府，居心不良！

"我是共产党员，必须坚守党性原则，你们出再高的价钱我都不会做。"周光荣一口拒绝。含着眼泪，他将妻子的遗体进行火化安葬。

躺在床上的聪明人，不如动手干的笨人。打开白鹤滩水电站移民搬迁的时光卷轴，无数个共产党员都在不停地奔波、默默地奉献着：连续工作数月突发脑梗出院后重返移民一线的女党员姚茂全；岳母病逝，匆匆办完老人后事第二天就投身移民工作的老党员罗新万；"问这问那随便问，顺心顺意顺心情"，为搬到新区的群众耐心服务的党员邓仁勇……是他们在关键时刻发挥组织作用，把群众拧成了一股绳；是他们为群众排忧解难，成为群众的主心骨；是他们率先垂范，推动移民搬迁工作不断取得新

◆ 党员志愿者服务队帮助移民群众搬新家　巧家融媒体/供图

进展。

把移民工作作为考察识别、培养锻炼干部的主阵地和大擂台，在搬迁大战中，同样不能忘记的还有那一个个被汗水浸透衬衫、泥巴裹满裤腿的移民干部。

"您好，能告诉我您的详细地址吗？我们马上过来找您签。"2021年春节前，巧家县大寨镇移民工作站的解东已经连续奋战4个多月，因为有2户移民在外做生意，迟迟未能签订安置协议。放下电话，解东揣着协议资料，跨过金沙江，直奔四川宁南县黄海燕开的小超市。"想不到这么远你们还会过来，就冲你们的工作态度，我咋能不相信你们呢！"黄海燕毫不犹豫地按下了手印。

在移民安置协议签订中，工作队员挨骂、受委屈是经常的事，有的干部还因此"流了泪、流了血"。尽管如此，他们仍然满腔热情，坚守库区，做到了"打不还手，骂不还口"。

2018年6月13日早上，因对安置补偿不满意，500余名白鹤滩镇各村移民陆续前往县政府大院表达诉求，双方剑拔弩张，矛盾一触即发。得到消息后的镇党委书记孟孝升火速赶往现场。他从国家移民政策的"刚性"和"不突不破"讲到移民未来的生活，字字真切、句句动情，一直讲到声音沙哑、讲到移民群众心平气和回了家，避免了重大群体性事件的发生。

"红军能巧渡金沙江天险，我们为何就不能攻克新时代的'难关'？"搬迁协议签订启动以来，全县移民干部顶着40多摄氏度的高温主动融入移民，和他们认亲戚、认校友、认"家门"，"5+2""白+黑"工作成为常态；全县806名移民公职人员中，598名主动放弃界定为移民搬迁安置人口的机会，208名在界定为移民安置人口后带头签下协议。移民开始搬家，这些干部有的变身为"水电工"，为群众接水管、查电路；有的变身为"土建工"，为群众检测防水层、处理剪力墙；有的变身为"搬运工"，为群众搬冰箱、扛沙发……

"截断高峡出平湖，百年圆梦白鹤滩。"今天，经过艰苦卓绝的奋战，白鹤滩水电站已巍然屹立于金沙江畔。然而，移民群众离开故土、舍家为国，移民干部忍辱负重、倾心尽责，各级党委、政府勇于担当、克难奋进的故事，却感天动地、彪炳史册。

五 有多少说不清的事

被称作是"天下第一难"的移民工作,究竟有多难?其实,从作家何建明写的报告文学《国家行动》中,我们就可以感受到移民工作之艰辛和艰巨。

当年,中国作协副主席、著名报告文学作家何建明在采访百万三峡移民大迁徙过程中,就曾发出如此感慨:"什么事最难?我们可以列出十个、百个,比如上大学难、生孩子难、找工作难、恩爱百年难……但到过三峡库区或者从事过移民工作的人才知道,千难万难,都难不过移民工作。深入三峡库区,到了移民第一线之后,我才真正明白为什么有人将三峡移民工作称之为'世界级难题'。"

当然,巧家白鹤滩水电站的移民在数量上远不能和当年的三峡移民相提并论,但其工作的难度和复杂性并不亚于三峡移民,甚至在移民安置过程中出现的新情况、新问题,让移民干部洒下更多的汗水、付出更多的心血。

春节前的一天,我们在县城的路上见到一个小男孩,他除背着的书包外,还有一个画匣子。他是白鹤滩镇小学五年级的学生。

"小朋友,是上美术课呀?"我们问小男孩。

"不是。放学后我参加学校的兴趣小组。"

"你最大的梦想是啥?"

小男孩想都没想:"画一幅金沙江的画。"

哈,代代传承哪!

巧家在文化建设上,培养了不少人。他们用不同的方式,抒写着对巧家的热爱。

姚国剑是巧家县文联主席。在他的办公室里,我们见到了这位脸色黝黑的金沙江汉子。54岁的他,对美术创作有着一颗执着、虔诚的心。作为土生土长的巧家人,他的作品里有中国画的传统、古代绘画的意蕴、现代绘画的审美。他热爱自己的家乡,因此笔下有蒙姑的石匠房,有悬崖绝壁的金沙江峡谷,有晚秋落叶缤纷的老店,有阳光笼罩下的白鹤滩……他的很多绘画作品,题材新颖、思想内涵丰富、艺术性独特,无不用心用情书写巧家的大山大水和丰富的人文风情。

然而,自从投身到繁忙的移民包保工作后,姚国剑的时间就不够用了,他也不可能有更多时间再去作画了。姚国剑所在的巧家县文联包保的是白鹤滩镇可福村,他自己包保的移民有12户,白天他几乎都是奔波在库区的路上,不是在做移民的思想工作,就是在村里发资料、贴标语、宣讲移民政策。

"由于群众文化程度参差不齐,对移民政策的认知也不一样,如果做不通工作,就很容易影响到后面的移民安置。"姚国剑说。

2019年6月,移民搬迁安置遇到了具体问题,主要是一些老百姓对集中安置有看法。为什么会这样,原因是他们舍不得可福村这个富庶之地。

每家一个大院子,别看每人只有六七分地,但一年四季都不闲置。种上土豆、蚕豆、花生、番茄等,光是蔬菜就有一两万元的收入,日子过得非常滋润。你想想,谁愿意从这样的地方搬出去呢!

在可福村有个出了名的上访户,叫冯大翠。姚国剑不知道去过她家多少回了,这个女人根本就不理睬他。40多岁的冯大翠很早就离异了,有一个儿子和一个女儿。两个孩子都成家了。儿子在开远市一个乡镇上工作,女儿就在本地居住。但是由于和女儿的关系处得不是很好,她们母女俩很不来往。

离异后的冯大翠靠做小生意维持生活。虽然是一个人,但是她有房有地,加上农业上的各种补贴,日子还算过得去。冯大翠不配合搬迁工作的主要原因:一是政府不划地安置;二是她觉得一个人50平方米的住房面积少了。她说:"以后儿子回来怎么住,难道让我去住宾馆?"

每次说到这个话题,冯大翠都会把头别过去,脸阴沉得能下起雨来。

"大妹子,白鹤滩的情况和其他乡镇不一样,土地存量有限,人口又多,不可能划地给你,所以才实施集中安置。所有的移民都要按这个方式安置的,您也要理解和支持政府的决定嘛!"姚国剑苦口婆心,一直在劝导冯大翠。

"我不管那些,反正你们答应不了我的要求,我就是不签这个协议,有本事你

◆ 向往新生活　兰玉寿/摄

◆ 启程　符云昆/摄

们就把我绑了！"有理说实话，没理说横话。任凭姚国剑怎么解释，冯大翠就是"一根筋"。后来，姚国剑打电话给冯大翠，第一次她接了，可是只说了一句"我不想跟你说"就挂了。再后来，姚国剑又打，冯大翠索性就关了机。打电话不成，姚国剑只能找上门，可白天却找不到冯大翠，到了晚上，她虽然在家，但把门反锁上，不让姚国剑进家门。

2019年6月30日晚上12点，是政府划定的移民安置协议签订最后时限。整个白鹤滩库区有17153户群众要签协议，按规定，6月20日前签订搬迁安置协议（集中安置的同时签订移民安置房建购协议）的移民户，给予每人2000元的奖励；搬迁安置协议签订完成率达100%的村（居）民小组，再给予移民户每人300元的奖励。6月21日至30日期间签订搬迁安置协议的移民户，给予每人1000元的奖励。一旦过了这个时限，就有可能会影响到整个可福村协议签订的进程，还会因为冯大翠不签协议，她所在的村民小组的村民也有可能领不到这笔奖励。

冯大翠一直不签字，不可能因为她一个人就改变政策。矮子骑大马——上下两难。姚国剑和同去的县委宣传部的同志心急如焚。然而就在他们一筹莫展的时候，村干部出了"特殊一招"让事情忽然出现了转机——为冯大翠介绍老伴。这样既可以成人之美，解决冯大翠孤身一人的困难，又能够解决冯大翠提出的"房屋面积小"的问题。姚国剑觉得这个办法可以尝试，就和村干部当起了冯大翠的"红娘"。不久，他们就真的为冯大翠物色到了人选。冯大翠看过对方后也觉得满意。男方带着一个孩子，这样重组后的家庭就是三口之家，就可以得到150平方米的住房。为了便于他们生活，姚国剑协调相关部门把男方的户口办到了可富村。冯大翠更是精明，干脆要了两套75平方米户型的房子，和男方各自拥有一套。

房子的事情有了着落，冯大翠就松了口。6月30日晚上11时43分，还差17分钟就要错过时限的冯大翠终于在搬迁协议上签了字。一直守在冯大翠家里的巧家县委宣传部部长孙莉萍，还有姚国剑和他的同事们，心中却是五味杂陈：一路走来，不容易哪！

在姚国剑看来，他可以轻松自如地用水墨和线条把一幅画勾勒好，但是做移民的思想工作比作画难多了，其中的酸甜苦辣是很多人都体会不到的。

移民李成洪虽然是70多岁的人了，但脑瓜灵、点子多，在村里算得上是一个能人。搬迁安置协议开始签订后，李成洪对补偿不满意。县委宣传部干部小叶多次做工作都做不通。

李成洪对补偿不满意产生的怨怼，要从2011年4月实物指标调查说起。他家住在河边石灰窑坎子上，房子很宽。当时他"发明"了一个小型发电机，利用水压的落差发电，解决了自家的照明问题。工作人员上门搞实物调查，他说自己建的是"水电站"，工作人员告诉他水电站从立项、规划到报批有很多程序，他口中的这个"水电站"充其量就是一个简易发电机。李成洪听了，一肚子怨气，以"没有认定他家的水电站赔偿"为由拒绝签字。这次签订搬迁协议他自然不配合。工作人员找到他的儿子、女儿和女婿，让他们做李成洪的思想工作。自以为是水利土专家的李成洪根本听不进去，还把几个孩子骂了个狗血淋头。

李成洪拒不签字，让工作一时陷入僵局。越是"硬骨头"就越要勇敢地啃下去，这是巧家干部的决心。签字那天晚上，宣传部部长孙莉萍带着同事先后两次上门做李成洪的工作，才慢慢地让这位老人改变主意，在搬迁协议上签下了自己的名字……

勇敢者自有千方百计，怯懦者只会万般无奈。

王自瑾是巧家县委宣传部副部长，在没有来宣传部之前，她在乡镇和巧家县团委都工作过，是大家眼里公认的精明能干、工作能力很强的女干部。移民搬迁安置协议工作启动后，她作为团委副书记挂钩白鹤滩镇黎明村四组。团委工作人员本来就少，那段时间，她带着3名志愿者天天在村组填表、拍照，忙得像个陀螺。

"一开始，库区的移民很不欢迎我们，一见到我们就耷拉着个脸。"王自瑾说。工作推不开，王自瑾一下子陷入了无助懊恼的泥淖。后来，在不经意间听老公说他认识那里的村民，王自瑾忽然又像抓住了"救命稻草"一样兴奋，她让老公陪着自己进了村。

黎明村四组有个叫刘福雄的移民，一直在做生意，被认为是村民中很有头脑的人。开始的时候，他死活不签协议，还放话说："我不签，没有哪个会签！"王自瑾的老公一看，是自己的朋友，就隔三岔五约刘福雄一起吃饭。刘福雄果然精明，虽说两人是朋友，但他也不讲什么情面，开始从王自瑾老公口中"套取"一些关于移民政策"有价值"的信息。王自瑾老公索性就来了个将计就计，跟刘福雄讲政策、摆道理。精明的刘福雄很快就领会了其中的道理，明白了其中的利害关系，后来他第一个带头签了搬迁协议。

顽强的毅力，可以征服世界上任何一座高峰。王自瑾打通了艰难的一关，接下来，王自瑾的工作就好做多了。村里有个刘姓人家"一根筋"，不签协议。王自瑾了解到他有一个智障孩子，因为不了解政策，很长时间没有得到残疾人补贴。王自瑾认为这是一个做好工作的突破口，抓住机会联系了民政部门的同志，为这个孩子办理了残疾人补贴。刘姓人家非常感动，很快签订了搬迁协议。加上王自瑾婆婆是黎明新村小组的人，经常在村里谈论自己的儿媳妇，村里的人慢慢地了解了王自瑾。为了方便开展工作，小组长黄燕还把王自瑾拉进了村里一些家族的微信群，通过宣传移民政策，不断引导群众，渐渐地打开了被动的工作局面。

"搬迁协议签订的任务重、压力大，到农村要做好这个工作非常不容易，你只有成天和这些群众泡在一起、打成一片，甚至和他们称兄道弟，参加村里的红白喜事，才能够更好地走进他们心里。"王自瑾这样说。

苦水、泪水甚至血水，移民干部被称为是"三水干部"一点都不为过。在库区，多少移民干部像姚国剑、王自瑾一样，他们有感动也有委屈，有泪水也有苦闷，但是他们从未打过退堂鼓。虽然有很多说不清的事，但是在大家心里目标是一致的，那就是：把这些讲不清楚的事讲清楚了，移民工作自然就推开了，群众的满意度就会得到提升。

"都说移民工作是'天下第一难'，其实只要心里装着群众，真心实意为群众办实事、办好事，做起来也并不难！"回忆起参与移民工作的件件往事，昭通市司法局挂大寨镇的党委副书记余平感触良多。

在余平的印象中，"移民"这个词首次出现在三峡电站。那时的他还是一个高中生，听到三峡电站的宏伟与壮观，所涉移民之多也是前所未有。他当时把移民工作简单理解为只是人口的搬迁，心想只要让搬迁群众过上比现在更好的生活不就可以了吗，为何要说移民工作艰难呢？然而，当他真正接触移民工作后才明白原来自己错了，移民工作的本质不是物质条件和地理位置的简单叠加,而是体现在搬迁群众内心的认可。

　　就余平的理解,要在思想、工作和情感上得到移民的认同,就必须要做到把移民当作自己的亲人,把每项工作做到移民的心坎上。

　　一道闪电"唰——"地撕破黑暗的夜幕。怎么打通群众的"心墙",余平心中透进了一丝亮光。

　　他心里越来越有数了。

　　白鹤滩村民小组有这样一户移民:父亲年迈体弱,长期一个人生活在大寨临时过渡安置房内,子女在外务工,平日里很少回家。当得知移民安置实施细则已出台且即将签订搬迁安置协议时,老人心里忐忑不安。因为他担心自己看不懂政策,无法选择适合的房屋户型,子女在外务工,来回花费又挺大,自己又不善于使用手机联系,不知该如何是好。在政策宣传的过程中,村民小组长将这一情况告诉了余平。他及时和另一位同事前往老人家中了解情况,和老人拉家常、讲政策,询问老人心中的困惑,并一一解答,消除了老人心中的不安。同时,余平费尽周折联系上他女儿李某。李某在电话里告诉余平,因其在对岸的四川务工,最多只能请一天假,否则会被扣去很多工资。考虑到这个实际,双方把政策宣讲的时间定在了晚上,李某下班后从务工地点赶到家中已是晚上10点,工作队及时前

◆ 库底清理,人人参与　符云昆/摄

往李某家里，结合她家的实际情况，从政策出台的背景、安置方式、房屋户型、后期帮扶等多方面进行讲解分析。通过近3个小时的院坝会宣传，李某理解了政策，算清了经济账。第二天一早，李某选择了适合自家的安置方式并签订了协议，安心地返回了务工地点。

"每当我上班经过老人住处时，老人总会微笑着向我了解移民工作的进度，算着搬迁的日子。看到老人在晨光中温暖的笑容，我的内心无比轻松，这份笑容不断激励着我为移民工作努力奋斗。"余平说。

"小余，我很同意你提出的方案，这个方案既可以解决家庭内部矛盾，同时也确保财产的稳定性，彼此都不必担心对方损害家庭共同利益，看来法律知识在生活中的运用是无处不在的啊！"这是大寨镇最后一户移民雷某签订搬迁安置协议时对余平说的话。

雷某前来移民站咨询政策的时间最早，因为家庭内部纠纷，各方始终不能达成共识，就迟迟没有签订搬迁安置协议，在工作队组织纠纷调解的过程中雷某还和工作人员产生过语言冲突。多年的学法和司法实践经历使得余平对这类纠纷的处理积累了一定经验。为了让雷某家庭纠纷有效化解，尽快签订搬迁安置协议，余平和工作组多次组织其家庭成员调解，详细了解纠纷产生的原因，结合家庭成员之间的亲疏关系和《中华人民共和国民法典》《中华人民共和国物权法》等法律的相关规定，对症下药，从法理和情理视角分析了选择不同安置方式的利弊，如何才能保障每位家庭成员的基本权益。最后，经过工作组连日的思想疏导和家庭纠纷调解后，雷某及其家人共同协商选择了适宜的房屋户型并签订了搬迁安置协议。

"能否顺利推进移民搬迁安置协议的签订工作，核心不仅在政策本身，同样在于移民群众对政策的理解和把握，这直接决定着协议签订的进度。作为移民政策的宣传者和执行者，如果不能将政策熟记于心、熟用于行,又怎能向群众宣传引导。"余平说,"法律的生命在于实践,任何法律、政策不仅仅在于客观的存在,更在于主观的理解和运用。"

是的,人心都是肉长的,只要以心换心,群众就没有道理不去支持这样的移民干部!在巧家县采访,我们就听到了挂在群众嘴边最多的一句话:"我就信得过老蔡。"

群众口中的"老蔡"叫蔡发平,是巧家县公安局移民工作办公室负责人。近30年从警生涯,丰富的工作阅历让蔡发平积累了丰富的群众工作经验,练就了坚韧不拔、攻坚克难的意志品质。

2018年4月9日,蔡发平临危受命,被县公安局党委抽调到白鹤滩镇天生桥村民小组移民工作队,全面负责移民工作。蔡发平知道,天生桥村民小组的遗留问题最多,矛盾纠纷最突出,土地实物指标调查复核签字率低(不到100户),尤其大多数移民有严重的抵触情绪,让很多人都感到头疼、望而生畏,但蔡发平没有退缩。他二话不说,很快投入到了天生桥村民小组的移民工作。

熟悉移民是做好移民各项工作的前提和保证,经过与同事们一段时间夜以继日地走访,蔡发平全面掌握了这个村民小组每一户的房屋情况、人员结构、矛盾诉求、社会关系,并造册登记。同时,在走访中与移民攀亲

◆ 记忆 符云昆/摄

戚交朋友、拉家常听诉求，摸透移民户的实际情况，层层抽丝剥茧、溯本求源，认真分析各家的不同诉求，采取相应的对策，找到解决问题的正确方法和路径，从而为移民集中安置协议的签订打下了基础。

蔡发平被民警和移民誉为"活字典"。省、市、县的领导讲话精神，上级出台的相关政策和文件，只要有关移民工作，他都反复学习，对移民政策早已烂熟于心。工作队员有什么问题不明白，都乐意去问蔡发平。

在日常工作中，蔡发平的手机成了"热线"。为了缓解电话占线带来的不便，他发挥手机网络互联优势，专门请示汇报，协调相关部门建立了"巧家县公安局移民工作钉钉群"，全局的包保民警加入群里，工作中发现问题都可以到钉钉群里留言，然后逐一进行解决。蔡发平并把一些普遍性的问题在群里与大家分享和交流。

蔡发平处事冷静，干练果敢，用巧家话说，叫"老辣"。他紧紧抓住工作的薄弱环节，从工作人员业务素质上下功夫，在提高自身业务素质的基础上，努力探索，积极组织工作人员开展培训，反复演练，培训演练共20余人次，进一步提高了工作人员的业务素质。为进村入户签订搬迁安置协议打下坚实基础，有效保证了全县移民搬迁安置工作的顺利完成。

世上没有绝望的处境，只有对处境绝望的人。蔡发平不等不靠，一有空闲，就主动投身移民搬迁安置工作，带头落实。抢晴天、战雨天，晚上夜深人静时，他还要梳理白天的工作，思考是不是还有什么做得不够的地方，是不是还留有什么隐患，第二天要开展哪些工作。很快，老蔡总结出了"情况在移民一线了解，作用在移民一线发挥，问题在移民一线解决，实绩在移民一线检验"的工作方法。

为保证公平、公正、科学、合理地开展工作，蔡发平广泛征求意见建议，针对移民搬迁过程中可能出现的苗头性问题，及时组织现场办公、协调处理。每遇上一件事，他在决策前都会问："你说呢？""你觉得怎么办更妥帖？"为了排查矛盾隐患，及时解决群众反映的热点难点问题，蔡发平多次组织夜访，带头深入农户，与移民促膝谈心交朋友，倾听他们的呼声，了解他们的所想、所求、所盼，移民看在眼里、暖在心上。

不是每一次努力都有收获，但是，每一次收获都必须努力。村民陈靖云在2011年实物指标调查时出现土地性质登记错误问题，因资料已经锁定，无法更改。得知此事，老蔡便深入陈靖云家了解情况，顶着烈日奔走在田埂上。经过多次上报，多方咨询，启动了复核程序，成功解决了陈靖云的实际问题。陈靖云说他就信得过老蔡，他也成为吃透政策，第一批签署搬迁安置协议的人。

2019年6月13日，蔡发平在工作中获悉，白鹤滩镇莲塘村饶某等人为满足个人利益，挑唆数百群众准备到县委、县政府聚集闹事"讨要说法"。蔡发平一面将信息迅速上报局党委，一面带领工作组在天生桥村民小组群众中做工作，掌握具体情报，告知聚集闹事的违法后果。

"好，老蔡，我听你的！"最终在"老蔡"的劝说下，天生桥村民小组无一人参加聚众闹事。蔡发平上报的准确信息也为县委、县政府、县公安局处置决策提供了可靠依据，事件得到圆满处理，为全县移民搬迁安置签字工作创造了稳定、有利的局面。

蔡发平常常对移民工作队员说，移民所想就是我们所想，移民所需就是我们的首要工作。他不仅是这样说，也是这样做的。他时时、处处、事事为移民着想，不仅严格按照政策开展移民工作，还深入一线倾听移民诉求，注重保障移民合法权益。

为了保证天生桥村民小组搬迁安置协议签订工作的顺利完成，蔡发平不顾身体状况，29天连夜奋战，忘我工作。他将292户搬迁移民分包给局机关和白鹤滩派出所民警，实行局党委包全局、分管局领导包部门、部门领导包民警、民警包移民的"四级联包制"，确保时时研究、时时督导、研判推进。同时，他与工作队将工作中发现的重点问题、重点户列为重点攻坚目标，与包保民警一道实行"一日一研判、一户或者一个问题一方案"，想方设法推进问题的解决、推进移民态度的转变。

经天生桥村民小组移民工作队和包保民警走访调查，蔡发平清单式列出影响移民工作的各类矛盾纠纷和问题256条，由巧家县移民局移民工作队分类登记，列出化解时间表，协调、督导化解工作。其间，他参与包保部门和民警联合村社干部成功调解土地纠纷28起，涉及64户、土地20余亩；先后请示县委、县政府领导协调华东院开展土地复核工作6次，帮助48家解决了土地争议问题；主动协调白鹤滩镇政府工作组参与，成功化解矛盾问题171件，另有31件正在核实办理中。

◆ 深思　兰玉寿/摄

为了解决这些问题，蔡发平不知道多少次一个人在金沙江边徘徊。他一边走，一边想，一边抓头发，头皮一阵阵发疼。"打开问题的出口究竟在哪里，解决难题的办法究竟在哪里？"他不止一次地问自己。很多时候他忘记了回家，忘记了吃饭，脚步总是情不自禁地挪回到办公室。一次，他从工地回到办公室，已是深夜12点多了，胳膊上被蚊子叮得全是红肿起来的包块，又痛又痒。这个时候，酸甜苦辣杂糅在一起，涌上蔡发平的心头，这条汉子忽然间鼻子一酸，眼睛一下子变得模糊起来。

在多次走访中，蔡发平掌握了部分移民拒签的根源。经过思考，他提出了解决方法。针对愿意签订安置协议的部分外出移民户，督促包保民警千方百计与他们进行电话沟通，讲清其过期不签协议的危害，劝其亲自返回签字。截至6月20日，成功劝返在安徽、广东、四川等地的移民8户，并按时签订了协议。根据部分移民抱团拒签的情况，逐户研判施策，想尽各种办法，集中力量进行攻坚。

为了快速推进移民安置协议的签订，蔡发平和包保民警不厌其烦地做工作，与移民同劳动同休息，并力所能及地为移民家庭解决实际困难。不少移民被感动，听从民警的建议签了字，与民警成了朋友。

"你们签了字对我们没有半点好处，但要是你们的利益受到损失，我会记得一辈子。"6月20日，签字第一阶段结束，县公安局包保的移民户仍剩12户未签字。为圆满完成任务，蔡发平带领工作组人员再次上门做工作。

"不能放弃，还要千方百计解决群众的诉求。"老蔡协调配合包保民警深入走访，联系相关部门再次测量，到移民局查阅数据。他努力寻找打开最后12户移民心锁的钥匙。

如果把才华比作剑，那么勤奋就是磨刀石。蔡发平用脚步丈量着天生桥村民小组的每一寸土地，用信心激励工作组每一名工作人员，用诚心获得人民群众的肯定与支持。6月30日，搬迁安置协议签字最后一天，他一直坚守到了次日凌晨，直到天生桥村民小组最后一户签订了搬迁安置协议。天生桥村民小组292户914人移民搬迁安置协议签订工作任务清零后，大家并没有在蔡发平脸上看到圆满完成任务的喜悦。因为他知道，阶段性任务完成，移民搬迁后续工作还任重道远，距离电站建成蓄水还有很长的路要走，这些路要一步一个脚印，片刻不能松懈。

"作为移民干部，群众把期望都托付给了我们，只有把群众的事当作自己的事来想、来办，才能让群众理解、让群众满意。"正是因为有了像姚国剑、余平、蔡发平等这些真心付出的移民干部，才最终赢得了移民群众的理解、支持甚至是真诚的回赠。

作为白鹤滩镇黎明社区新村四组移民代表，退伍军人曹昌汉最能理解移民干部的苦衷。从2018年4月移民人口界定启动，他就一直作为移民代表，参与开展了移民人口界定、过渡搬迁、实调遗留问题处理、搬迁安置协议签订等各项工作。

"移民干部很不容易，我们要懂得配合他们的工作，为他们分忧解愁。"在曹昌汉看来，支持移民干部开展工作的最好证明就是：移民代表要认真倾听移民意见和呼声，代表群众反映合理问题，维护群众合法权益；要把政策讲清楚，让群众知晓党和政府的考虑，正确处理好国家利益和个人利益的关系，全力支持国家建设；要讲明白电站建设带来的变化、得失，讲清未来的前景，让他们正确面对眼前的困难和问题，看到未来美好的生活；还要言而有信，答应群众的一定要做到，政策范围外做不到的一定不能轻易答应，更不能应付了事，从而增加群众信任、获得群众支持。

"我是全县5万多移民人口中的一员,从父辈那时候起,就说要修电站了,盼了一代又一代,在我这一代终于实现了,我内心非常激动,希望电站早点建成!"憨厚的曹昌汉正在用一个普通移民的行动和情怀默默地支持着电站的建设。

白鹤滩水电站移民区涉及巧家县5个镇32个村(社区)5万余人。而移民搬迁安置协议的签订是移民工作中最基础、最核心的环节,是推进水电站顺利建设的前提和保障。为迈好关键性一步,巧家县以服务移民地区、移民群众、移民发展为着眼点,扎实推进党的组织建设,扩大党的组织覆盖和工作覆盖,切实做到移民工作开展到哪里,党组织就建到哪里,党的领导就跟进到哪里。在县级层面,成立了由县领导挂帅的移民工作委员会,加强组织领导,充分发挥基层党组织"移民核心"的作用。同时落实县、乡、村、组"四级书记"抓党建促移民搬迁安置工作责任,建好县移民工作服务中心、乡(镇)移民工作服务站、村移民工作服务室、组移民工作服务点四级"服务阵地",让移民群众签订协议找得到地点,得到周到热情的服务。

2020年5月25日,移民搬迁安置协议签订工作启动以来,全县87家县直部门挂钩包保的2410名干部职工全都下沉一线;2600余名移民区党员、80名移民政策宣传员、86名移民工作队员,头顶40摄氏度以上的高温,深入到每一个移民村组开展工作。泥巴裹满裤腿,汗水湿透衣背。工作中,服务队员耐心对移民群众在理解移民政策过程中的疑惑给予耐心细致的解答,以户为单位向移民群众宣传各类补偿补助项目标准、选择哪种安置方式更符合家庭实际,帮助移民群众对比搬迁前后在教育、生产、交通、人居环境等方面的利益改变。工作队通过讲解典型案例,为移民群众算清了违法成本账,让移民群众做到了心知肚明。

通过大量的工作和艰辛付出，巧家县移民搬迁安置协议签订高效推进，出现了机关干部职工带头、乡镇干部带头、村干部和村民小组长带头、先进移民群众带头签订安置协议的好现象。截至6月30日，全县已完成搬迁安置协议签订16379户47946人，完成总任务的99.63%；完成建购房协议签订16260户47664人（另外119户282人选择分散安置）。完成搬迁安置协议和安置房建购协议签订达100%的村民小组有132个，已兑付奖励资金1.1亿元。

移民工作之难，在于移民对移民政策的理解难，在于政策与现实的冲突，也在于部分移民对利益的诉求超过政策范围。这些说不清的事正是由于移民干部的倾力工作，用情用心感动了每一个移民，才使得移民工作一步一步有序推进。

"如今，你只要进入巧家境内，就会看到有这样几多：工地多、车多、人多、事多，当然这里面的'事多'并不是说'坏事多'，而是白鹤滩水电站为巧家带来的发展机遇，带来的大好事多。试想，如果没有这样的大建设，再过二三十年，估计巧家也不会有什么大的变化。"姚国剑这样说着，脸上露出了久违的笑容。

六 乌蒙铁军

铁军乃钢铁所铸。白鹤滩水电站成功发电，不仅凝聚了三峡集团科技人员和建设者们的智慧和心血，也浸透着地方党委、政府及其相关部门干部职工的汗水和奉献。在服务白鹤滩水电站建设的众多部门当中，巧家县公安民警就是一支敢打硬仗、善打硬仗的"乌蒙铁军"。

移民搬迁工作被公认为"天下第一难"，移民维稳更是绕不开、躲不过的一道难题。巧家县公安局党委直面移民诉求和矛盾繁多、对抗情绪高、风险点多、警力严重不足的现状，义无反顾地担起了移民维稳这副沉重的担子。

然而，巧家全县的民警加起来也不过360余人，从向家坝、溪洛渡水电站移民工作的历史经验看，要完成维稳的重任，难度不言而喻，这是对巧家公安队伍的严峻考验。为完成这项神圣而艰巨的任务，巧家县公安局党委在接过重任之初就深入调研、通盘考虑、未雨绸缪，对巧家县移民维稳工作方法、步骤、措施等进行了科学的顶层设计，创造性地提出了"坚持底线思维，坚持依法治理，坚持隐患清零，坚持协同配合；压实责任、注

重器之基　巧家县白鹤滩水电站移民纪实

重效果"的工作指南。

抓队伍、净环境，压实责任担当；精心制订方案；组建移民维稳工作机构；做好队伍保障、夯实装备保障、做强科技保障、建立健全机制保障……有了这样的组织引领，有了这样的机制保障，巧家公安民警就有了目标和方向，移民维稳工作有条不紊推进。

白鹤滩水电站坝址位于大寨镇，距县城有一定的距离。水电站建设重头戏就在大坝施工区，维稳工作不仅涉及移民，还涉及庞大的建设大

◆ 党员志愿者服务队为移民群众送去生活必需品　张立金/摄

军，任何一个地方出了纰漏都会影响工程进展。安置区距县公安局、各乡（镇）派出所也有一定的距离，不方便及时出警。因此，巧家县公安局果断将2个重要警务关口前移，以便快速出警，及时化解矛盾纠纷，处置突发事件，最大限度地帮助群众解决存在的问题和实际困难。白鹤滩分局成立以来，先后排查矛盾纠纷860余次，处理阻工阻路事件350余起。几起重大的阻工阻路事件，都通过扎实有效工作措施，及时化解和制止，没有牵扯县公安局更多的精力和警力。至今白鹤滩水电站施工区内社会治安和谐稳定。

施工高峰时有2万多人，管理人员多半来自湖北，在当地招用施工人员，施工人员流动性大，刚培训了又跳槽，有的不适应巧家的气候，有的不适应白鹤滩水电站建设的工作强度，这给维稳工作带来很大的难度。白鹤滩分局要求施工单位每月报一次流动人口信息，摸清楚招聘人员的情况，以便出现问题时好及时解决。

提起白鹤滩分局，施工单位领导感慨良多。水电第八局白鹤滩施工局党工委副书记、纪委书记熊立坤说："我们与白鹤滩分局打交道已经10多年了，有两点让我记忆深刻。一是教育做得好。宣讲、发传单，还经常到我们公司给施工人员上法治课。二是服务做得好。今年初，一家运沙的施工队，公司给了小包工队运费，小包工队却没有给车主运费，从而引起纠纷。白鹤滩分局接警后及时出警，现场监督，解决了矛盾纠纷。我们一开始进入施工区，还是遇到一些阻工事件，但通过白鹤滩分局的努力，很快得以解决。这几年都没有再发生类似事件，施工很顺利。"

水电第十四局白鹤滩项目经理部经理李敬怡说："我们的营地食堂，附近一村民常来挑泔水。因该村民不注意卫生，厨师好意提醒，但由于语言障碍，与村民发生口角。这位村民一个电话打出去，家属带了八九个人来找厨师'算账',矛盾一触即发。白鹤滩分局接到报警后,3名民警几分钟就赶到,分别给双方做工作,解除了误会,避免了冲突。"

移民安置区启动建设之初,巧家县公安局就意识到大量移民集中安置会产生很多矛盾纠纷,这些矛盾纠纷一旦处置不及时,就会上升为治安案件、群体性事件甚至是刑事案件。警力如果都集中在县公安局或各乡(镇)派出所,与事发地点相隔较远,又怎能及时出警呢?巧家县公安局经过周密思考,及时向县委、县政府提出建议,除大寨安置区(因其就在大寨集镇上,距大寨派出所很近)外,其余7个安置区,均同步设立警务室。

移民搬迁后,警务室的作用果然充分彰显出来。北门安置区是全县最大的移民安置区,北门警务室是2020年2月1日成立的,高峰期有23名民警、辅警。

警务室直接面对群众,警力延伸到社区。移民群众聂某存因外孙子的生活费问题与女婿发生纠纷,继而发生了抓扯,打得头破血流。接到报警后,北门警务室主任陈万发亲自上门调解,仅用2个小时就让双方达成了协议。

新到安置区,老人和孩子找不到家的情况很多。87岁的老人陈某宽,早上找到北门警务室说找不到家了。民警通过查询,联系到家属后将老人送回家。下午老人再次迷路又找到了北门警务室,民警开玩笑地说:"我们的警务室是群众最不会忘记和迷路的地方。"

2021年2月14日21时20分,金塘安置区移民叶某星之子不配合小区保安管理,把摩托车停到地下室,保安对其摩托车进行拖移,双方产生口角冲突,引发纠纷。叶某星之子召集200余人围困保安,"战争"一触即发。民警张品洪、周永振、许绍荣、应忠巧、赵登福及时出警,到达现场后，立即通知物业负责人、社区相关人员、移民代表到警务室调解处理，避免了一起群体性事件的发生。

安置区警务室工作之细，超乎想象，每调解一起纠纷都要打印存档，字里行间彰显出警务室民警认真负责的态度。张品洪说，警务室的功能大大超出了维稳，已经成了移民安置区便民利民的"百事通"，移民所有的闹心事，都会反映到警务室来。

巧家县白鹤滩镇是全县移民工作的"桥头堡"，而白鹤滩镇莲塘社区天生桥村民小组又被公认为"桥头堡"中的"难中之难"。2017年底，县委、县政府下决心将这块"硬骨头"交给巧家县公安局来啃。他们没有犹豫，也没有退缩，毅然挑起了这副沉重的担子。

天生桥村民小组移民工作难开展根源何在，巧家县公安局将如何下手？这是摆在局党委面前的难题。局党委一班人认真研判之后，决定从调查研究入手，他们多次深入天生桥村民小组走访调研，移民工作专班全体民警、辅警直接进驻天生桥村民小组开展调查摸底工作。面对众多矛盾，他们多次召开村民大会，阐明了巧家县公安局亲情移民的立场，尽可能消除移民群众的对抗情绪。

房屋实调，存在的问题并不多，土地实调存在的问题就多了，全村村民小组324户人家，签字认可率不到40%，很多是历史遗留问题。通过梳理，大大小小的纠纷多达444件。移民群众担心一旦在搬迁协议上签了字，这些遗留问题就永远无法解决。他们不知道到哪个地方去说理，只知道没有解决好这些问题就不能在搬迁协议上签字。于是天生桥村民小组的移民工作就成了全县移民工作的"难中之难"。

情况摸清楚了，接下来的工作自然就好做多了。

巧家县公安局出入境管理大队民警李海鹏说："我的包保户是龙友

才、周祥治两家。龙友才家是很配合工作的，周祥治家则不然，安置协议最后一晚上才签。他常年外出打工，家庭共9人，父亲生病，常年吃药。他家反映的问题主要是有0.7亩土地被登记到一个亲戚的名下了。我和禁毒大队副大队长丘友健、巡特警大队教导员伍安荣、出入境管理大队大队长王利屏天天跑他家，找最重要的关系人员去做工作，可是他连门都不让进，如果我们靠近，他就用手机录像，说要作为证据告我们。有一天，周祥治的弟弟家办喜事，我们4个人坐下来跟他拉家常，这才消除了误解。那段时间，巧家连续40多摄氏度的高温，我们挥汗如雨，找村上核对，找移民局核对，副局长周韬也亲自上门核实，确实是搞错了，最终查清改过来，周祥治才在安置协议上签了字。"

从2018年初到2019年6月30日——安置协议签订截止日期，巧家县公安局174名包保民警和移民专班工作队员全部下沉移民户，全面掌握移民户的基本情况、问题和矛盾纠纷及诉求情况、家庭及社会关系情况等，与移民攀亲戚、交朋友、拉家常、听诉求。通过多次走访，摸透移民户的实际情况，采取相应不同的对策，找到解决问题的正确方法和路径。部分移民被感化，不仅听从民警建议签了字，还与民警成为朋友。一年多时间，县公安局累计解决了纠纷410件，剩下的34件，通过上报争取后也全部得到了解决……

精诚所至，金石为开，把群众的事情办好了，"堡垒"也就攻克了。

零距离、零跑腿、零顾虑的"三零服务"模式，是巧家县公安局以服务促维稳的一个创举。巧家县公安局虽然警力严重不足，但他们始终坚持服务优先，采取"帮扶式"服务、"亲情式"工作，做足"绣花功夫"，在走访宣传中注重帮助移民解决实际困难和问题，用心、用情拉近与移民群众的关系。

第三章·天下难事 | 147

◆ 喜迁新居　徐有定/摄

◆ 志愿者服务队协助移民群众搬新家　胡华伦/摄

在做好亲情移民服务的同时，巧家县公安局又打响了三场战役——

打响扫黑除恶"攻坚战"。巧家县公安局以"盯、识、判、解、剥、缠、惩""七字诀"工作法中的"惩"，于2017年在全市率先组织开展了排除黑恶势力的专项战役，旨在打开局面，为白鹤滩水电站建设移民工作净化环境。

打响社会治安整治"歼灭战"。结合缉枪治爆、黄赌毒、防盗抢骗、非法跨境、长江禁捕等专项行动整治的开展，持续不断地开展面上治安严打整治，进一步夯实了社会治安基础，净化了社会治安环境。

打响平安库区建设"阵地战"。巧家县公安局党委认真贯彻落实昭通市公安局确定的"511"工作法，树立底线思维，坚持依法治理，开展"平安库区建设"整治，始终保持对移民区违法犯罪严打整治的高压态势，为白鹤滩水电站移民工作构建了良好的社会治安环境。

你回家总是疲惫的步伐/你心中总是愧对辛劳的她/只因为帽檐上的警徽闪亮/你顾了大家舍了小家/你的爱总是不会去表达/你的情总是系着万户千家/只要有人民需要的时候/你放下碗筷即刻出发/你是勇敢是父母眼中的骄傲/你是光明是黑暗中的灯塔/你是责任是肩头披挂的霜花/你是盾牌是热血铸就的光华……

库区维稳，使命重大。那段日子里，这首《警察之歌》，最能表达这支乌蒙铁军的心声，为他们提振了信心，鼓舞了士气。

为苍生谋幸福，为盛世谋太平。他们有着极强的执行力，那是一种锱铢必较、力臻完美的信念；那是一种闻令而动、立说立行的作风；那是一种不惧危险、敢打善拼的精神。

钢铁铸就的铁军，关键时候硬得起来，顶得住，不拉稀摆带，不临阵退缩，不玩忽职守。这是重器之基的一部分。他们言出必行，尽职尽责，勇敢担当。他们力臻完美、绝不言弃，用实际行动践行了人民警察的初心和使命。

◆ 新家园，新气象 张万高／摄

第四章
右岸风采

一 工程背后

"千淘万漉虽辛苦,吹尽狂沙始到金。"不管是昭通市、巧家县两级移民工作部门,还是中国电建集团华东勘测设计研究院有限公司,横亘在他们面前并让他们感到头疼的事情,就是移民政策法规滞后所带来的一系列困难。他们,该怎么做?

对于巧家来说,2016年是移民工作最为关键的一年,移民集中安置点金塘迁建集镇、巧家县城安置区建设通过核定。

这无疑是一个令人振奋的好消息!

在城集镇集中安置和分散安置两种方式中,巧家县委、县政府通过总结溪洛渡、向家坝电站建设及移民搬迁的经验,结合巧家移民实际和未来发展,确定采用城集镇集中安置进行移民安置。结合移民安置点建设,遵照省、市党委政府的部署,确定了打造巧家特色旅游城市的战略定位,打下产业发展基础,使巧家的移民工作更加稳定。

在整个规划阶段,白鹤滩水电站巧家县移民搬迁安置人口为44919人。其中,枢纽工程建设区1846人,水库淹没影响区41247人，迁建集镇及库周城市集镇规划区集中居民点新址占地区1826人。按搬迁的集中和分散程度，集中安置43756人，占搬迁安置人口总量的97.41%；分散安置1163人，占搬迁安置人口总量的2.59%。

面对如此之大的搬迁体量，白鹤滩水电站巧家县共规划了8个安置区，含11个集中安置点。其中城市居民点和迁建集镇5个，分别为巧家县白鹤滩镇七里居民区、北门居民区、天生梁子居民区、邱家屿居民区、金塘迁建集镇。其余6个集中居民点为农村移民集中居民点，分别为巧家县大寨镇上王家湾居民点、下王家湾居民点、白鹤滩镇黎明新村东区居民点、黎明新村西区居民点、蒙姑镇新塘新村居民点、蒙姑新村居民点。

一个移民新城、旅游城市于此崛起！

然而，在这座移民新城崛起的背后，却承载着太多的酸甜苦辣、跌宕起伏。

时间定格在2018年5月26日。

这一天，云南省委、省政府与三峡集团在白鹤滩水电站召开金沙江下游水电移民工作调研座谈会。会议达成共识：一是结合移民安置规划实施，对移民安置区内进行局部优化调整，并尽快启动基础性工程项目建设；二是按照乡村振兴战略和城镇化建设要求，对移民安置区（点）红线范围内的基础设施和风貌适度提高标准，进一步完善配套城市公共设施，建设好移民安置用房；三是积极采取市场化运作、旅游产业投融资、招商引资等方式，统筹解决旅游规划项目资金不足的问题。在实施过程中，对巧家县结合移民搬迁安置、改善提升市政基础设施、打造特色旅游城镇建设增加的约35亿元投资，由云南省和三峡集团各承担一半。

围绕这35亿元的资金使用，昭通市水电移民开发办公室开始了自上而下的协调工作，他们不停地奔波在路上、忙碌在会场，为移民群众的利益进行着一场又一场博弈。

他们所博弈的核心，就是人民。

2019年4月23日，围绕进一步落实"5·26"会议精神，尽快协调解决白鹤滩水电站移民安置规划设计变更、结合移民安置打造特色旅游城镇等相关问题，水利部水利规划设计总院组织召开了移民安置工作协调咨询会议。来自水规总院、省搬迁安置办、昭通市、巧家县的领导、专家30余人参加了这次异常重要的会议。

会议的主要内容，一方面是移民安置规划设计变更处理原则、范围、渠道，另一方面就是移民安置打造特色旅游城镇增加的35亿元资金的处理原则和范围。

关于移民工程项目设计变更问题，昭通市政府分管水电移民的田渊副

◆ 白鹤滩水电站工程技术人员对调装设备进行校验　兰玉寿/摄

市长态度非常明确。他说，白鹤滩水电站项目核准时间较原计划滞后了7个月，致使移民安置点房建工程工期被大幅压缩。为确保电站下闸蓄水任务的完成，巧家县必须改变原来划地自建的方式，采取统规统建，有利于实现移民房建工程"三个可控"（进度可控、质量可控、安全可控），这是其一；其二，按照省、市党委政府与三峡集团达成的关于打造巧家特色旅游城镇的相关共识，对如何接纳移民搬迁进城入镇，需要对移民安置区和县城老城区的市政基础设施做必要的改造提升。因此，因移民建房方式改变所产生的缺口资金均应纳入正常设计变更并计列规划投资。

紧张的会场内出现了一阵小小波动。接下来，与会各方就移民搬迁安置方式、移民资金与支持地方发展资金结合运用等事项，展开了激烈讨论，但是由于各方对焦点问题分歧较大，会议始终难以形成共识。

三峡集团移民工作局态度比较坚决，他们有他们的理由。他们认为，除人口增加、地质条件改变、原规划房屋楼层的基础超深、工期保障等方面可纳入正常变更外，对昭通市提出的建房方式改变造成的移民安置点红线内规划平面布局及竖向变化引起的基础设施、公共服务设施调整和对外连接道路调整所产生的费用，人防工程建设与房屋建设规划设计的费用差额及每人25平方米移民基本保障住房建设补差缺口资金等（巧家县初步估算21.4亿元左右），均应被纳入35亿元的支持资金中解决。

昭通市参会代表在会上据理力争，反复重申因电站核准滞后而导致的工期压缩，时间紧迫。为确保实现"5·26"会议明确的下闸蓄水目标，其认为必须将原划地自建的建房方式改为统规统建方式，由此产生的相关缺口资金均应计列移民安置规划投资。

公说公有理，婆说婆有理。水规总院相关专家则对三峡集团移民工作局及昭通市意见均有不同看法，没有形成一致意见。

通过与会各方的深入探讨，最后对移民安置规划需要变更处理的范围达成了部分共识，但移民房屋建设缺口资金进入安置规划计列投资问题，依然没有达成共识。

移民安置规划设计变更关系白鹤滩水电站滇川两岸之间和金沙江上下游水电站之间的政策平衡，涉及项目多、政策法规多、协调环节多，是移民工作中扯皮事情最多、耗费时间最长、协调难度最大的一项工作。每个环节都须经省搬迁安置办牵头召集项目业主、设计单位、综合监理、地方政府等各方反复协调达成一致意见后方能推进。很多问题久拖不决，严重影响和制约了规划设计变更的工作进度。

35亿元支持资金盘子的构成尚未明确。如果按三峡集团移民工作局的意见，这笔资金大部分将用于解决因移民建房方式改变而造成的资金缺口（巧家县初步估算21.4亿元左右），这样巧家县为接纳移民进城入镇而必须进行的老城区改造提升和特色旅游城镇基础设施项目建设，以及一些基本的公共服务配套设施建设的资金空间将被大大压缩，致使"5·26"会议精神不能全面落地，打造特色旅游城镇的效果将大打折扣。这样，将难以面对移民群众的殷切期盼，难以完成移民房建工程，从而影响到电站如期下闸蓄水。

针对电站下闸蓄水目标，移民搬迁安置工作的有效时间仅剩一年半左右。要确保移民搬迁安置任务按时完成，巧家县不能等到所有政策都完善和全部问题都解决之后才去推进工作，而是必须按照省、市的决策部署全力推进安置点建设，但在各方意见不统一的前提下，这样势必在工程建设中、后期产生巨大的资金缺口，影响工程及时竣工交付使用……

困难重重，障碍多多。尽管经历过一次次激烈的争执、交锋和博弈，但在服务白鹤滩水电站移民工作上，大家的目标是一致的，那就是每一方、每个人都要服从大局，绝对没有讨价还价的余地。哪怕这中间有过多少面红耳赤，有过多少委屈的泪水，有过多少辛酸的付出，移民工作都必须往前推进。

也许，所有这一切，只有参与了这项工作的人，才能够说得清楚究竟有多复杂和艰巨。

40岁的陈森，是从华东院到昭通挂职的干部，时任市政府办副主任、市水电移民办副主任。2002年，从西安理工大学毕业后，陈森便到了华东院工作。当年12月，他就跟随工程师李总开始了白鹤滩水电站预可行性研究阶段的移民规划工作。他先是在四川省的宁南县和会东县工作，然后又到了巧家县，应该说，他是比较早就介入了白鹤滩电站工作的。

陈森22岁参加工作，当时也没什么大的梦想。第一次来巧家，留给他最深的印象就是气候，冬天非常暖和，毛衣都不用穿。"那时候的巧家县城规模不大，没有什么高楼，遍地都是甘蔗，就连空气都是甜甜的。"陈森笑着说。

其实，当年陈森来巧家县的时候，白鹤滩移民实物指标摸底调查的工作就已经开始了，有多少人多少地，淹没区都是哪些，老百姓搬迁后生产生活怎么办，搬到什么地方去，公路、电力以及淹没的地方怎么规划恢复等等。他介入早，思考早，回去之后，主要任务就是编制各类报告，后来就没有再参与白鹤滩水电站工作。

再次来到巧家已经是2011年。陈森说，这次叫可行性研究，没有"预"字了。可行性完了，就进入到实施阶段。2012年开始，陈森和几位同事常驻巧家。一直到2019年搬迁协议的签订，他都没有离开过巧家。让陈森最受感动的是2018年5月26日启动的搬迁协议签订工作。时间非常紧，安置点都已经动工了。他们等着移民安置协议签订后，根据老百姓的需求，把结果反馈给华东院，才确定要盖多少楼。陈森有这个信心，但没有十足把握。近5万移民的搬迁协议签订可不是一件小事，因此当时他们预计，工作的难度会很大。

五六月份，正是巧家天气最干最热的时候，地面温度常常在40摄氏度以上，像是着了火，又像是置身于大蒸笼。巧家的移民干部一边抓脱贫攻坚工作，一边抓移民搬迁协议的签订工作，两线作战。这样的压力该有多大啊！这情形就像是在热锅里爬行的蚂蚁。我们采访时，只见移民干部头上身上满是汗水、满是尘灰，把脸一抹，就像是刚出土的兵马俑。我们与移民干部，互相望见，大笑。但是到最后，巧家移民干部没有让大家失望，一个月的时间，协议签订成功率达99.73%。

千淘万漉虽辛苦，吹尽狂沙始到金。这真的太不容易了，巧家广大干部群众创造了昭通移民史上的奇迹。

"虽然我们只是协助他们解决移民搬迁签订协议过程中出现的问题，但是我们见证了这一奇迹发生的整个过程。"陈森说，为了做好搬迁签订协议工作，有的干部追到对岸的四川宁南县，去给在那里打工的巧家移民宣传政策。刚开始的时候，很多人都不理解。移民干部通过讲政策、谈前景，把道理说深说透了，做通了这些移民的思想工作，他们就在现场签订了协议。

对于陈森而言，最难的事情，莫过于他到昭通挂职的这段日子。编制移民安置实施细则的稿子有了，但细节还要进一步完善落实。半年时间，陈森的工作基本上是围绕如何把细则编制得更好，更能够维护库区移民的利益，更有利于移民的长远发展。这个过程曲折而艰难，一方面受移民政策的限制，任务重、时间紧，如果这样盘算一下，很难实现2021年发电的目标。另一方面，要结合巧家经济社会发展，考虑移民今后生产生活有没有空间。还有，按照什么样的方式建房，是按淹没区域还是参考脱贫攻坚那样按人头建房，人均建多少平方米……围绕这些，政策的制定很费周折。

"这个细则，我们不知道修改了多少次，光是有序号的就编到了108号，相当于108稿，还不包括其他零星的修改。"陈森说，历时一年多，这个移民安置实施细则才出台。实施阶段最根本的政策，如果定不下来，后来很多工作开展不了。

据陈森介绍，早在2011年，华东院就派出207人投入到移民实物指标

◆ 离开也要有仪式感　张广玉/摄

调查的工作中，开始了这次艰苦卓绝的调查之旅。他们完成了巧家库区人口4.15万、房屋380万平方米和土地11.8万亩的调查工作，让巧家县、三峡集团真真切切看到了华东院人就是一支能打硬仗的队伍。

拥有梦想的人，不做选择题，他们只做证明题。2016年9月，华东院编制的移民安置大纲通过了云南省政府的审批。随后，华东院再次举全院之力，投入移民安置实施规划设计工作，并通过云南省移民开发局审核，为白鹤滩水电站的顺利核准作出了巨大贡献。为响应国家发改委提出的"先移民后建设"的保障要求，2017年初，华东院提前投入移民安置关键项目——巧家北门垫高防护及居民点基础设施工程、莲塘垫高防护工程、上下王家湾居民点等项目的施工图勘测设计。2018年以来，华东院承担了巧家县房屋与市政工程、水利工程总承包任务。为了尽快推动移民工程建设，从9月份开始，华东院集中全院之力开展移民工程施工图勘测设计工作，将相关专业人员抽调现场集中办公，通过"领导带队、保障资源、集中办公、现场出图"的方式，尽全力提高施工图出图效率和质量，为的是让项目早点跑起来。

2018年底，经过努力，巧家县安置点场平、交通和水利项目的施工图设计基本完成。

"当时，我们现场勘测设计人员持续保持在100人以上，外加后方设计人员以及各单位人员超过500人，高峰时有1000人，出图量达1万张以上。"透过这些数据，足以想象移民工程的规模之大、投入之多。虽然事情过去了很久，但谈到那段艰辛的日子，华东院市场总监、白鹤滩库区项目部经理翁小康依然感慨万分。他带头坐镇现场，一刻不停地把握施工图的进度，经常是晚上十一二点还在会议室听取汇报、协调处理问题。

安置点场平的施工图有了，但更为艰巨的任务也随之而来，那就是地面近320万平方米的移民房建的初步设计和施工图设计工作。如此巨大的设计工作量，要在短时间内完成简直无法想象。

此时此刻，华东院人才明白什么叫如坐针毡、寝食难安。

然而，骨头再硬也要啃下去。2019年9月到11月，华东院组织近150名房建设计人员投入了这场没有硝烟的战斗，在短短3个月内完成了房建初步设计和施工图设计工作。没有人知道，在此期间他们遇到了多少困难。比如方案一开始并未要求设计人防工程，当所有初设都已按照原方案完成时，上级相关部门又突然要求所有建筑必须增加地下人防设计。因此，前面所完成的初设全部得推倒重来。整个设计过程中，像这样的反复和大大小小的修改不止一次，其中还包括风格风貌、当地习惯等引入设计工作。所有这些，延长了整个设计工作的时间。

只有经历苦难般的磨炼，才能汇集创造天堂的力量。又是一轮昼夜不分的加班风暴。每一位设计人员几乎天天坚守岗位至凌晨，集中碰头、总结工作、纠错整改，一刻都不能松懈。他们的工作日程被填得满满当当，中秋、国庆等节假日早已跟他们无缘。

在他们中间，有许多员工一年在现场的时间达200余天，很多人已经近3年未参加单位组织的疗养活动。有些是夫妻俩一同在现场，没有时间照顾家庭、陪伴孩子，他们怀着对亲人的亏欠投入工作，用短短的3个月时间完成了全部设计成果，创造了华东院历史上的奇迹。

图纸有了，但是要将图纸变为现实的任务，同样落到了华东院人的肩膀上，这又是一次艰苦卓绝的历程。冰冻三尺，非一日之寒。华东院充分发挥设计施工一体化优势，与云南建投组成联合体承担了实施任务，提出并采取"大兵团作战"的方式加快推进项目建设。"大兵团作战"既有优点，也有挑战。优点是项目推进速度快，可全面铺开建设；挑战是如何在各施工队伍人员素质、管理水平参差不齐的条件下做到既有进度又有质量。为了应对这一挑战，巧家房屋与市政总承包项目部积极探索，对提出的方案不断提问和改进，在经过多次方案论证研讨后，提出了北门先行地块的思路，并编制样板施工方案。

"改革开放，是先富带动后富，最终实现共同富裕；我们房建施工也可以先行带动后行，不断来优化完善。事实证明，我们的方法也是十分有效的。"巧家县房屋与市政总承包项目经理朱鹏笑着说。项目要求房建勘测设计先落实北门先行地块，并采用旋挖桩的施工工艺进行桩基施工，及时总结推广经验，加快所有安置点的施工进度。同时，各施工区首先编制适合该工区实际的样板方案，打造样板工程，而后多次组织监理单位、总承包单位、移民代表等多方进行参观，最终确定样板工程，明确施工工序、工艺标准。样板工程标准确定后，由总承包项目部组织各工区管理人员参观学习，并要求对各施工班组进行交底学习，将"质量至上"的理念和"样板引路"的措施落到实处。这样的工作方法得到多方的充分肯定与借鉴。

320万平方米的房建施工图设计要有详细的勘察资料作为输入条件，短时间内完成这么大量的详细勘察也是无法想象的。

投入、投入，只有投入大量的钻机和人员才能完成这一艰巨任务。华东院千方百计、千辛万苦寻找全国各地的钻机资源，在一个多月的时间内就调集到209台钻机，并以小组技能比武的形式，开展了钻机技能比赛。施工现场，隆隆的机车声昼夜不歇。就这样，40天的时间，分布在巧家8个移民安置点的209个钻探机组600余名施工人员优质高效地完成钻探作业7万余米，提高了平均日台班工作效率45.63%。场面之壮观、投入之巨大、效率之优质高效，史无前例。

然而，在成绩的背后，却是一线钻探人员不畏艰难、群策群力的攻坚投入。有着40多年勘探作业经验的赵金昌淡定自若、胸有成竹。他带领勘探管理人员迎难而上，一方面广发"英雄帖"，与全国各地具备双管钻探能力的地质岩心钻探队伍联系；另一方面组建工作组，引进具备能力的钻探人员，投入到艰辛的钻探工作中……

对于华东院人而言，打造一个个精品项目，看到老百姓住得放心、过得开心，就是最有成就感的事。

2020年初，突如其来的新冠肺炎疫情，给移民安置点建设带来巨大挑战，疫情防控与复工复产的难题摆在华东院人面前。时势造英雄，工程进度不能变！面对未知的疫情走向，一批"最美逆行者"涌现出来，他们鼓起十二分勇气，签下"疫情不缓解不回乡"的保证书，很多人2月中旬就第一批回到了项目现场，组织复工复产。一个月后，巧家县移民安置工程实现全部复工，1600名管理人员复工，1.3万名施工作业人员复工，逆势而上，掀起了万人复工的生产高潮。

田子龙，应该是最早返回项目部的管理人员之一。承担着项目安全管理职责的他，上岗后便立即着手编制疫情应急预案及疫情防控方案，一丝不苟地落实地方政府和华东院的防疫要求。这些年，他在巧家跟随项目一路磨砺，已是敢担使命的"先锋"，同时他也在巧家收获了爱情。作为巧家女婿，他亲眼见证了"第二故乡"的变化与发展，见证了移民安置点从低矮房屋到高楼林立的变迁，见证了乡村泥泞小路到柏油马路的升级。"来时荒草遍地，走时万家灯火"，留在田子龙心头的是满满的自豪感和成就感。

新冠肺炎疫情防控战役打响之后，华东院高度重视，在得知巧家县缺乏防疫物资后，迅速作出安排部署、紧急调配，第一时间向巧家县政府捐赠口罩20余万只，用行动全力支援抗疫阻击战。

除了防疫，还有救灾。

2020年5月18日21时47分，巧家县小河镇发生5.0级地震。地震发生后，巧家县房屋与市政总承包项目经理朱鹏快速响应，在第一时间组织专业技术人员参与应急救援工作，并亲自带领救援队伍赶赴震中地区，积极配合当地政府开展灾情检测，为抗震救灾提供技术支持和设备支持。与此同时，他们全力排查劳动力密集、大型机械设备众多的移民搬迁安置项目，切实保障重大项目人员安全、项目建设顺利推进，履行了华东院作为央企的社会责任。

"负责、高效、最好"，面对巧家移民工程建设数量之多、工期之紧、实施难度之大的问题，华东院把这6个字深深地注入了企业的灵魂。

巧家县移民工程距离白鹤滩水电站枢纽约35公里，属于金沙江河谷深切割地带，旱季空气干燥、持续高温，雨季频发大风暴雨，极易引发偏坡滚石和泥石流等自然灾害。面对异常恶劣的施工条件，如何在金沙江畔建设安全质量更优、资源利用更充分、工期成本控制更好的移民工程，华东院的建设者们给自己提出了"懂山熟水，顺势而建；将心比心，恪尽职守"的要求。

"巧家移民搬迁项目房建施工约31000根桩，能够3个月内完成，这样

◆ 想一想老家　张广玉/摄

的结果令人骄傲。"项目部总工程师梅龙喜说，"不懂就学、不会就问、不精就研、不顺就拼，项目建设者就是这么一步步走过来的。"

由于工程地质条件复杂，很多设计图纸难以落地实施，大寨、七里、北门由于地质条件复杂，施工难以开展，设计、地勘人员多次进行现场实地察看，根据现场实际情况和一些突发情况，商讨处理方案。为了做到设计和施工深度融合，华东院按照"分点负责、集中管理"的原则，各安置点均明确1—2名驻点负责人，负责施工图与现场施工对照管控、现场技术问题梳理、协调解决。

赵文甫便是驻点队伍中的一员。2019年11月，他接手大寨安置点项目总承包现场驻点管理工作，由于制约因素过多，大寨安置点的建设陷入了短暂的停滞，他感到压力山大。在一次现场解答问题时，由于移民没有理解设计意图、工作程序和处理方式，在场的移民代表情绪激动，差点动手打了赵文甫。但他并没有因此气馁，而是把委屈默默吞咽到肚子里，每次见到移民代表仍旧耐心地和他们沟通解释，设计管理工作也多为移民群众考虑，最后赢得了大寨移民代表的理解和尊重。

"赵工，对不起，我们错怪您了！"移民代表一句道歉，让赵文甫的眼眶一下子变得潮湿。灯不拨不亮，理不辩不明。大寨安置点建设走向正轨，那一刻他觉得所有的付出都是值得的。

在工程实施中，北门防护工程作为白鹤滩水电站淹没区内回填垫高工程，建成后存在大面积临水岸坡，最大消落深度可达60米。因此，在水库正常蓄水后，如何保证深水消落区超高大面积回填的沉降控制成为工程建设的一大难题。

"中国人做事讲究道法自然，顺势而为，世间万物都有其规律，只有了如指掌，才能做到事半功倍。"梅龙喜告诉我们，为解决工程沉降控

| 重器之基　巧家县白鹤滩水电站移民纪实

制问题，项目部负责人带着勘测设计和施工管理人员，天天赶往现场实地考察，了解现场实际施工中存在的问题，探索智慧化技术引领工程建设管理，提出智慧碾压和智慧强夯的数字化技术，提高施工效率，实现了对北门回填碾压质量的控制。

谷能舂出米来，人能讲出理来。他这一说，大伙就清楚了。

在推进项目智慧化管理方面，项目部基于项目协同、移动互联云平台，不断提升项目质量管理。巧家县移民工程点多面广，在工程实施过程

◆ 库区蓄水前的金沙江　符云昆/摄

中，质量管理信息传递往往受到时间和地域的限制，不能及时有效地传达。为了提高项目质量管理效率，总承包项目部自主研发现场管理小程序DAM云，现场质量检查和验收工作，能做到及时上传、及时整改闭合。质量管理方面取得的成绩得到了电建集团的认可。

白鹤滩水电站库区建设征地移民安置，涉及昭通市巧家县，曲靖市会泽县，昆明市东川区、禄劝县，共4个县（区）13个乡（镇），规划生产安置人口51435人、搬迁安置人口47315人。从这些数字可以看出，云南

库区移民安置具有工作量大、时间紧迫、规模大和实施难度大等特点。因此，移民安置点的综合设计也是极具挑战性的。

华东院还承担了移民综合设计工作，自2017年底组建设代处以来，始终保持充足的人员驻守现场，以便及时有效开展设计交底、技术支撑、设计变更和专题研究等工作。据统计，2018年初至2020年9月，设代处驻守现场考勤15400天，人均每年302天。设代处处长、副处长及总工程师等重要岗位，都坚持每月不少于25天驻守现场，特别是围绕2021年4月下闸蓄水的目标任务，设代处进一步安排了现场值守计划，确保每天设代处都必须有2—3名主要岗位人员值守现场。大家经常是夜以继日，一直持续着这样的连轴转工作方式。这是需要多么大的担当和韧劲啊！即使是有人调离岗位，设代处都会及时与院总部联系，补充人员到位，做好无缝衔接。

经过金沙江巨流磨砺，石头才变得美丽。如果说千万装机规模的水电工程对华东院来说是挑起了"千钧重担"，那么十万移民的安置工程建设更是"重担千钧"。从2018年以来，华东院义无反顾地挑起了这两副担子，成立白鹤滩水电移民安置库区项目部、库区党支部，承担了施工图勘测设计、移民综合设计和工程总承包项目等工作任务，全力以赴、有效推进移民工程项目履约，为白鹤滩水电站建设书写了闪光的一页。

水电移民政策是有历史联系的，从三峡百万移民国家定下的大框框、大原则和2006年国务院下发的关于《大中型水利水电工程建设征地补偿和移民安置条例》，到现在已经过去了10多年。这期间，我国经济发展迅猛，时代不断变化，这个条例已经解决不了现在的移民安置。就像云南省和三峡集团共同承担的这35亿元投资该怎么使用、怎样才用得科学合理，这就是一个非常现实复杂的难题。

"白鹤滩水电站库区移民安置是一个庞大的系统工程，不仅涉及普通的老百姓，还涉及淹没区域的企事业单位，涉及专业项目，比如公路、电力、通信、小水电站、文物古迹一系列的问题。有的企业历史遗留问题多，你不碰还好，一碰问题都出来了。"陈森说，"最典型的就是巧家糖厂，原来是国有企业，改制后成了私营股份企业，企业的职工还在，资产还在，怎么去补偿，所有这一切都是需要重新协调的。"

"努力向前走一步，离梦想就更近一步。水电移民不像修高速公路那种线性工程。水电移民是成建制的，甚至整村都要搬掉。水电移民不是说把房子给你建好，你住进去就行了。移民搬出村去原来的建制就不复存在了，有的邻里亲戚也分开了，重新组合在一起的社区、街道，就意味着各种社会组织、社会关系也要重构。毕竟，对世代承袭着农耕文明、有着深厚故土情结的老百姓来说，乡亲和乡情同他们的生命一样重要。"谈到当时的工作，陈森各种复杂的情愫涌上心头。

然而，支持白鹤滩水电站这样的国家重大工程是不容置疑的，也是不能松懈的。面对如此复杂的问题，市、县两级的相关部门必须去想办法解决，即使是顶着压力和风险干事，也要把这根难啃的"硬骨头"啃下去。既要考虑到支持国家建设，也要做好库区搬迁群众的安置。把最好的区域留给移民，这样才能实现"搬得出、稳得住、能发展"。

没错，水电站淹没的区域都是老百姓生活了多年的富庶之地，作为非自愿移民，总不能把居住在江边河谷地段的他们安置到贫困落后的老高山上，这于情于理都说不过去。

重器之基　巧家县白鹤滩水电站移民纪实

二 广厦万间

　　修得广厦万间，一心只为移民。时间如江水般静静流淌，建设者筑梦的脚步没有辜负斑斓的星光。2021年2月18日，随着邱家屿安置点移民集中摇号分房的结束，白鹤滩水电站8个安置区722栋21057套移民安置房全部交付使用。这一切，为接踵而至的移民搬迁入住、库底清理以及电站如期蓄水验收，走上了一条春光明媚的道路。

◆ 蒙姑十里坪移民安置区　闫科任/摄

"建好安置区，早日搬新家。""质量是移民工程的生命。""倒排工期，挂图作战，圆移民幸福安居梦。"这一句句被贴在墙上、挂在工地、镌刻在人们心上的标语，激励着建设者，也激励着巧家县移民群众及移民干部不断奋勇向前。

巧家共建设大寨镇王家湾，白鹤滩镇黎明、七里、北门、天生梁子、邱家屿，金塘迁建集镇，蒙姑镇十里坪8个移民集中安置区，安置房722栋21057套，总建筑面积313.7万平方米，安置移民50178人。必须说明的是，巧家移民安置工程晚于白鹤滩水电站核准，于2018年10月才启动建设，时间紧、任务重，要如期完成移民安置区的建设确实充满了许多不可预知的风险与挑战。

北门安置区位于巧家县白鹤滩镇北门社区，占地面积1691.7亩，建设17层的移民安置房81栋，建筑面积82.3万平方米，共安置移民4860户13426人，是白鹤滩水电站库区安置移民最多、建设面积最大、建设工程难度最大的工程。

2020年9月份，云南建投集团就已全部进场，秣马厉兵，开始了"铝模竞赛"。为了确保工程质量和进度，云南建投总承包一部决定在白鹤滩移民工程全面应用实施铝合金模板等一批新技术、新材料，全面落实集团推广和应用的"四新"技术的重要指示要求。经过多方的论证与准备，9月27日起，各参建单位项目部开始全力推进铝模板的运用。

看着工人们把崭新的铝模板堆砌在面前，听着桩基和混凝土浇筑机的轰鸣，项目部负责人兴奋地给大家鼓劲："等过两天装上铝模板，北门的现场绝对能让所有人吃下'定心丸'！"

2020年11月1日，金塘安置点1号地块地下室第一批铝模板顺利进场，11月13日1号地块7栋地下室铝模板首先启动安装，金塘项目部拔得头筹的同时，也宣告了移民工程"铝模竞赛"的大幕有序拉开，各个安置点你追我赶，谁也不甘落后。

起先，移民安置工程的业主方和移民代表曾担心铝模板的运用会导致工期受影响，更有移民代表觉得铝模板比起木质模板又轻又小，担心影响房屋质量。经过耐心解释，加上改用铝模板后项目工期的有序推进，现场设立了展示体验区、工艺讲解台、讲解员，众人的疑虑也很快被打消了。以铝模板为主的"四新"技术运用在移民安置工程不仅没有对项目工期产生不良影响，反而进一步提高了生产的质量水平，加快了施工的效率。

从房建启动实施和决定应用铝模板的工艺以来，指挥部与各施工项目部的管理人员们加班加点、寸步不离现场。指挥长刘丞把总承包部和各个施工项目部生动地形容成了不打烊的"深夜食堂"：一边是在发挥策划服务、监督管控、协调资金的总承包管理职能，为项目推动定"菜单"；另一边是在为项目施工生产组织力量、管理现场、落实任务，把源源不断供应而来的混凝土、钢筋、铝模板炒进"锅"里，添柴加火，越烧越旺。

移民安置工程点多面广，横跨战线近百公里。为了给奔波在现场的管理人员减轻会议汇报压力，指挥部提出了"工作餐交流制"，利用每天早晨、中午工作餐的半小时，围着食堂圆桌进行小型"快速交流会"。交流现场情况，讨论问题解决办法，并在第一时间落实，极大地提高了工作效率。对于指挥部管理人员来说，每天围坐在一起讨论工作，听着"李老倌""邓娘娘"就某个业务问题争得面红耳赤，然后又和颜悦色地吃着饭、聊聊家常，已经习以为常了。

移民安置区建设工地，在房建先行地块里，钢筋工人加班加点绑扎基础钢筋，巧手如梭，焊花飞舞；在后行地块，29台桩基错落排开，昂首耸立，机车轰鸣……建设现场，处处可见被风沙吹得灰头土脸的施工人员；

交通路口，时时都有汗流满面的安全员；设计工棚，常常都能看到对着电脑不眠不休的技术员……云南建投17家二级公司组织1.5万名工人日夜拼搏，工地全部采用塔吊施工，确保以铝模板为首的"四新"技术在移民安置工程中顺利推进，8个分散的安置点建设全面开花。

不做说话的巨人、行动的矮子。大寨镇移民安置区，镇党委以党建为引领，统筹王家湾移民安置房建设进度、安全生产与质量保障，为安置房建设安上"红色引擎"，推动安置房建设全面提速，助力移民群众早圆"安居梦"。

组建党员突击队，驱动"引领之轮"。大寨镇全力支持服务好王家湾安置点建设，利用周末休息时间，组建党员突击队到王家湾安置点支援移民安置点建设。突击队克服低温天气，不怕脏、不怕累，化身"搬运工、协调员、清洁员"，哪里需要支援就往哪里去。自2020年11月30日安置房全面封顶以来，大寨镇党委为让移民群众早日搬新家、住新楼，早日安居乐业，先后组织党员干部群众140余人次、村（社区）党员400余人次，帮助招募劳务工人300余人，合力奏响党群连心"大合唱"。

成立网格专班，驱动"建设之轮"。成立以镇党委书记为组长、班子领导为副组长、职工为成员的7个网格专班，统筹推进安置房建设的重点、难点，严格把关建设过程中的各个环节。20名职工每人负责6—7栋安置房，网格化蹲点掌握安置房建设进度，形成工作清单，实行每日调度机制，将发现的问题及时交给参建方，按下每日问题"清空键"，推动安置房建设全面加速。

成立临时党支部，驱动"服务之轮"。成立大寨镇移民安置区临时支部委员会2个，确保每个安置点都有一个战斗堡垒，选优配强临时党支部社区工作人员14人，提前谋划构建社区服务管理体系，充分发挥党员先锋模范作用，凝聚广大群众的智慧和力量，团结组织群众，聚力画好组织建设"同心圆"。

以"五清"工作为抓手，驱动"幸福之轮"。镇党政领导发挥"领头雁"作用，挂包到10个移民工作组，对矛盾集中、困难突出的事项，研究部署，牵头解决，既当"指挥员"，又当"战斗员"，切实做到"家底清、政策清、配套清、产业清、就业清"。县直包保单位、镇村党员干部包保到搬迁户，以"五清"工作为抓手，摸清群众家底，细化搬迁方案，全方位服务好、保障好移民搬迁群众，成为群众值得信任和依靠的主心骨，提升群众幸福感和获得感。

其实，在对移民安置区工程的监管上，巧家县委、县政府是下足功夫的。在县城5个安置区分别派出8—10名移民代表进行监管，一旦发现质量问题，就及时向上面汇报，由县委、县政府责令施工方停工整改，直到把问题解决好为止。

驾驭命运的舵是奋斗。不抱有一丝幻想，不放弃一点机会，不停止一日努力。只有这样，世界才属于自己。2020年10月29日早上8点，每天都往返昆明、巧家两地的网约车司机老陈，惊讶地发现303国道莲塘段一夜之间发生了翻天覆地的变化，昨天走的老路已经被填筑了起来，今天走的却是穿过了小半个施工区域又宽又平的保通路。他感慨地说："巧家真的在变了。"站在道路口看着县城方向来的车辆有序驶过，为督促现场施工进度几乎一夜没合眼的副指挥长彭雪斌可算是歇了口气。为了不影响居民出行和不耽误工期，指挥部采用夜间施工的方式，在这座县城"睡着了"的时候，用三个晚上抢出了一条与原路最大高差11米、宽幅12米的保通路，并完成了安全设施安装，给受通行问题困扰的县城居民送上"小惊喜"。此后，往返昆巧、昭巧两地的车辆经由保通路从莲塘安置区穿行而过，一边是成群作业的挖机车辆，一边是天生梁子、邱家屿安置点林立的塔吊机械，两者交汇的灯光在夜晚构筑成了一条银河，连接了巧家人民奔向小康生活的光明大道。

一个人若想学会滑冰，那么他一定要做足在冰上不摔跤的功夫。为了确保夜间生产施工的安全事故"零发生"，总承包一部细化安全责任，强抓安全文明施工，在各个安置点塔吊制高点上装了全景高清摄像头，对在建区域进行全覆盖的远程实时监控，结合不定时的现场检查对发现的问题隐患及时纠偏；在工地周围及进出口安装全封闭式标准化围挡进行隔离，在道路交会路口安排交通疏导员，设置红绿灯；在工区内增加夜间照明，启用人脸识别系统、NFC智能安全帽识别系统、车辆识别系统等设施设备；由专门的安全管理人员进行夜间生产安全再交底，构建起一张严密的安全智能防护网络，给白鹤滩移民安置工程的夜晚加上了多重保险。

2020年初，新冠肺炎疫情袭来。面对突如其来的新冠肺炎疫情，云南省委、省政府和三峡集团深入贯彻落实习近平总书记关于疫情防控和复工复产系列重要讲话精神，一手抓疫情防控，一手抓复工复产，扎实做好"六稳"工作，落实"六保"任务，全面推进白鹤滩水电站移民安置工作。

2020年2月27日，云南省委领导一行到全省各地检查指导疫情防控和社会经济发展工作，首站来到白鹤滩水电站巧家县移民安置工程建设现场，实地察看移民项目复工建设和疫情防控工作情况，强调要坚决打好疫情防控阻击战，推动白鹤滩移民工程有序复工复产。

昭通市、巧家县坚决贯彻落实省委、省政府坚持一手抓疫情防控、一手抓社会经济发展的总体要求，高度重视、周密谋划，组织参建单位制订施工期间疫情防控工作实施方案及应急预案，做到"一工区一方案，一班组一措施",全面做好安置点项目疫情防控和复工复产工作。2月8日,巧家县移民安置房工程项目全部复工,短时间内组织复工管理人员1609人、施工作业人员12012人,掀起万人复工生产高潮,推动巧家移民房建工程建设跑出"加速度"。

◆ 在工地上 兰玉寿/摄

战鼓催征急，攻坚不畏难。即使在春节期间，白鹤滩水电站工地依然繁忙有序，约5000名建设者坚守一线，坚持做到工程建设和疫情防控两手抓、两不误。一车接着一车的钢筋、混凝土、铝合金模板等物资涌入建筑工地，每个环节如同一个个精密咬合的齿轮，组成一台台永动的机器夜以继日轰然运转，推动进度的箭头向规划时点不断前进。

时间如江水般静静流淌，建设者筑梦的脚步没有辜负斑斓的星光。2021年2月18日，随着邱家屿安置点移民集中摇号分房的结束，白鹤滩电站8个安置区722栋21057套移民安置房全部交付使用。小区绿化、市政道路等基本完成，学校、农贸市场、卫生室、社区用房等公共设施基本配套。这一切，为接踵而至的移民搬迁入住、库底清理以及电站如期蓄水验收铺设了一条平坦的道路。

三 库区移民的福祉

一段使命的结束，意味着另一段使命的开始。移民搬迁安置顺利完成，白鹤滩水电站如期投产发电，并不是移民工作的结束，5万余移民的后续发展问题，在今后很长一段时间依然是昭通市委、市政府关注的焦点。征途未有穷期，为了移民群众的福祉，市水电移民办的使命仍在路上……

"白鹤滩水电站2011年动工，历经10年，终于正式发电了。十年磨一剑，所有为电站建设付出心血和汗水的人们，没有哪一个不为此激动！"坐在我们对面的昭通市水电移民工作办公室副主任黄天桥如是说。昔日为电站建设而奔波的辛劳与疲惫早已一扫而光，他的眼神里流露的全是自豪。

黄天桥少年时勤奋好学。2004年，他从楚雄师专毕业后很快就考上了公务员，到巧家县中寨乡党政办从事文秘工作。几年基层岗位的磨炼，黄天桥对工作驾轻就熟，因为表现突出，2010年被调到昭通市水电移民办工作。

从2006年开始，黄天桥就与白鹤滩水电站结缘了。

他比较早地参与了电站建设的预可行性研究报告调查。记得当时大家都在为电站的水位线确定而纠结,是825米,还是830米,一时无法定下来。正常蓄水位是水库和水电站最重要的设计参数之一,是确定拦河坝高度、水库容积、利用水头和发电能力的基本依据;对水工建筑物的工程量、水库调节性能和水头的利用关系极大;对水库和水电站的建设工期、投资、动能经济效益以及水库淹没损失等均有重要影响。让黄天桥困惑的是,如果当时这个水位线确定为830米,那么高出的5米就意味着移民的数量会增加太多,以巧家现有的条件,根本就不可能满足移民安置的需要。好在到最后,经过专家的研究勘测,白鹤滩水电站正常蓄水位确定为825米。即使是这个水位线,巧家的移民仍然有50178人之多,其搬迁安置难度可想而知。

◆ 七里村村民忙搬迁　兰玉寿/摄

重器之基　巧家县白鹤滩水电站移民纪实

　　白鹤滩水电站属大国重器，要服务好电站建设，最核心的问题就是要解决好这些库区移民的安置。这个问题如若解决不好，就会关系到移民今后的生产生活，就会影响到周围相关地区的经济恢复和发展，严重的情况下还会威胁到当地的社会稳定。此前建设的溪洛渡水电站就是因为外迁移民的回流，给政府和移民工作带来了很大影响。这件事对于从事移民工作多年的黄天桥再熟悉不过。

　　水电移民是非自愿移民，因其政策性强、实施周期长、利益诉求多、协调难度大，被称为"天下第一难事"。白鹤滩水电站巧家库区移民，全部都在地少人多的县内安置。电站核准时间延迟而蓄水时间提前，移民搬迁安置的有效时间从规划的52个月压缩至40个月，让移民工作难度增加。

　　如何安置好移民，在总结了溪洛渡水电站、向家坝水电站移民经验的基础上，省、市两级主动顺应城镇化发展的时代要求，主动回应移民群众对美好生活的殷切向往，统筹考虑当前任务与长远发展，从顶层设计入手，探索出"统规统建、商住分离、小区化安置"的方式，并按照"可信、可靠、可控"的原则，采取统规统建和工程总承包的形式进行，由华东院和云南建投集团联合体中标建设巧家县移民安置房屋与市政工程。

　　移民安置模式确定后，就像一颗"定盘星"，让此后的移民工作有了

◆ 依依不舍　张广玉/摄

◆ 新厨房　新生活　胡华伦/摄

目标和方向，并沿着一条正确的轨道有序推进。要指导、衔接好各方，挑起移民搬迁安置大梁，就成了昭通市水电移民办工作的重中之重。

黄天桥说，移民办的同志虽然不是每天直接面对移民"真刀真枪"地干，但其工作之纷杂和付出的艰辛，也不亚于那些冲锋在一线的移民干部。

"我们市移民办1个主任、5个副主任，有2个副主任长期蹲在一线抓移民工作，加上常驻移民工作站的其他工作人员一共有9个人。每月至少有15天的时间，大家都是在库区一线现场办公，很多会议直接开到了工地上。不分昼夜、加班加点，早已成了工作常态。"谈到水电移民办的工作量，黄天桥感触很深。

从参与移民工作至今，黄天桥已经走过整整15年。期间的苦和累，也许只有他才能够体会得到。他说自己最有成就感的事情，就是参与指导巧家完成两个纲领性文件，一个是《移民人口界定办法》，另一个是《移民安置实施细则》。这两个文件充分考虑了移民的现实需求和长远发展，是在经历了数十次意见征求、3次专家咨询和100多次的修改完善后才出台的。为了让移民群众都能知晓政策，市、县两级付出了太多的心血和汗水。多渠道、立体化、覆盖式地开展法律法规和移民政策宣讲，集中轮训移民干部和移民群众代表1万余人次，最终实现了干部对移民政策的"一口清"。

不谋全局者，不足以谋一隅；不谋大势者，不足以谋一时。凝聚着市移民办智慧和心血的文件，为巧家后来的移民安置工作铺平了道路。2019年，市、县移民干部仅用37天完成了搬迁安置协议签订，仅用2个月完成了生产安置协议签订，仅用56天全面完成了50178人搬迁入住和库底清理。与此同时，在电站核准时间推迟、移民搬迁安置时间压缩、新冠肺炎疫情影响的严峻形势下，昭通市坚持"以人为本、精益求精、积极稳妥、有力有序、善始善终"的工作思路，在有限的时间内保质保量地完成了2.1万余套313万余平方米移民安置房建设，确保移民安全、平稳、有序迁入新居，未发生一起安全事故和突发性群体性事件，为10余年的移民搬迁安置画上了一个圆满的句号，也为电站如期下闸蓄水奠定了坚实基础。

2021年3月25日，是黄天桥终生都难忘的一天。随着金沙江白鹤滩水电站工程的蓄水，云南省搬迁安置办党组成员、副主任刘经喜的一声宣布，白鹤滩水电站工程蓄水移民安置通过验收。黄天桥深知，这一具有里程碑意义的验收，标志着白鹤滩水电站可以如期蓄水并在"七一"建党节如期投产发电了。

移民安置通过验收，走出库区的黄天桥激动得泪流满面。远山如黛，遥望山脚下充满生机和活力的安置区，这时候的黄天桥忽然很想念昭通家中的两个孩子。因为工作，他几乎没有管过孩子们。现在大的孩子已经在读二年级，小的孩子才两岁多。记得小的孩子出生那年，正是移民搬迁最紧张、最艰苦的时候，尚在襁褓中的孩子需要他，移民搬迁工作更需要他。面对这样痛苦的选择，黄天桥坚守的是移民一线。

"我大概算了一下，从2017年开始，这几年来除去开会，我们每年出差的时间在230天左右。"移民办规划安置科科长赵平接过了黄天桥的话茬。

跟黄天桥一样，赵平也有两个孩子，他媳妇在盐津县政府办工作。他们分居两地，基本照顾不到孩子。现在大的孩子在读三年级，每天都是送"学生之家"，小的孩子跟着赵平在昭通。有时候开会，赵平都是带着孩子一起去。碰到出差，他就只好把孩子交给朋友接送。

生活中有很多人，说来八大金刚，做起四肢无力。但赵平不是那种人。他工作履历丰富，是从村支书干起，然后考上了盐津县庙坝镇公务员。因为办事干练、有经验，他工作过的单位就有县委办、县党史办、县移民办和市移民办。赵平说他的心理压力主要来源于工作和家庭之间的矛盾。一次，他出差回来，刚进门，孩子就噘起小嘴说："爸爸，你回家就像开灯一样，闪一下就走了。"想想每年有200多天在外面跑，想想对孩子的亏欠，赵平愧疚得常常泪湿眼眶。

巧家位于滇、川两地之间，过去有人曾因不满征地拆迁工作发生过极端事件。如今这5万多人的大搬迁，不出事还好，一出事就可能是大事。如果再次发生流血事件，首先担责的就是移民办。没有做好这样的心理准备，想把工作干好难乎其难。

赵平深知其中的艰难。虽然在各方的努力下，移民搬迁顺利完成，但搬迁之后的工作依然繁重。比如通水、通电，这些看似平常小事，但对移民来说就是天大的事情，所以做好移民工作任何时候都不能放松。就在2021年正月初四，还没到收假时间，赵平就和同事们早早地来到巧家，每天都奔波在安置区的多个点上，跑得两腿酸软，满身都是汗水。

在市移民办有很多像黄天桥、赵平这样的干部。为了移民搬迁，他们付出了太多的汗水和心血，甚至牺牲了家庭的利益。深入采访之后，我们才真正明白为什么将移民工作称之为"天下第一难"，才真正明白市移民办每一位干部职工在其中的担当与奉献。

当然，在我们的采访中，还有一个人必须要说，他就是市移民办党组书记、主任王军，一位受到三峡集团表彰的"优秀建设者"。2003年，在绥江任副县长的王军就开始介入移民工作。后来他调到永善县当纪委书记，也是涉及移民工作。当时向家坝水电站涉及桧溪镇移民搬迁，王军任指挥长。最棘手的事情是库区1000多座坟墓的迁移，在别人眼里，这样

"挖人祖坟"的事情，谁都不愿意干。王军带领移民干部仅用一个月时间就把这桩事情"摆平"了。更让人佩服的是，王军不仅敢于担当，而且还以移民搬迁为契机，将桧溪新集镇建成了一个城镇功能更合理、商业气息更浓、人气更旺的"湖滨商贸旅游名镇"。"工作思路清晰、作风干练、办事果断"成了当时领导和同事们对他最中肯的评价。

昭通市水电移民工作办公室过去叫昭通市移民开发局，成立于2003年。王军是2017年到昭通市移民开发局的，上任后他给干部职工上的第一堂党课就是"责任与担当"。他说，共产党人要讲党性、讲政治，就要有攻坚克难的责任担当。从移民工作实际思考，就是要结合移民安置政策来谋划，发挥党员先锋模范作用，做到守土有责、守土尽责，有"去留肝胆两昆仑"的气魄。

作为单位的"一把手"，王军具有这样的气魄。他到移民办工作的这几年，正是白鹤滩水电站移民安置最为关键的几年。他把方向、搞协调，确保移民利益最大化，带领市移民办的同志义无反顾地扛起了工作责任。除了开会汇报工作，他总是马不停蹄、四处奔波，每个月至少有15天的时间是待在电站和库区。"这几年来，作为移民工作协调组组长，很多时候王军主任都是亲自上阵，跑前跑后，跑上跑下，先后争取资金10多个亿，化解难题60多个，非常不容易！"黄天桥说。

对外树形象，对内强管理。在抓好移民安置工作的同时，王军还结合市移民办实际情况，把党建工作与文明单位创建工作有机融合，充分彰显移民文化内涵。他以蓝色为主色调，划分区域设置不同主题，打造院墙文化、楼梯文化、楼道文化、室内文化，让每一位来办事的移民群众和移民干部都感受到了家的温暖。

2019年3月12日，随着水电移民体制改革步伐不断加快，"昭通市移民开发局"改为"昭通市水电移民工作办公室",开启了昭通水电移民工作新征程。

然而,一段工作的结束,意味着另一使命的开始。移民搬迁安置顺利完成,白鹤滩水电站如期投产发电,并不是移民工作的结束,移民的后续发展问题,在今后很长一段时间依然是昭通市委、市政府关注的焦点。王军说,为切实解决移民后续发展问题,让移民群众逐步能致富,市移民办把移民就业和产业发展作为重点工作来抓,督导巧家县委托设计单位编制了相关产业规划,精心规划、策划了一批特色产业项目,同时结合后期扶持直补资金的发放,为移民安置区基础设施查漏补缺,强化移民安置区生态环境建设,改善移民搬迁后的生产生活条件,多渠道增加移民群众收入,让搬迁后的移民群众过上更加幸福美好的生活。

征途未有穷期,为了移民群众的福祉,昭通市水电移民办的使命仍在路上……

四 "五千工作法"

锣要敲才响，话要说才明。"五千工作法"，是巧家做好移民搬迁安置进行的有益探索，是经过实践检验的"量身定做"。支援电站建设，依托电站发展，想尽千方百计，一心为民谋福祉，让移民群众过上幸福新生活，是巧家县委、县政府的初心和使命，更是他们破解水电移民难题的"密码"。

地上万物生，世上养万人。水是维系生命的源泉，电是社会发展的命脉。化水患为水利，变水流为电流，充分利用水能这一清洁可再生能源，是实现资源优化配置的必由之路，也是科学发展的必然选择。

改革开放40多年来，我国水电事业得到了快速发展，可谓日新月异、成绩斐然。作为仅次于长江三峡水电站、总装机容量1600万千瓦、排名世界第二的巨型水电站和实施"西电东送"战略部署中的骨干工程之一——白鹤滩水电站，为巧家实现跨越发展带来历史性机遇，当然伴之而来的还有千难万阻的移民工作。

心多不是好事。有人分析说，比如"患"字，上面是一个"串"，下面是一个"心"，连起来就是一

"串""心",也就是多心的意思。多心的人三心二意,做不成事。要做好事,干大事,得一心一意,或者是全心全意。

这一点,巧家人懂。

如何在抓住发展机遇的同时破解这一难题?巧家县把"让移民群众过上美好生活"作为初心和使命,坚持"想尽千方百计,一心为民谋福祉;走进千家万户,一线宣传做动员;道尽千言万语,一片真情解民忧;历尽千辛万苦,一线实干抓落实;不惧千难万阻,一路向前不退缩"的"五千工作法",把真心、耐心、细心和爱心融入移民政策制定、移民政策宣传、移民诉求解决、移民协议签订、化解工作难题等方方面面,换来了移民群众在思想、工作和情感上的认同。

艰难方显勇毅,磨砺始得玉成。2019年5月25日,巧家启动了移民搬迁安置协议签订工作。让人惊叹和感动的是,他们仅用了37天就完成搬迁安置任务的99.73%。与其说这样的速度和数据书写了水电移民搬迁安置史上的奇迹,不如说是"五千工作法"发挥作用所带来的效应。

◆ 摇号分房 闫科任/摄

"这些成绩的取得，是'五千工作法'有序推动的结果，更是广大移民干部心血和汗水的凝聚。"2019年12月8日，在金沙江白鹤滩水电站移民安置现场观摩会上，巧家县政府副县长刘峰在交流发言时认为。

　　话虽然是一句，但"五千工作法"产生的背景和思路，以及在实践过程中的运用却并不是那么容易。2017年，按照时任省委书记陈豪提出的"巧家县要借移民安置契机打造特色旅游城市"要求，昭通市和巧家县认真落实，提前谋划，围绕"搬得出、稳得住、能发展、会致富"的目标，开展了大量关于移民安置政策的专题研究，采取自上而下、自下而上的方法，充分尊重群众意愿，吸纳基层意见，解决广大移民群众的现实问题。多少个夜晚，当人们进入梦乡的时候，恰恰是巧家县委、县政府领导和移民局的干部最辛苦的时候。他们白天忙着调研，晚上还要加班加点梳理群众意见，汇总情况，为的是能够给上级移民部门提供决策上的参考，为的是能够将移民政策的制定与落实紧密融合巧家实际、群众期盼和长远发展。应该说"五千工作法"是省、市、县强化顶层设计、集体智慧的结晶。

　　"想尽千方百计，一心为民谋福祉。"采取什么样的安置模式决定着移民搬迁的成败和长远发展。巧家立足土地资源有限、安置容量不足的实际，在深入调查研究、充分尊重群众意愿的基础上，将县城集镇周边发展前景最好的区域用来安置移民，着力打造特色旅游城镇，按照"统规统建、商住分离、小区化安置"的思路，安置区配套学校、医院等设施，让移民群众进城上楼，一步享受高品质的城市生活，实现从"乡下人"一步跨越为"城里人"的转变。针对移民反映强烈的房屋配置面积低、子女成家后住房无保障等问题，县委、县政府坚持实事求是的原则，充分听取移民意见和建议，在不突破政策底线的前提下，积极寻找政策与移民诉求的契合点。同时,通过建立激励机制,依靠群众做好群众工作,有效推进了协议的签订进度。在后续发展上着眼于增收致富。巧家坚持前期补偿补助与后期扶持相结合,移民安置与打造巧家县库区特色旅游城镇相结合,发展避寒康养、观光旅游等第三产业,让移民共享发展成果;狠抓特色干热河谷热区产业培育,按照良种良法、高度组织化和集约化模式、党支部+合作社"三个全覆盖"要求,在沿江一带种植软籽石榴、芒果、火龙果等果蔬产业,带动移民产业长效发展;加大技能培训力度,积极发展劳务经济,增加移民自身"造血"功能,拓展移民增收渠道。

"走进千家万户,一线宣传做动员。"移民工作难,难在政策的解读和群众的理解上。只要把政策讲透了,群众明白了,工作做起来就变得不再那么困难了。签订搬迁协议的那段日子里,巧家各级党员干部在学懂学

◆ 移民志愿服务队 张万高/摄

透移民安置政策的基础上，纷纷走进千家万户认亲朋、当参谋、办实事，面对面、零距离宣讲移民政策、传递党的声音，做到了讲清政策要点、讲清移民疑惑、讲清初心使命"三个讲清"，增强移民群众对政策的知晓率、对党和政府的认同感，引导广大群众"感党恩、听党话、跟党走"。

"祖祖辈辈住习惯了，修建白鹤滩水电站建设要我们搬离家园，说实话，最初我是真不想搬。"谈起最初不愿签订搬迁协议的原因，莲花石村民小组的雷有明直言不讳。他说："一是故土难离，二是对搬迁后的生活没有信心。"

莲花石村民小组是白鹤滩水库淹没区，需要整村搬迁。为做通雷有明和其他群众的思想工作，移民干部、社区工作人员上门讲移民安置政策，讲搬迁到新社区后生活会比现在好得多。他们用真心、真情换来群众的信任，讲清、讲透移民安置政策，增强群众愿意搬迁的信心和决心。

"他们前前后后往我家跑了20多次，电话打了上百个。"精诚所至，金石为开。雷有明被移民干部感动了。从他们辛苦的奔波中，雷有明渐渐明白了移民安置政策。有理讲不折，嘴硬不过理。巧家土地资源有限，采取"统规统建、商住分离、小区化安置"的方式，将县城、集镇周边发展前景最好的地块用来安置移民，并配套学校、医院等设施，为的是让移民群众能够"搬得出、稳得住、能发展、会致富"。针对移民反映强烈的房屋面积低、子女成家后住房无保障等问题，县委、县政府并不回避矛盾，而是千方百计积极寻找政策与移民诉求的契合点，最终确保了移民人均安置房面积达到50平方米。

"移民安置的住房条件非常好，连城里人都是很羡慕的。"谈起未来的生活，雷有明和村民们都说，"党和政府在制定移民安置政策上，都在为我们老百姓着想，以后库区特色旅游城镇打造起来，热区产业培育起来，我们的生活环境会有翻天覆地的变化。"最终，雷有明不仅自愿签订了安置协议，还主动带头动员本组其他10多户村民签订了协议。

"那段时间，我们光是印发《金沙江白鹤滩水电站移民安置宣传手册》就有3.5万册，至于播放移民城镇化安置宣传片、滚动播放宣传标语，就更是数不清了！"一位移民干部告诉我们，除了这些常规工作，他们还采取了县设政策解答热线、镇设政策解答员、村（社区）设政策咨询室、村民小组设政策咨询员的方式，每天汇总政策咨询问题，及时统一回复，累计解答移民政策咨询问题1000余条次，确保移民疑惑及时得到解答，政策执行一个标准。

每天把群众咨询的这些问题解答完后，每个工作人员都是口干舌燥，身子似乎散了架。回到家里，什么话也不想说，什么家务也不想干，只想躺下来一觉睡到大天亮。

"道尽千言万语，一片真情解民忧。"只有坚持亲情移民，在行动上关心移民、在生活上帮扶移民、在感情上贴近移民，才能做好移民搬迁安置协议的签订。

在县级设移民工作服务中心、在5个移民镇设移民工作服务站、在32个移民村（社区）设移民服务室、在189个村（居）民小组设移民服务点，构建"四级服务网络"，方便移民群众咨询了解政策，维护移民合法权益。服务阵地建好后，把群众工作做实做好，才是真正对移民干部的考验。为此，他们实行社情民意"六必访"——党员干部做到移民群众家有困难必访、家有矛盾纠纷必访、家有下岗失业人员必访、家有重大疾病患者必访、家有刑释解教（矫正）人员必访、家有孤寡老人必访制度，及时收集移民意见和研究解决实际问题，主动帮移民群众算好"三本账"——补偿补助账、搬迁安置账、后续发展账，切实讲清移民政策、规划蓝图和利益得失，帮助移民群众实现合法利益最大化。

依托"四级服务网络"，整合乡镇和包保单位人员、村组干部、移民党员等各级力量，在村（社区）组建移民工作服务队，扎实做好矛盾纠纷化解、遗留问题处置等工作。这是做好移民安置协议签订最为关键的制胜一招。一个多月的时间，全县移民干部走出机关，常常顶着40多摄氏度的高温，主动融入移民认亲戚、认校友、认"家门"，大到协调贷款、调解纠纷、搬家租房、迁移落户，小到证件复印、买米买盐、辅导作业之类的事情，移民干部都是帮群众办实办好。贴心的服务赢得了移民的支持。黎明社区移民群众刘某某在移民工作开始时，对工作组百般刁难、多次嘲讽，并撂下狠话"谁敢签字我就跟谁过不去"。工作组没有被困难吓倒，仍然把刘某某当作大哥看待，每天登门拜访做工作，探望其刚出生的孩子，用真情融化坚冰、解开心结，最终刘某某不但带头签订协议，还动员群众："安置规划这么好，签了就是城里人，咱凭啥不签！"

"历尽千辛万苦，一线实干抓落实。"面对协议签订时间紧、任务重、矛盾大等难题，巧家县坚持以党建统领移民工作全局，把移民工作与党建工作高度融合，全县各级党组织和广大党员干部思想认识不含糊、责任担当不推脱、工作落实不迟缓、遇到难题不回避，做到一个党组织就是一个堡垒、一名党员干部就是一面旗帜，身沉一线，把守初心、担使命转化为具

◆ 移民生产安置人口界定及协议签订　　徐有定/摄

体行动，在移民工作一线践行初心使命。

柴草要捆才紧，人心要拢才齐。在这样的大事面前，万万不可各打各的鼓，各划各的船。各级领导齐心协力，在一线指挥。在签订搬迁安置协议期间，市、县领导深入一线抓组织，党员干部脚踏实地抓落实，做到工作一起推进、办法一起商讨、困难一起解决，不获全胜决不收兵。市委杨亚林书记多次听取汇报并到巧家调研指导，解决移民搬迁遇到的困难和问题；市政府郭大进市长数次到工地现场调研协调工程建设资金及设计变更推进工作；田渊副市长作为分管领导，常态化驻扎巧家与县、乡、村移民工作队员共同开展工作，针对各种矛盾和问题召开移民代表院坝会，反复耐心地给移民群众解疑释惑，宣讲政策，让移民群众对移民政策做到心知肚明，打消顾虑，放心搬迁。其他市级领导及市移办领导多次深入巧家调研指导，研究解决移民安置推进过程中的困难和问题。巧家县四套班子主要领导挂到移民镇，其他处级领导挂到移民村，包保单位主要领导沉到移民组，各级组织上下联动、各方力量抱团攻坚，形成了强大工作合力。

工作队长在一线组织。从全县抽调86名干部组建12支专职移民工作队，选派工作能力强的党员干部担任工作队长，统筹带领工作队员、移民政策宣传员及移民代表，常驻村组开展工作。在协议签订期间，工作队坚持"5+2""白+黑"，工作奋战到凌晨成为常态。县人社局卢龙平在40多摄氏度的高温及烈日的暴晒下，组织召开庭院会议10余场，走访群众400余户，及时掌握部分移民利用微信发表不实信息煽动移民、对签订协议移民进行威胁的情况，通过与群众拉家常、摆"龙门阵"，逐步打消了移民户的顾虑，化解了抵触情绪。6月19日，黎明社区新村四组共448户794名移民全部签订了搬迁安置协议和建购房协议。

包保人员在一线服务。从县直单位派出的2410名党员干部包保到移民

重器之基 巧家县白鹤滩水电站移民纪实

◆ 长河两岸　符云昆/摄

户,在田间地头收集民情民意,走村串户宣传讲解政策、动员移民群众,采取科学合理的方法推进工作,把移民的事当自己的事来做;有的开车接送移民签协议,有的到医院看望生病住院的移民,有的帮助移民到银行办卡和查看奖励资金到账情况,这些工作拉近了与移民的距离。同时,各包保部门共成立86个流动工作组,做好全方位服务。移民群众在哪里,干部职工就服务到哪里,用细致周到的服务赢得群众对包保人员工作的认同。

公职人员在一线带头。全县公职人员把支持国家重点工程建设放在首位,全力支持和推进移民搬迁安置工作。806名移民公职人员中,598名主动放弃界定为移民搬迁安置人口的机会,208名在界定为移民安置人口后带头签订移民搬迁安置协议和移民安置房建购协议。广大公职人员舍小家、顾大家,在移民群众中树立了良好的形象。

小石头堆起来就是山。这话不无道理。

基层党员在一线引领。在协议签订过程中,广大党员主动带头签订协议,深入移民群众中做思想工作,积极化解矛盾纠纷,成为引领移民搬迁安置协议签订的一面鲜明旗帜。比如,在白鹤滩镇库荖村协议签订进度迟缓时,70岁的老党员古世良动员群众说:"白鹤滩水电站是大项目,我们必须要大力支持，听党话、跟党走，你们不签，我先签。"在他的带动下，库着四组379户移民群众迅速完成了协议签订，完成率达100%。巧家营社区移民群众徐有芬因重病住院一直未签订协议，社区"两委"干部自掏腰包购买慰问品，赶赴医院看望徐有芬，给她详细讲解移民政策，为她算好经济补偿账，并根据她家实际情况对选房提出建议。在社区"两委"干部的倾情帮助下，徐有芬满意地签订了协议。巧家营社区党委书记严正德感慨地说："移民工作虽然很苦、很累，但在这个岗位上我们要尽最大努力，看着社区移民都陆续签订协议，移民工作顺利推进，我们就感觉努力没有白费，现在只希望早点建好安置点，让移民群众能早日住上新房子。"

"不惧千难万阻，一路向前不退缩。"金窝银窝，不如自家的草窝。少数群众对搬迁有很大的抵触情绪，要么不与工作组见面，要么漫天要价、故意刁难、串联抵制，要么指桑骂槐、拒不合作，还有的群众认为补偿补助标准低，担心先签吃亏，片面讲求平均，甚至谋求非法利益。这些问题制约了移民搬迁的速度和质量。面对重重困难，全县各级移民干部忠诚履职、迎难而上，用使命深化责任、用真情融化坚冰，一一破解移民搬迁安置的各种难题。

遇到困难不绕行。县处级领导带头坚持"三最大、三靠前、三深入"，即用最大的诚意、最大的耐心、最大的关心做好移民工作，靠前到库区宣传移民政策、靠前处理移民过程中的复杂矛盾和急难问题、靠前组织移民搬迁安置工作，深入一线、深入实际、深入移民户，逐项研究和推进工作。包保干部在落实"四包四保"责任的同时，定期全覆盖走访移民，进一步做实群众工作，累计走访6万余人次，帮助解决困难问题2000余件。

解决问题不推脱。广大党员干部在移民安置协议签订中团结协作、相互支持、优势互补，少了推诿扯皮、相互埋怨，多了共同担当、主动作为，做到移民反映的问题和诉求第一时间有人负责、有人解答、有人落实。全县1个月内化解各类矛盾纠纷2988件次，处理历史遗留问题395个。

遇到矛盾不绕道。在移民安置协议签订中，巧家移民干部白天入户讲解政策，解答移民提出的疑难问题，能解答的当场解答，不能解答的便记在笔记本上，晚上统一梳理后报给移民指挥部，做到移民反映的问题件件有解答，条条有回应。6月13日早上，500余名白鹤滩镇各村移民陆续前往县委、县政府表达诉求，县移民维稳办主任李啟军第一时间带领移民维稳办工作人员及时接待聚集群众，并对移民群众耐心解释，及时疏散聚集群众。深入移民群众中，做好思想稳控工作，正面引导，疏导群众，对移民提出的诉求及时进行梳理上报，同时向县委、县政府提出工作建议，对移民正当诉求全力协调解决，成功将矛盾纠纷风险化解在一线。

攻坚克难不退缩。在移民安置协议签订中，工作队员挨骂、受委屈是经常的事，有的干部因此流了泪、流了血，有的干部舍小家、为大家，不时受到家人的埋怨。尽管如此，广大干部仍然满腔热情，长期坚守在库区一线，做到了"打不还手，骂不还口"。他们与移民群众攀亲戚、认朋友、讲政策、干农活、解困难，心贴心交流、面对面服务，让移民知晓政策，看到发展前景，支持国家建设，坚定搬迁的信心和决心。

也许，人们之所以将移民工作看成"天下第一难"，更多的是着眼于移民的数量以及可能带来的种种社会问题。他们绝对不会理解和懂得移民工作还有许多远远超出他们想象的问题。比如对故土的爱恋，对土地的依赖，对亲情和家庭的难以割舍……所有这些，只有这些移民干部自己知道。然而，在库区，尽管每一位移民干部都在经受着来自工作的考验，他们身心俱疲，但他们笑对压力、积极为移民排忧解难的乐观精神却让人为之感动、敬佩！

"五千工作法"，是巧家做好移民搬迁安置进行的有益探索，是经过实践检验的"量身定制"。支援电站建设，依托电站发展，想尽千方百计，一心为民谋福祉，让移民群众过上幸福新生活，是电站移民安置工作的目标；让移民群众"搬得出、稳得住、能发展、会致富"，是巧家县委、县政府的初心和使命，更是他们破解水电移民难题的"密码"。

重器之基 | 巧家县白鹤滩水电站移民纪实

五 把春天搬进新家园

◆ 大寨镇下王家湾移民安置区　　闫科任/摄

"为什么我的眼里常含泪水？因为我对这土地爱得深沉。"白鹤滩水电站巧家库区5万多名移民群众把这份大爱留给了这片土地，然而为了支持国家建设，确保白鹤滩水电站如期下闸蓄水，他们不得不离开这片土地。

把春天搬进新家园。看到这个题目，有人疑惑："吹牛吧？春天是一个季节，能搬？"

我们笑了。笑其实也是春天的一种。

2021年1月22日，一个重要的时间节点到来——白鹤滩水电站巧家库区正式举行移民搬迁入住启动仪式，标志着50178名移民舍小家，为国家，从此将开启新的生活。

各位父老乡亲：

大家好！时光不居，岁月如流。在中国共产党成立100周年之际，坐落在巧家的大国重器——金沙江白鹤滩水电站，将于2021年7月1日实现首批机组发电！白鹤滩水电站巧家库区的父老乡亲也迎来了搬新居、过新年，开启幸福新生活的伟大变迁。

父老乡亲们，我们既是电站建设的受益人，更是为大国重器建设作出巨大贡献的参与人，我们要为此感到骄傲和自豪。当前，白鹤滩水电站建设已经到了决战决胜的紧要关头，按照工程进度计划，移民搬迁要在2021年3月15日前完成，电站将于4月11日下闸蓄水，7月1日首批机组投产发电。过去，我们在祖祖辈辈生活的土地上辛勤劳作、勤奋耕耘，为家乡社会经济发展作出了巨大贡献；如今，在搬迁安置进入倒计时的关键时刻，我们又将在服务大国重器建设中作出新的贡献。希望广大移民朋友继续弘扬奉献精神，继续践行家国情怀，为国家发展大计着想，为自身及子孙后

◆ 告别旧家园，迈向新生活　符云昆/摄

重器之基 | 巧家县白鹤滩水电站移民纪实

◆ 告别旧家园，迈向新生活　符云昆/摄

代的长远发展着想，积极主动配合移民搬迁工作，做到早计划、早准备、早搬迁、早致富，择日搬入新家过新年，以实际行动支持国家重点工程建设……

精诚所至，金石为开。在搬迁之前，巧家县委、县政府向全县移民群众发出了这封情真意切的公开信，让大家真切感受到党和政府的温暖。

"我宣布，白鹤滩水电站巧家库区移民搬迁入住仪式正式启动！"上午8时30分，在启动仪式现场，随着时任中共昭通市委书记杨亚林大声宣布，掌声和欢呼声顷刻间沸腾了全场。

启动仪式为"社区移民服务站"正式授牌，金塘迁建集镇、蒙姑镇十里坪、大寨镇王家湾以及白鹤滩镇黎明、七里、北门、天生梁子、邱家屿等8个移民集中安置区的日常管理和服务从此有了新班子、新组织，成为辖区移民解决困难和后续发展的"贴心站"。

与此同时，数十辆满载搬迁物资的货车缓缓开进金塘镇移民安置区。三五成群的包保干部和志愿服务队忙着为移民群众搬家具、运物品，楼上楼下跑来跑去。他们把点滴关怀写在一言一行上，刻进移民的心里。

"经初步统计，目前已有180户移民搬迁入住到金塘镇移民安置区。"在采访现场,有人对我们说。按照要求,所有8个移民集中安置区722栋21057套安置房必须在2021年2月5日前分房完毕,3月15日前所有移民全部搬迁完毕,这样才能保证白鹤滩水电站在4月3日下闸蓄水、7月1日首批机组发电。

"故土难离,故土难离,就是挪上半步也不愿意。故土上隐藏着儿时的乐趣,那里有蹚惯的河,那里有爱摸的鱼,那里有爱吃的芒果和红糖,还有那爱唱的小曲……"

移民搬迁启动一个多月以来,巧家县金塘迁建集镇、蒙姑镇十里坪、大寨镇王家湾以及白鹤滩镇黎明、七里、北门、天生梁子、邱家屿等8个移民集中安置区车水马龙,电动车、摩托车、货车、客车载着移民群众的眷恋和期盼穿梭于各楼栋之间,一批又一批移民群众陆续离开祖祖辈辈生活了多年的家园,搬入新家,搬进了春风荡漾的新区。

告别,是为了更好地生活。新生活,往往是从告别开始的。

连绵起伏的群山中,白鹤滩镇七里社区的樱花和木棉花开了,朵朵花儿,在春天里争奇斗艳,交相辉映。

人生没有理想,生命便只是一堆空架子。2021年2月17日,是七里社区三棵树68岁的陈靖敏和老伴选定搬家的日子。天刚蒙蒙亮,他和老伴就

◆ 告别旧家园,迈向新生活 符玉昆/摄

开始忙活，收拾东西准备搬家。陈靖敏嘴里念叨着："没想到我这辈子还能住到县城里，这全靠党的好政策，这是沾了白鹤滩水电站的福气。"

陈靖敏深情地环顾着老宅里的一草一木、一花一果。他沿着院子四处走走停停，想了想，他抓了一把天井里的泥土，攥了攥，小心翼翼地装入袋子，像是对自己生活了半辈子的地方做郑重的告别仪式，心头涌起一种说不出的复杂情绪。老屋一下子变得空空荡荡，结婚、生子、日夜劳作……一幕幕人生的过往，不停地在老陈的脑海里闪过。

在老伴的催促下，他把床、沙发、凳子、桌子捆扎在农用三轮车上。一切收拾妥当后，陈靖敏驾驶着农用三轮车，朝着县城北门安置区出发。

刚到楼下，身穿红马甲的志愿者就早早地迎候在那里了。"老人家，您住几楼？我们帮您把家具搬上楼吧。"看着志愿者热情地招呼，老两口心里一阵温热。几个身强力壮的小伙子齐上阵，七手八脚，不一会儿就把家具全部搬进了他们的新房子里，摆放在相应的位置。

陈靖敏不知怎么感谢，忙着要付给志愿者搬运费。志愿者连连摆手说："老人家，我们是义务帮你们搬家的，不收费，你们有什么困难随时找我们！"还没有等陈靖敏反应过来，志愿者便转身匆匆下楼，帮助另外的人家搬东西去了。

政府对移民这么好，不做好自己的事，那可是"门头上挂扫把——扫自己的脸"呢！儿女都在外务工，没能回家帮助陈靖敏搬家。最近几天，老两口陆陆续续用农用三轮车把老家的东西搬来，多亏了志愿者帮忙，让他们省了不少心。"谁帮你们搬的家？"但凡有人问起，陈靖敏就会说："那些穿红马甲的小伙子。"然后，他就会非常懊恼自己没有问志愿者叫什么名字，甚至人家连一口水都没喝。

从一个住惯的地方搬去另一个陌生的地方，心情总不外乎有两种，一种是兴奋,一种是怀念。这两种交互的感觉,这段时间陈靖敏都切身体会过。

谈及自己的老家,陈靖敏滔滔不绝。七里社区土地肥沃、四季无霜、光照充足,气候温暖,农民一年四季都可以种菜卖,番茄、葱、蒜、小瓜、辣椒,种啥收啥,收啥卖啥,啥都可以换钱,生活还算富足。他说:"我年轻时当过民兵,从那时候起,我就见证了巧家这片土地几十年来发生的翻天覆地的变化。每一次变化,必定有人要作出牺牲和奉献,我支持国家的水电站建设,这是利国利民的大事,我始终坚信在党的领导下一定会过上好日子的。"

陈靖敏养过猪、种过地、开过酒坊、烧过石灰。老家三棵树的3间楼房,都是他凭着勤劳苦干一点点挣下的,在村里他是村民们学习的榜样。陈靖敏枯黑、干瘦的双手长满了老茧,手指裂口处裹着的胶布,这一切见证着他为生活打拼的付出。

岁月不饶人。如今,陈靖敏年纪大了,儿女都已成家,有了各自的生活,不用再为儿女的生活操心了。在"825"水位线以上的野鸭村,陈靖敏还经营着一间酒坊,酿的苞谷酒因为味道醇厚、品质好,县城里很多人都会慕名到野鸭村找他买酒,因而他的收入比较稳定。老两口住在100平方米的房子里十分满足。对于以后的生活,他们有自己的规划,因为身体不如以前,陈靖敏打算减少苞谷酒的产量,每月酿100公斤左右,收入也有1000元,加上每月生产安置补偿的费用,足够两人生活了。

陈靖敏站在宽敞的阳台上,向故乡的方向眺望,深陷的眼睛有点茫然,又流露出期盼,像是在怀念过去,又像是在憧憬未来。远处高楼林立,他将会慢慢适应着城市的生活。但遗留在乡村老宅土墙上斑驳的岁月和孩童时的笑声,总是在不经意间潜入他纷乱的思绪里。

重器之基 巧家县白鹤滩水电站移民纪实

人这一生,要搬多少次家,谁也无法预知。但不管如何颠沛流离,都只有一个梦想:远离贫穷,生活得更好。

直到白鹤滩水电站巧家库区即将建成,杨天会老人共搬了7次家。这一次,他住进了干净、整洁、宽敞的新房子。居有定所,在他的新家里,他和我们娓娓道来……

明朝末年,杨天会的先辈想过上好日子,就辗转千里,从江西搬来,原因是听说金沙江一带矿业发达,尤其是金、铜矿最为发达,但事与愿违,搬来的几代人,日子并不好过。

20世纪50年代,杨天会出生在巧家县以礼河下游的大山深处,那时,他的家里和普天下所有穷苦人家一样穷困,更不幸的是在他8岁的时候,父亲不幸去世。为了减轻家庭负担,杨天会就跟着当地的青壮年出去讨生活,织过土布,弹过棉花,做过木匠、铁匠以及石匠等。为了活下去,他学习不同的技艺;为了活下去,搬了一次又一次家。

"天上雨水均匀,苞谷、红薯还有点收成。要是遇天灾,就饿肚子。最穷的时候,把喂猪的糠打碎,加上点苞谷面蒸熟,就是最好的饭了。"老杨回忆说。最痛苦的就是吃水,每天要跑很远的路去挑。他能远远地看

◆ 白鹤滩镇黎明村的丰收景象　闫科任/摄

见金沙江，听得见水在"哗哗"流淌，但远水解不了近渴。那种痛苦，可想而知。

老杨说，他最遗憾的事，就是没正儿八经读过书。家里穷，吃了上顿，没有下顿。到了冬天，像样的衣服都没有一件。父母要把三个儿女养大，谈何容易。作为家中的老大，杨天会从懂事起就开始分担家务。

"读过一年民校，其实就是扫盲班。后来，因为各种原因，扫盲班中断了。"13岁时去民校识字的往事，成了老杨一生中最美好的回忆。

19岁时，老杨在村上当民兵。当时电站勘测队进村作业，他看到有人拿着照相机在拍照，非常好奇，就去请教。这个人叫王毕正，是勘测队的技术员，王毕正见他为人诚恳又聪明，便认真教他。他学会了摄影后，哪里有村落，他就往哪里跑。给乡亲拍全家福，给学生拍毕业照，给新婚的年轻人拍结婚照。此后多年，他一直保持着对新事物浓厚的兴趣，他还喜欢录音机、收音机的修理。勤奋好学的他，成了当地的家电"土专家"，他也顺利地成家立业。

1984年，他第一次搬家。有了孩子的杨天会，方知养家难，日子过得艰难。老杨不想让孩子们吃不饱穿不暖，也不想让他们再走自己的老路，他觉得凭着自己的聪明和拼劲，在外面一定能找到好的谋生之路。在别人的介绍下，老杨携妻带子去了东川，跟照相馆专业的师傅一道，拍照谋生。

日子依然不好过。1986年，他搬到会泽县的老厂村。1987年，他搬回之前住过一段时间的大梨坪。20世纪80年代末的蒙姑镇拖坑村大梨坪，山险、路窄、天旱，生活物资匮乏，生存条件恶劣。杨天会一家住在偏僻的山坡上，靠天吃饭是对当时生存环境最形象的诠释。

1990年，老杨再次"挪窝"。这次搬家，是从老房子搬到新房子，幸福的指数似乎是高了一点。但从1992年到2005年,他居然又搬了2次家。他不停地在这高原的山地上挪来挪去,但生活依然无比贫困。

成功就是你坚持不住的时候,再坚持一下。老杨悟性好,有摄影的技能,他靠这一技之长养活了家人。但他一家人住的地方,依然是土

◆ 搬新家 笑开颜 刘建忠/摄

墙、草顶,院子里到处是泥坑,晴天灰尘满天,要是下雨,整个院子就是一个大泥塘。第六次搬到的是巧家县蒙姑镇的新塘村,妻子的后家给了他一块地。他们在那里修了两间土墙灰瓦的房子,灰尘泥土,四处蒙垢,一住又是十多年。

谁也没有想到,因为水电移民,老杨时来运转。

2021年1月29日,十里坪安置区分房摇号结束。分到梦寐以求的新房,他一夜没有睡好,此前住过的那些房屋,破烂不堪,风雨飘摇,在梦中一次又一次出现。

鸟儿在黄桷树上叽叽喳喳,老杨就和老伴、儿女们一起,陆续将东西从新塘村搬到十里坪安置区的新家。墙上的相片,他轻轻取下来,拂去

灰尘，用布包好，放进车内。多年以来用过的床铺、炊具、桌椅，那都得搬，当年用过的收音机、录音机也得搬。几本相册，装有他几十年来拍照、洗出的照片。那些是他最珍贵的记忆，是他一生的骄傲和珍藏。但他最放不下的，是当年挣饭钱的工具：海鸥牌"120"相机、闪光灯、脚架……他一一清理出来，擦拭干净，放进车里。

那些东西一车一车地送到十里坪安置区的新家。老杨和儿女们摇号分到的新房在不同的地方，不过相隔不远。把那些东西一一整理归顺，家的模样就出来了。屋里白得晃眼，纤尘不染；窗户玻璃干净得蜜蜂老想往里挤；厨房又宽又大，不再烟熏火燎；卫生间也好用，手一按，水箱里的水就将便坑冲洗得干干净净。这种城里人的生活，以前只是看着别人过，想不到这把年纪了，因为移民，自己也能过上。而且，这样的楼房，写的名字是自己的，老杨十分满足。

苦磨一辈子，梦想的就是这样的生活。所谓家，其实就是亲人团聚的地方、血脉延续的地方。

新塘村的家，不仅是妻子的老家，也是老杨一家安身的地方。这里，有着太多的往事，甜蜜、幸福，让他终生铭记。子女在外哪怕再苦再累，有再多委屈，无论是不如意抑或偶有小成就，这里都是倾诉的地方，不用假装和掩饰。家，总能够让他们再次获得继续奋斗的力量和前进的动力。

"故土难离，有时候会去看看曾经种下的树。" 2009年搬至新塘，老杨曾在院子里栽下几棵黄葛树，12年过去，这些树又粗又大。这里的一草一木，都让他难以割舍。

与其说老杨看的是树，不如说是对曾经生活的眷恋和回忆。那几亩土地上曾经长出来的橘子、芒果、核桃和各种蔬菜……那些看得见、摸得着的乡愁，会长时间萦绕在老杨的脑海里，挥之不去。

　　2021年3月3日，天朗气清。阳光从东边的山顶上照射下来，巧家县蒙姑镇十里坪安置区一片金色。穿过忙着搬家、完善基础设施的人群，在7号地块，我们见到了老杨。他精神矍铄，正开着一辆小轿车，慢慢穿行在安置区内。车顶上的大喇叭里传出的声音，字正腔圆。原来，他正在宣传移民政策。

　　"在这次之前，我搬过6次家。以为搬了家，日子就好过了，可大多时候还是缺吃少穿，入不敷出。搬到东还在挨饿，搬到西也穿不暖和。只有这回搬家，住的是新房，城里人那样的好房子。"

　　说起这些，老杨满脸喜悦。他的4个子女都已成家，每人都分到100平方米两层半的安置房。尽管因为搬迁，还欠有4万元的外债，但老杨觉得这不是大事，只要一家人勤快，过两年就能还上。没有一分报酬，他当上了老年文艺演出队的负责人，无偿将音箱、话筒等设备拿出来供大家使用。

　　为做好十里坪安置区的宣传，每天早上8时许，老杨都会开着自己的小轿车，沿着安置区的街道宣传移民政策。遇到有人咨询，他会温声细语耐心讲解。

◆　工作人员帮助移民贴春联　　胡华伦/摄

"党和政府关心我们，住进新房，连垃圾桶都买来发给我们。我们要懂得感恩才对！"老杨说，"白鹤滩水电站是国家项目、大国重器，能出一份力，表一份心，子孙后代都会记得我们。"

"以后还搬家不？"我们继续探究老杨内心的秘密。

"不搬了，这一次搬家最踏实、最温暖、最幸福。"老杨一边说，一边将一本相册翻开给我们看，这是他搬家7次都一直带在身边的珍宝，那里面记录着他们一家几十年来的坎坷与梦想。

和陈靖敏、杨天会不一样，78岁的吴香发推迟搬家时间，是在2月28日才开始搬家的。

早春的空气一片温润，破晓的晨光中，老吴一家早早地收拾老屋里的物品。子女们整理装箱，搬上面包车，清理场地，忙得不亦乐乎。不一会儿，两辆车就装得满满当当。东西装好后，孩子们催促老吴赶紧上车，可是老吴却不紧不慢，他说："不要着急，还有更重要的事情要做。"

吴香发一家17口人围坐在一起，在库着村老屋里吃了最后一顿团圆饭，算是对生活了多年的老家的告别。

吴香发举起酒杯对着家里的老老小小说："以后老房子要淹了，大家都搬进高楼大厦，不管住在哪里，你们都要过好各自的生活，兄弟姐妹相互照应。"说完吴香发一饮而尽。

虽说4个子女都已成家立业，但是老吴面对未来的新生活还是想交代几句。

"放心吧，爸，县城里工作多得很，我们在工地上干活一天就有300多元。"

"巧家现在就是个大工地，到处都在搞建设，我们会拧钢筋、支模子，都有手艺，赚钱养家没问题。"

重器之基 巧家县白鹤滩水电站移民纪实

◆ 白鹤滩镇掀起万人同日搬迁新高潮　徐有定/摄

"电站发电了，巧家的发展会更好，生活会更安逸。"

大家你一言我一语畅想着以后的生活。说笑声、喧闹声，传遍了吴香发的房前屋后。

老家的土坯房遮蔽了河谷的高温，阻挡了四野的寒风，庇护了吴香发70多年的家庭生活。现在，他们告别土坯房，搬进天生梁子安置区3号地块12栋303号的新家。

在吴香发的新家里，除了红色的老旧木柜，他又添置了许多新家具——沙发、茶几、冰箱，老吴还计划着换一台54英寸的大彩电，每天看看新闻，了解国家大事。吴香发和老伴开始慢慢地适应和接受城市的生活。

吴香发和老伴兴致勃勃地讲述着他们和库着村的往事。时而开怀大笑，时而幸福低语，乐观的情绪感染了在场的人。库着村土地肥沃，蔬菜四季轮种，芒果、香蕉等水果品种繁多，物产丰盛。虽然只有几分地，可不管种什么一年都有几万元的收入。"对老家我们当然有很深的感情，但白鹤滩水电站是国家的重点工程，是国之重器，再好的地方，该牺牲的必须牺牲，我们必须支持，必须搬离！"吴香发态度坚定地说。

与长辈们对土地的眷恋相比，吴香发的子女们更加向往城市的生活。在天生梁子安置区，大儿子分得了3套不同户型的房子，另外两个儿子也分得了两套房子。住上新楼房，再加上每个人都掌握了一两门安身立命的技术，对于以后的生活，吴香发的子女们都信心满满。

惊蛰节气来临，风暖草青，和煦的阳光穿过云层，照耀在天生梁子安置区，温暖宜人……

当服务融入细节中，才会迸发出温暖和爱。在这种温暖和爱的包裹下，移民搬进新的安置区，生活如沐春风。

北门安置区一栋栋高楼鳞次栉比，道路宽阔平坦，周边学校、医院、超市、农贸市场等配套设施一应俱全。在这里，随处可见志愿者穿梭在安置区有序引导、协助移民群众搬新家的身影，"红马甲"已然成了这里最美的一道风景线。

在安置区临时办公室活动板房外，27岁的宋扬正忙着给搬迁入住的移民群众挨个发放慰问品。大米、食用油、垃圾桶、马桶刷、洗洁精……甚至是一筒筒卷纸，巧家县委、县政府都给移民们准备好了。面对眼前这些丰富的生活用品，宋扬仔细清点、认真记录。这是他作为党员志愿者在北门安置区工作的第22天。从一开始摸不着头脑，到现在应对移民群众的各种需求，宋扬已经轻车熟路，做啥都是胸有成竹。

不管白天还是深夜，宋扬都会接到无数移民群众的电话，他都会热情周到为群众答疑解惑，协调解决。遇到情绪激动、言语过激的群众，他会心平气和地做好群众的思想工作。安置区里从50平方米到120平方米户型的房屋验收，水电是否通畅，墙体有没有瑕疵，需要找哪个部门维修，宋扬都能及时协调，轻松搞定。

虽然工作辛苦，但是他没有任何怨言。宋扬说，比起其他移民干部，他这工作算不了什么，苦、累、委屈，那是常有的事。既然是常有的事，就应该习以为常。有时候，一天光是电话就要接几百个。烦不烦？累不累？不用问，想想都够呛。但他却说："能够为电站移民群众出一份力，不仅是我的荣幸，而且还非常有成就感。"

啧啧，不错吧！这真是高山上敲锣鼓——响当当。

像宋扬这样的党员、志愿者、包保干部还有很多很多。

◆ 库着村的小学生即将搬到新学校　兰玉寿/摄

2021年的春节，是巧家县有史以来最为特殊的一个春节，白鹤滩水电站巧家库区移民都要搬进新家过年。从县里到乡（镇），再到村（社区）、村民小组，男男女女、老老少少，都忙得不亦乐乎。好多人在说，蒙姑镇十里坪安置区有着不一样的精彩，我们便急不可耐地往现场赶。我们请该镇推荐采访对象，镇党委宣传委员石健连连说："老张不错！"

于是我们就采访老张。

在石健的带领下，我们见到了李文发老人。83岁的老李，眼睛几近失明，下肢瘫痪，正靠在沙发上，一把鼻涕一把眼泪。他不是因为伤心，而是高兴。走进他的家时，我们的采访对象老张就坐在他的旁边，正轻言细语地开导他，还不时掏出纸巾给老人擦拭鼻涕、眼泪。见我们来，老李说："我最喜欢老张，老张这人，硬是好……"

老李家住蒙姑镇蒙姑社区牛滚荡村民小组，属于白鹤滩水电站库区的淹没区。老伴已去世多年，在搬家前，他一直是单独生活。春节前，他热热闹闹搬进新家和儿子住在一起。可才3天，老李就揉眼抹泪，央求儿子把他送回老房子生活，固执得九头牛都拉不回来。儿子怎么劝说都不听，只能由着老人先回，再想办法。

在这一瞬间，老李的儿子想起了一个人，老张。他在搬家的现场找到老张。老张正给另外的搬迁群众搬家具，忙得满头大汗。"老张，我爹又回老房子去生活了，你看看能不能去劝一下，我是和尚的脑壳——没法了。"老张一听，立即把手上的工作交给了同事，及时赶去。老李正坐在院子里的石坎上，看着高大的黄桷树发呆。听到脚步声和说话声，老李立即回过头来，脸上有了笑容："我一听声音，就认得是你来了！"

老张和老李聊了一会儿，就明白了事情的原委。原来，老李在这里生活了几十年，习惯了，搬到新家很不适应。他说，看不到花草树木，听不到金沙江的流淌声和鸟儿的叫声,没有人跟他聊天,孤独得像生活在另一个世界,他觉得日子寡淡得很,心里的气就来了,一会儿嫌开水烫嘴,一会儿觉得饭菜油盐重,他受不了。老张心里有数了,他把老李的儿子、儿媳叫来,一起交流沟通,做老李的工作。

老李相信老张。老张说的,他信;老张做的,他服。老人动了动身子,想挣扎起来,不料却一下子跌倒。老张弯下腰,将老李搂在背上,背

◆ 工作队队员背移民到新家　何顺凯/摄

起来就走。老李的儿子见状，惭愧了，自己要背。不料老李说："让老张背，老张背我，我心头舒服。"

香甜的米酒越喝越醉人，真诚的手越牵越温暖。老张将老李搂得紧紧的，大步大步地走。老张的背热乎，老李的心里更热乎，眼泪硬是一汪一汪地淌出来。老张将老李接回新家，让他看安置区正在建的公园，又宽又大，这里同样可以看到水。房前屋后的树，虽然刚栽种下，但树形好，树干粗，要不了两年，就会绿树成荫，鸟儿不来做窝都不行。老张让他看老年人活动中心和文化广场，小区里老人们到齐了，成百上千人冒出来，吹拉弹唱，热闹得不得了。还有，这里的超市、菜市场都已经营业了，要买啥就有啥。卫生院也设了点，昼夜有医生上班，要是有个病痛，很快就能得到救治。生活费呢，每月的补助都有400多元。

以前没有吃，现在吃不完，还有干净、安全的大房子住。这下，老人

◆ 移民群众领到新房钥匙　刘建忠/摄

踏实了，安心了。

"我活了83岁，这个老张是对我最好的人。"老李说着，眼泪又往外流。

老张名叫张奎，是农行巧家县支行客户部的职工。他虽然头发已白，脸上皱纹纵横，但他才48岁，比老李小35岁。老张从县城下村已经3年，包保的时间长，有担当、有责任感、心细，移民群众对他非常信任，有什么大事小事都会第一时间找他，他也会掏心掏肺地去帮助他们。经他抹平理顺的事多得数不清；经他协调顺利搬到安置区的人，不只老李一家，掐指一算，整整65户200多人。我们采访了很多移民群众，老张口碑极好，大伙对老张竖起大拇指。干好搬迁工作还真是不容易，老张家里的事管不了，安置区的事却管得多。他把移民当成亲人、当骨肉，事无巨细，用心

◆ 做好政策宣传，稳步推进工作　昭通市移民办/提供

用情。

村民喜欢老张的秘诀，简单而又朴素，他告诉我们："只要用心做，没有做不好的事。白鹤滩水电站是在全世界都有重要位置，能为这一重大工程做点事，再苦再累，也有成就感。"

"老张背过的老人，多了。他也是够辛苦的。"老李又叨念。张奎虽然比老李年轻很多，但老李喜欢叫他老张。姓前加老，不是年龄比他大，而是发自内心的尊重。

"比如老师。"有人解释说。

包保干部为了让搬迁群众过上好日子，使出了十八般武艺。动脑不说，更得动手；操心不说，还得操劳。干这样的工作，必须实实在在。菜刀打豆腐——两面光，那可不行。帮助群众把家具搬上搬下、修水龙头、换锁、送春联、秩序维护等，细致烦琐，但他们跑前跑后，乐此不疲。无论发生多少吵嚷、纠纷，市、县、乡各级党员干部、包保干部、志愿者们都以极大的热情和耐心做好移民工作，只为搬迁群众能更快地适应新生活。

对于故乡的不舍，对新生活环境的陌生，让移民对搬迁充满深深的担忧和不安。无论是移民还是移民工作者，都承受了巨大的压力，经历了太多的艰难困苦。然而，面对诸多的迷茫，巧家人民懂得顾全大局，想得开。

在白鹤滩镇移民片区临时党工委办公室，我们见到了临时党工委副书记黄功堡。人如其名，面对一个个艰难的堡垒，他总是率先站出来。黄功堡神色疲惫，那是日夜辛苦的原因。为了提神，他不停地抽烟。在缭绕的烟雾里思考，似乎是他的习惯。从溪洛渡水电站移民搬迁到现在的白鹤滩水电站移民工作，黄功堡整整干了14年。当年的溪洛渡水电站涉及东坪镇

1100多个移民，要搬迁到玉溪市化念镇安置，黄功堡为此操碎了心，不是对接工作组，就是协调移民工作站，每天忙得像个陀螺一样。在东坪工作7年，为了做好移民工作，黄功堡摸爬滚打，吃尽苦头，也积累了丰富的工作经验。白鹤滩水电站建设启动后，他又扛起责任，到大寨镇负责移民工作，一干又是7年。"痛苦背在个人身上，不给国家和组织添负担！"说起移民工作，黄功堡的眼里闪着光。

　　"为了让搬迁群众过上安全、和谐、舒适的生活，我们以'五张保障网'服务移民群众，设立了动员搬迁保障网、道路保障网、秩序保障网、入户保障网、物业管理服务保障网，保障移民群众住进去以后舒适舒心，无论他们遇到任何困难及问题，工作组都会及时协调解决，现在安置区的各项工作正在有序推进。"黄功堡说。

　　移民在哪里，党组织就在哪里。北门安置区成立了8个临时党总支，28个党支部，组建党员先锋队、志愿服务队、应急维修突击队，225栋房屋设置了225个楼栋长，推行网格化管理，建立便民服务中心、后续发展服务中心、警务便民服务中心协调解决搬迁安置过程中移民碰到的各种难题。

　　"金沙自古不通舟，水急天高一望愁。何日天人开一线，连樯衔尾往来游。"这首镌刻在白鹤滩绝壁上的古诗，寄托着巧家多少代人开发金沙江的夙愿。如今，这样的历史正在被改写，这一美好的夙愿正在变成现实。

　　3月1日，在北门安置区小学校门口，孩子们错峰报名，陆陆续续前来报到。

　　新学期新学校，家长和孩子们都显得特别兴奋。他们对一切都充满好奇与满足，你一言我一语夸赞漂亮的新校园。

"以前想都没想过能来到县城读书。我喜欢这里的塑胶跑道、篮球场、实验室，新学校很大很漂亮，离新家又近。"上学期还在可福小学读六年级的陈代华，这个学期转入了北门安置区小学。进入新学校，他异常兴奋，一双大眼睛不停地眨巴着。

对于新学期，陈代华给自己定了明确的目标，一定要考上巧家三中。分班后，他将和以前的好朋友分开，虽然有些许的失落，但想到都是在新学校读书还会经常见面，他马上又喜笑颜开："分班了，我们还会认识更多的新朋友，大家相互学习、鼓励，朋友会越来越多的。"憧憬新的学习生活，这个活泼开朗的孩子脸上满是阳光灿烂。

刘莎是陈代华的同班同学，说起自己的老家时，她特别留恋老家门前的那棵枇杷树。2月16日，她们一家从可福村搬入了北门安置区3号地块17栋，住进了高楼。再过一段时间老家的房子将被淹没，她再也看不到从小一起陪她长大的枇杷树了，心里空落落的。刘莎让妈妈给她和枇杷树合影，还把老家的每个角落都拍了一遍，她希望老家的这些记忆都能够定格在相片里。刘莎说，新学校环境好，教学质量高，进了新学校，自己会更加努力地学习。

"这里生活很方便，交通便利，社区所有生活设施一应俱全，学校环境好，孩子有活动空间，大人也有地方上班，生活比在农村好太多了。"对于现在的生活，来自可福村四组的学生家长潘林异常高兴。

夕阳西下，经过阵阵喧闹，新学期的报名工作结束，北门安置区小学校长贺孝彬又回到了他曾经任职的巧家县教师进修学校附属小学。

时代的车轮不停地向前滚动，发展才是硬道理，所有的村落和公共场所都将成为历史。随着电站清库工作的推进，现今的巧家县教师进修学校附属小学已完全变样，一片沧桑。库底清理完成后，这里终将被淹没。

贺孝彬心里酸酸的，默默地念叨着：别了！附小，亲爱的附小，这一次是真的！

白鹤滩巨型水电站建设，大国重器落地之时，就意味着"825"水位线以下不会有任何建设。巧家县教师进修学校附属小学虽然是县直属小学，但狭小、陈旧、破烂曾是它的代名词。现在的北门安置区小学位于滨江大道旁，占地40多亩，建筑面积1.49万平方米，四面环路，背向玉屏，面朝平湖，布局合理，环境优美。学校由原巧家县教师进修学校附属小学、白鹤滩镇鱼坝小学、可福小学合并，学生结缘于此，教师优化组合，这学期计划招收22个班；学校有教学楼、综合楼、办公楼、食堂、足球场和篮球场。3所学校的师生们将在这里开启全新的生活。

"我们从校园文化建设入手，狠抓教研教改，把立德树人作为教学的根本任务，细化措施，强化管理，把北门安置区小学打造成全县最好的亮点学校，力争把学校办成家长满意、社会放心的金沙江畔名校。"贺孝彬说。

一个凝聚现代科技的世界级巨型水电站，能给一个地方带去的不仅是电能，还有发展机遇。在特色旅游城镇规划中，北门安置区作为巧家旅游型城市综合体，将重点配置休闲商业街、度假酒店、精品演艺、美食街、高端休闲娱乐场所等，打造白鹤滩旅游城镇品牌。一个风光秀美、配套完备、交通便利、舒适宜居的湖畔小镇正在逐渐成形……

金沙江浩浩荡荡奔流在高山峡谷中，逝水东流。如今，随着白鹤滩水电站下闸蓄水，往事将沉入江底。但是曾经发生和存在的一切，绝不会在岁月的苍烟落照中消亡：坚强乐观的蒙姑移民、留守老人朱天云；"面朝大海、春暖花开"的大寨镇移民许朝海；放弃会泽县优越条件、留在巧家的"上门老女婿"王绍华；搬进黎明安置区，从此走向了真正"黎明"的棉沙村民……他们满含不舍地离开家园,他们为了电站建设牺牲小我、顾全大局、团结拼搏的精神,将会永远地镌刻在英雄而美丽的巧家大地上。这种精神成为一股坚不可摧的磅礴伟力,激励着堂琅儿女为建设美丽新家园而奋斗!

向幸福靠拢

老街道、老窗户、老屋子，随着白鹤滩水电站下闸蓄水定格在了人们的心里。白鹤滩电站移民写就的奉献与自强将永远留在人们心中。搬离故土，并不意味着"忘本"，而是为了向幸福靠拢。

"爸，你再看看老屋里还有哪些东西要搬上去，如果没有什么值得收藏的，那我就地把它处理算了！"

◆ 江边的焰火　兰玉寿/摄

1月21日早上6点，天还未放亮，施绍飞一边整理着旧物，一边催促着父亲。

父亲施学聪屋里看看，屋外看看；这里摸摸，那里摸摸，似乎都放不下。这些陪伴了他多年的旧物，虽然没有生命，但都和他有感情、有故事。

"爸，安置区的新房里，我都买了新家具，这些旧的，就送给亲戚朋友吧！"施绍飞又一次催促父亲。

"绍飞，要搬家了，你就再让爸看看这些老家什吧！"作为儿子的施绍飞，也许永远都无法理解父亲此刻的心情，难以割舍，揪心揪肝。

"好吧，好吧，那您快一点啊！"说完，施绍飞便去忙其他事。离开，并不是件轻松的事。

许久，施学聪才缓缓地走出老屋，站在院坝里的那几棵上了年份的芒果树、万年青和黄桷树旁边，呆呆地看了很长时间，才一步三回头地上了儿子的车。

一屁股坐到儿子的车上，施学聪不争气的泪水倏然涌出了眼窝。

别了，我们曾经生活了30年的家园；别了，金塘双河社区高粱地的老屋；别了，这里的一草一木，一花一果……

施绍飞一家要搬迁的地方，就是金塘迁建集镇。这个安置区是金沙江白鹤滩水电站库区唯一一个迁建集镇，规划总建设用地面积为545.55亩，建设安置房32栋1429套约25.95万平方米，安置巧家县金塘镇、崇溪镇移民共1264户3648人。作为将要在这里生活的移民，施绍飞喜迁新居的激动从1月18日摇号分房那天就开始了。

"社区选出了移民代表，通过电脑集中摇号，这样的方式非常好，也公平。拿到钥匙后，我就和父亲开始搬家了，应该算是比较早的一家。"

施绍飞说,脸上晃动着的尽是喜悦。

其实,从老屋里搬上来的东西并不多。施绍飞说,这么好的房子搬些旧家具不搭配,新房要有新"标配"。于是,他一口气花了5万多元钱买来了电视、冰柜、沙发、桌椅、厨具等新家具。150平方米的大房子里宽敞透亮、温馨舒适,施绍飞一家老小脸上洋溢着满满的幸福感。

2016年从陕西国际商贸学院毕业的施绍飞,在县城的一家单位做文秘。虽然不在体制内,但他有自己的打算,一边上着班,一边在抓紧时间复习,准备参加"公考"。

在老屋里居住了二三十年,肯定会有点不舍。但与父亲比起来,施绍飞更多的是高兴和激动,他说自己长这么大,没经历过像这种大范围、大规模的搬家,18日摇号分房,突然间在两三天内搬进新房子,时间有点仓

◆ 藏有往事的柜子　张广玉/摄

促。新房里该怎么布置，家具该怎么摆放，他似乎还没有认真琢磨。但是与国家重点工程建设这样的大事相比，配合好全县移民集中搬迁，走出关键的一步，就是施绍飞眼下要做的事情。

今年55岁的施学聪，担任双河社区党委副书记。30年前，老施从四川会东县到巧家做了上门女婿。由于电站建设和高速公路建设，施学聪和很多移民一样，把土地贡献了出来。对于一个大半辈子都在土地上劳作的农民来讲，失去土地就像是失去了生命的一部分。很长一段时间，施学聪处于一种异常的纠结中。搬迁，意味着要彻底告别老家，但作为党员干部，大局面前，他想通了，他带头去适应新的生活，做好集中安置工作。

在生产安置上，施学聪和家人选择的是逐年补偿的方式，以后每月都可以领到409元补偿金，加上其他的政策性保障收入，一家人的基本生活没有什么问题。县里为移民设计的搬迁安置补偿，算是贴心了。下一步，县里和镇上要大力发展旅游、种植等产业，移民不用出家门就能够在附近找到工作，增加收入。

"政府给我们建了新家，只算迈出了第一步，往后的日子最终还得要靠自己，只有用勤劳的双手，才能创造出幸福的生活！"儿子施绍飞说。

和施绍飞一样，1月21日凌晨4点，吴胜海一家也早早地起床，收拾锅碗瓢盆，告别了自己的故园。

"你是吴胜海吗？听说你提前搬新家了，市里的同志想采访一下你！"下午2点，金塘镇党委办的王书婷帮我们联系上了吴胜海。

"好的，王同志。我现在还在老家搬东西，你让他们稍等一会儿，我们很快就上来！"电话里，吴胜海爽快地答应着，让人如沐春风。

大概过了两个小时，吴胜海载着一车东西赶到了安置区。他分的房子在安置区1号地块2栋2单元102室。吴胜海说，他家共选择了两套房，一套150平方米，房屋摇号抽到了1楼，另一套100平方米抽在了另一栋的10楼。吴胜海是个心细体贴的人，一楼的那套是为年迈的父母考虑的，另一套是为儿子考虑的，儿子喜欢高楼，他喜欢看更远的地方，以后就是他们住了。

望着黄澄澄的庄稼挨饿，晒着暖烘烘的太阳挨冻，那可不是巧家人的形象。吴胜海是金塘镇双河社区山脚村民小组长，也是一名共产党员。2019年，为支持白鹤滩水电站建设，服务家乡发展，吴胜海毅然提前搬离了故居，租住在一村民家中。他们家房屋土地被征收修建金塘镇九年一贯制学校。

吴胜海一家较早地成了"准移民"。

移民这个词，总是让人感到那么沉重。听惯了家乡的号子，看惯了江上的白帆，祖祖辈辈生活在金沙江边的他们，祖先在这里，根在这里。然而，像施学聪、吴胜海这样的移民，为了支持白鹤滩水电站工程，建设更加美好的巧家，做出了舍小家、为大家的抉择。

这些移民的故事，让我想起了著名报告文学作家何建明在他的作品《国家行动》中描述的那些告别家园的感人细节：

移民们个个胸前别着自己的"移民标签"，上面有他们的名字，有他们原先的村镇地址，也有他们新迁入地的家庭地址。从这小小的标签上，可以看出有关部门工作之细致。上船的那一刻太让人难忘：八九十岁的老人，需要几个人抬着；六七十岁的兄弟会在此刻相抱痛哭，通常他们是一个留在库区，一个当了外迁移民；妇女们的哭声几乎没有断过，被感染的孩子们或拎着书包或牵着小狗小猫也在不停哭泣。只有那些二三十岁的男人们此刻默默不语，他们把目光投向老房子，投向旧城，投向滚滚东去的长江……

  原本是，马不吃陡坡上的草，人不恋他乡的富，但他们还是想开了。多少移民含着泪水辞别旧家，用辛勤的汗水建设新家，用自强不息的精神开创出生活的新天地。正是这些普普通通的移民群众和移民干部，用自己的一言一行，为破解"百万大移民"的难题作出了默默无闻的奉献，历史将永远记住他们。

  "当年三峡百万大移民，再艰难都完成了。今天，我们更应该做好！"吴胜海说，巧家土地资源本来就有限，县里能够从实际考虑，以人为本，选了最好的地块给我们建安置区，而且从金塘老家到新的安置区路程只要半个多小时，非常便捷，真是满意。

  经历过饥饿和贫困，从"打工仔"到村民小组长，从普通群众到一名共产党员，吴胜海见证了巧家的发展和时代的变迁，也明白了共产党为人民群众谋幸福的伟大和不易。他深知"穿衣要合身，做事要合心"的道理。白鹤滩水电站的建设，对实现"西电东送"，促进西部资源和东部、中部经济的优势互补都具有深远的意义，同时也必将给巧家库区社会经济发展带来千载难逢的机遇。吴胜海说："作为移民，我们能够舍弃家园做一点奉献，就是对国家重点工程建设最大的支持，就是对党的感恩。"

  "我们搬过两次家，第一次是老地方不能够居住被迫搬家，这一次作为移民搬新家，我家是自愿的。"移民郭华焕讲起了16年前的那段经历。当时她家住在金塘镇双河社区桥坡村民小组的老屋里，男人常年在外打工，家里的这些土房子，是她和孩子们一挑土、一片瓦亲手建起来的。他们对老房子感情都很深，不愿意轻易搬家。可是，那个时候，老房子修好后严重缺水，生活不方便。没办法，郭华焕只得和家人放弃刚修好不久

| 重器之基　巧家县白鹤滩水电站移民纪实

◆　劳作路上　兰玉寿/摄

的老房子，举家搬到金塘老集镇公路旁边的一栋出租民房里生活。"16年后的今天，白鹤滩水电站修在我们巧家，我们必须要支持水电站建设，所以这次搬家的意义不同，搬迁仪式一启动，我们就主动搬到了新的安置区。"郭华焕说。

"早搬早好，过去在老家，路不通，还缺水。现在，搬到这里，到处高楼大厦，道路四通八达，样样都好。"郭华焕的丈夫高兴地说，坐在沙发一旁已过古稀之年的母亲杨文洲，眼睛笑成了豆角。

当然，不是所有的移民都能够理解搬迁工作的艰辛。金塘镇双河社区田坝村民小组移民李贞祥，就曾经有过很多的彷徨和疑惑。多年以前，他和其他老乡听说国家要在这里修白鹤滩水电站，作为移民，他们要离开祖祖辈辈生活的老地方，当时很不安、很迷茫。后来，金塘镇的领导告诉他们，巧家县水电移民将进行就近安置，不用背井离乡了，李贞祥心里的这块石头才算落了地。

"安置点才开始建房的时候，金塘镇党委、政府就组织我们移民代表全程参与安置房的质量监督工作。来自各个单位也是移民的包保干部，还在搬迁工作中给我们宣传政策、解答疑问，帮我们算资金账、发展账，跟我们一起筹划搬迁，像自己的家人一样，温暖、亲切、周到、耐心，打消了我们心中的疑虑。现在我们将要住的地方，一栋栋漂亮的楼房修起来了，道路也宽畅了，小区内的路灯、绿化也搞起来了，还配套了卫生院、信用社、幼儿园、农贸市场等设施，今后大家办事会更加方便，生活会更有保障！"李贞祥这样说，看得出他心里舒坦了，有底气了。

"作为一名水电移民，即将搬新家园，住进新房子，说句心里话，我很感动和激动，因为祖祖辈辈希望过上城市人生活的梦想，今天终于实现了。我相信，只要我们感恩奋进、自力更生，美好幸福的日子就在眼前。"搬迁启动仪式上，李贞祥作为移民代表受邀到现场发了言，回忆起当时的情景，他激动的心情仍然溢于言表。

"移民搬迁别旧地，建设家园谱新篇。""小康生活刚起步，幸福日子在后头。"……悬挂在金塘镇安置区楼房上一条条鲜红醒目的标语，成为广大移民的心声和愿景，更是各级党委、政府的誓言和目标。

搬家，只是一个新的起点，幸福生活就在前方。

2021年3月1日，巧家县金沙江集贸中心比往常都要热闹。"巧儿小吃"店铺在集贸中心的大门口，春节过后开门营业的第一天，生意非常好，店主人外号"巧姐"，是白鹤滩镇库着村人，也是白鹤滩水电站库区移民。说起这个"巧姐"，人人竖起大拇指，都说她心灵手巧，做的豆腐顶呱呱，吃了三年不会忘。

"巧姐"名叫钟光巧，1984年出生于金沙江畔的四川省凉山州宁南县华弹镇（后改为葫芦口镇）武星村。她出落得美丽、大方，虽然只读到高中，但非常聪明。机缘巧合，经人介绍，钟光巧与金沙江对面的云南省昭通市巧家县白鹤滩镇库着村的小伙子胡家禄认识，欢欢喜喜嫁了过来。其实，金沙江两岸虽属两省，但生活习惯十分相同，联姻屡见不鲜。

以前她家里吃的豆花基本都是70来岁的奶奶在做。有一天，奶奶的身体不舒服，做起豆花来有点吃力。钟光巧说："奶奶，让我来试试吧。"其实，钟光巧在娘家很小就学会了做豆花。结果可想而知，这次的豆花不仅细嫩，还有一股别样的清香，全家人都赞不绝口。奶奶对钟光巧说："做得那么好，还深藏不露，今后的豆花就由你做了。"从此，家里做豆花的活儿就落到了钟光巧的身上。

钟光巧不仅心灵手巧，为人豁达，还特别勤劳能干。钟光巧家有七亩地，她种植蔬菜，一年种好几季，土地的产出率达到了最大化。她还卖过猪肉，和丈夫到四川打过工。前两年，移民工作展开后，她还当过移民政策宣传员。

白鹤滩水电站水库下闸蓄水在即，白鹤滩镇库着村是淹没区。钟光巧家的老房屋和土地都按照政策得到了赔偿。她家分到了两套住房，每套125平方米，全家都很满意。搬到了城里，不再种地，钟光巧就有了新打算。2020年10月，她多年的愿望终于实现了——在巧家县城金沙江集贸中心市场开了一家小吃店。豆花饭自然成了小吃店的招牌，很多人慕名前来品尝。

看到我们到小吃店采访，一向落落大方的钟光巧突然间显得有些腼腆。她憨厚地笑着将我们让到店里，遗憾地说："现在是下午了，现磨的豆花卖完了，只能下次再让你们尝尝。"钟光巧介绍，她平常每天有三四百元的收入，最多的一天可以赚七八百元。当我们用佩服的眼光看着钟光巧时，她说："无论干什么，都要用心去做。只有做好，才会有好的回报。"钟光巧对目前的生活现状非常满意。她有一儿一女，儿子今年16岁，在昆明读职中，女儿5岁，读幼儿园。谈起自己的家庭，钟光巧一脸的幸福，她说，准备挣点钱，买一辆轿车，让丈夫做生意。

豆花要烫，女人要靓。"巧姐"钟光巧占了两样。钟光巧作为白鹤滩水电站库区移民的一员，她以自己的勤奋，率先找准了自己的定位，迈出了安居乐业的第一步，开启了幸福的新生活。

"不仅要搬，还要搬得出、稳得住、能发展、可致富。"谈起移民工作，巧家县金塘镇镇长张浩说。目前，金塘迁建集镇安置区正在全力实施产业发展规划与移民帮扶行动，当地近4000名移民搬迁后，将围绕"山水画廊、温泉金塘、出路在山水"的发展定位，构建现代综合交通，通过在金塘镇发展470亩火龙果、梨树村500亩石榴高产基地、兴隆村400亩石榴示范基地、青冈坝码头、青冈坝28亩天然温泉旅游度假区等，为移民后续发展提供了最有力的支撑。

"就业和创业，是巧家水电移民今后发展的希望和出路，我们必须抓好！"这是巧家县各级干部的心声。巧家县移民城镇化安置后，将充分利用好白鹤滩水电站库区优势资源，打造白鹤滩特色旅游城镇，发展热带水果、码头、温泉、农家乐等特色种植业和旅游业，建设"卫星工厂"等农产品深加工就业车间，强化移民就业技能培训，解决移民就业问题，依托社保政策兜底，保障移民后续发展。

"一切为了巧家水电移民，为了巧家水电移民的一切！"白鹤滩水电站是大国重器，支持国家重点工程建设是昭通义不容辞的责任。巧家5万

◆ 蒙姑镇十里坪移民安置点　张万高/摄

多名移民群众识大体、顾大局，舍小家、顾大家，为了电站建设而搬离祖祖辈辈生活的村庄，大家的牺牲和付出必将载入史册，也必将为自己和子孙后代赢得更大的发展空间。同时，昭通市委、市政府及巧家县委、县政府以服务国之重器为契机，本着对人民负责的态度，创新模式和机制，着眼长远发展，真正把水电移民作为助推巧家高质量跨越发展的重大机遇，在产业培育、务工就业、就学就医、社区服务等方面为移民提供强有力的支撑和保障，为大家安居乐业、持续发展创造更好更优的条件和环境，并按照功能分区、商住分离的城镇化集中安置模式，在为群众精心打造幸福生活新家园的同时，努力建设了一个功能完善、特色彰显、宜居宜业的新巧家。

古往今来，我们都想如大树般活着，目光向上，早已忘却了小草的存在。可事实上，拥有穿山裂石之力的，往往都是那些谦逊的小草。

时代，因他们而进步。

把人民放在心中，工作就有了突破口。把造福移民群众作为搬迁最大业绩，就能上下同心、合力攻坚。主动搬、带头搬，很多移民群众为之默默奉献、默默流泪。在移民安置区，蒙姑镇十里坪的移民把红色的老旧木柜小心翼翼地背进洁白的新房，那是他们割舍不下的乡愁；在大寨镇王家湾，移民把老院坝里的万年青移栽到了新房子家门口，那是他们对吉祥和健康的无限向往；在白鹤滩镇黎明社区新房子里的某些角落，密密麻麻摆着移民群众从金沙江里捡来的石头，那是他们心中比高峡平湖还深的感情……

老街道、老窗户、老屋子，随着白鹤滩水电站下闸蓄水定格在了人们的心里。白鹤滩电站移民写就的奉献与自强将永远留在人们心中。搬离故土，并不意味着"忘本"，而是为了向幸福靠拢。

"在家门口就业，务工收入也不低，还能照顾好一家老小。"王万明喜形于色地悄悄告诉我。搬入新家后，为了陪伴、照顾七旬老母亲和9岁的女儿，他将不再像往年一样去成都当保安，而是选择就地务工或在新家园里创业。看得出，他内心对政府给予的帮扶十分感激。

"你瞧瞧，我家现在的楼房，不用说跟过去在金塘镇的老房子相比，就是跟现在城里人相比，也算是超前水平了。"近林知鸟语，近水懂鱼情。王万明的话一点没错，巧家在给移民安排建房时就有一个基本的标准，即必须使移民的新家，要比平均水平略高一些。

到过白鹤滩水电站库区的人，都理解这一变化中包含了多少艰辛，多少奋斗，多少步跨越！金沙江畔，白鹤滩水电站巧家库区，"一城三镇"正拔地而起，移民搬迁市政建设如火如荼，交通建设热火朝天……

2021年3月25日，从昆明传来喜讯：金沙江白鹤滩水电站工程蓄水移民安置（云南部分）通过省级终验。这是白鹤滩水电站库区移民工作的重要里程碑，标志着白鹤滩水电站库区云南侧移民搬迁安置工作已圆满完成，对确保白鹤滩水电站"七一"投产发电意义重大。

自2011年1月1日下达"封库令"以来，从实物指标调查、移民安置规划编审到移民安置实施，十年磨一剑，付出的汗水和心血终于有了收获。

在移民安置省级验收会上，水利水电规划设计总院副院长龚和平心潮澎湃。他满怀豪情，慷慨陈词：

仲春时节，正草长莺飞，乍暖还寒。望金沙江畔，热火朝天，十万移民，眉眼生春，都在庆乔迁。路网通达，设施完善，屋舍俨然，城乡一统，连片景观，旧貌换新颜，搬迁地阔天宽，跨越多少年？绿水青山初显，鱼翔浅底可盼，美丽家园赛江南，百姓志得意满。

搁下签字笔，如释重负。白鹤滩水电站库区云南侧移民工程蓄水省级验收会议圆满结束后，亲身参与了溪洛渡、向家坝两大水电站移民工作，直至分管白鹤滩水电站移民工作，见证了金沙江水电移民政策不断完善、移民生产生活条件不断改善的过程，昭通市人民政府田渊副市长百感交集。经过多年努力，巧家大规模搬迁没有发生群体性越级上访、群体性事件和重特大安全生产事故，省、市党委关于"和谐移民、平安移民"的目标任务终于实现，他悬吊已久的心踏实了，他为白鹤滩水电站"七一"投产发电和5万余移民搬入新居而欣慰，为党的伟大和国家的强盛而自豪。思绪万千的他，不禁诗兴勃发，欣然写下了《赞白鹤滩水电站巧家》的藏头诗——

一

党风清爽郁芳芬，恩诏频颁出使君。
浩气不随江水去，荡天紫霁万山欣。

二

大雅从来有栋梁，国家公事赖贤良。
重开紫阁勋名在，器业千秋德政香。

三

喜逢盛事满山歌，迁客搬来气象多。
新酒千杯皆畅醉，居然此地疗心疴。

四

湖光水色净无尘，畔岸青山遍钓纶。
新月照人圆似镜，城风吹雨白如银。

五

白云生处雁南飞，鹤唳松声出翠微。
辗转江涛千古意，翅如天上羽人归。

六

巧为天台画不如，家山湖畔是吾庐。
更无愁事生忧绪，美景描成万古书。

好一个美景描成万古书！如此抒景写情，如此遣词造句，既有豪情满怀，又有切身体会。只有身临其境，只有全心投入，才会有这样的体会。

◆ 当年的浊流，今天碧波荡漾　张万高/摄

第五章
人间画卷

重器之基 巧家县白鹤滩水电站移民纪实

一 收藏的是一份记忆

随着白鹤滩水电站蓄水水位慢慢上升，奔腾咆哮的金沙江将变成平湖，两岸的土地、农舍、道路，包括一些文物的遗址也将被淹没。如何处理水电站建设与淹没区文物保护之间的矛盾，就成了摆在建设部门和文物部门面前的一道难题。

2020年11月26日，好消息传来：白鹤滩水电站大坝首批坝段浇筑到顶，为这一世界在建最大水电工程2021年7月首批机组投产发电奠定坚实基础，也标志着我国300米级混凝土双曲特高拱坝建造技术实现世界引领。

产生的另外一个问题是：随着白鹤滩水电站蓄水水位慢慢上升，奔腾咆哮的金沙江将变成平湖，两岸的土地、农舍、道路，包括一些文物的遗址也将被淹没。如何处理水电站建设与淹没区文物保护之间的矛盾，就成了摆在建设部门和文物部门面前的一道难题。毕竟，没有人希望珍贵的文物古迹会像纽约的宾夕法尼亚车站一样，成为永久的遗憾。

"一方面要加快淹没区拆迁，支持国家重点工程建设；另一方面我们还要对这些有着悠久历史的建筑物进行保护，努力为老百姓留住乡愁、记下历史、传承文化。"在巧家县文化馆，我们见到邓国戈的第一面，他就这样说。

作为县文化馆馆长，邓国戈不但见证了白鹤滩水电站如火如荼的建设场面，也经历了淹没区文物古迹保护让人揪心的每一个瞬间。

其实，早在2007年白鹤滩水电站建设还未启动之前，由云南省文物保护研究所牵头组织的巧家文物保护前期调查工作就已经开始了。淹没区到底有多少文物、采取什么样的措施去保护？两年半的时间里，邓国戈都是在配合省里做这样的调查，库区的沟沟坎坎、角角落落他几乎跑了个遍。那些年巧家交通闭塞，沿江公路不通，每天出去基本都是靠走路，每次出去基本上就要一两个月，脚板底下厚厚的老茧成了他辛苦付出的见证。直到2009年，他们才基本摸清了文物的现状。

邓国戈说，目前他们确定的文物保护点有27个，文物资料提取保护工程有21个点，其中有4个点（墓葬）是抢救性发掘，2019年已经完成蒙姑石段家坪子墓区、白鹤滩镇七里村三棵树石板墓区、寿佛寺地下文物的发掘，还有就是正在启动的徐家老包石板墓区。

毕业于云南艺术学院的邓国戈，在巧家三中教了半年书，后改行到县文化馆，一直从事文物和非遗保护工作，一干就是25年。作为地道的巧家人，这个有情怀、有梦想的人，从个人情感出发，全力支持白鹤滩水电站建设。他说，没有搬迁，巧家就没有发展；只有电站的修建，才能振兴一方经济。当然，从另外一个角度讲，搬迁的过程中，很多乡愁和文化记忆会消失，会有很多遗憾和矛盾，但是，时代发展的车轮一路向前，不可避免地是要付出一些代价的。

除了本职工作，邓国戈最喜欢的还是画画。有一段时间，他特别热衷于画巧家的街景，每一处房屋、每一片土地，很快就要消失了。在这种特定的环境下，人的精神状态都不一样，有的人渴望搬迁，有的人不想搬迁，有的人积极面对，有的人则想着逃避，这些情绪正是当下巧家人的生活现状。邓国戈就是想通过画街景去表现这种特定环境下人的情绪和心态。"我感觉现在的巧家就像一个大火锅，辣椒、花椒、盐巴，所有作料都放在里面，沸腾、平静、喧嚣，这就是我的作品。也许和别人的不一样，别人画画更多的是唯美，而我的画有点迷乱的。"邓国戈笑着说。

有人说，文物是历史的见证者，是前人留给我们的第一手资料。史书可以含糊其词，但沉默的文物却会带我们接近最真实的过去。白鹤滩水电站下闸蓄水迫在眉睫，要延续城市记忆，留住美丽乡愁，就要保护好、利用好文物。因此做好淹没区文物保护就成了邓国戈的头等大事。除了这些，他还要参加全县的脱贫攻坚和移民搬迁工作，工作量激增，事情一大堆，一个人要分几份心去干，邓国戈明显感到比过去忙多了，也累多了。

如果说淹没区的文物保护，留住的是一个地方发展的轨迹和历史，那么具有金沙江独特人文意蕴的巧家奇石收藏的则是一份美好记忆。

奇石是无声的诗、立体的画，是凝固的沧海和桑田，是岁月的绝唱，是地球上最古老的文物和古董。马王堆的出土文物才两千多年，三星堆的历史也不过三千多年，整个中国的文明上下五千年，而任何一件奇石的形成，绝不少于几十万年甚至几十亿年。

当白鹤滩水电站下达"封库令"后，金沙江畔骤然间就出现了众多的捡石人。

余天崇到江边捡石头已经有十几年了。每到周末的清晨，当流动的薄雾氤氲在金沙江边时，伴着鸟儿欢快的啁啾，他便开始了自己的捡石生活。

滔滔金沙江，从狭窄河道奔腾而来，到巧家县河道突现平坦宽阔，留下数个滩头。万年湍急河水的冲刷，亿万次磕磕碰碰的磨砺，大自然造就的千变万化、鬼斧神工的石头在这个地方沉积下来，为找石人、藏石人创造了机遇和财富。这些美丽多彩的石头，是金沙江给予两岸儿女最美好的哺育。

10多年来，余天崇已捡石、藏石80多吨、5000多枚，其中精品石100多枚。这几个数字足以使藏石者们肃然起敬，而关于他背后的捡石故事更是生动有趣。

有一年夏天，余天崇遇到了一块命名为"天汶"的石头。他说，本来这块石头早就在江边发现了，但是他拿不动，拿不动他就放弃了。一年过去，他又去那里，这块石头还在。有句话说，石遇有缘人。当时他就觉得这块石头注定是属于他的，于是下决心一定要把这块石头搬回去。余天崇慢慢跪下把这块石头扛在肩上，走了两公里路。他非常累，但是他不敢放，他知道自己一旦放下去就再也没力气扛起来了。

1996年，巧家县捡石、卖石、藏石、玩石队伍不到10人，到了2004年发展到鼎盛时期，从业人员有3000余人。奇石经营性门店120多家，从2000年奇石市场初步形成到2019年的19年间，累计实现销售收入8000万元左右。巧家奇石发展为一个产业。

石头承载着文人雅士的审美情趣，凝聚着古往今来先贤达人的格调与精神。雄山大川的胸怀、高低错落的地貌，让巧家产生了异常丰富的石文化。金沙江流经巧家县138公里，产奇石的滩涂江面有60多公里，这条资源丰沛的大江，用它的灵性妙韵，造就了多姿多彩、观赏价值和收藏价值极高的巧家奇石。经考证，巧家奇石图案石产生的地质年代，为距今8亿年至4.5亿年的元古宙晚期至奥陶纪。因巧家地处金沙江流域，沿江丰富的铁矿液经几亿年连续不断地在巧家境内沉淀，对岩石的浸染度极强，再加上岩石经地壳运动,并在水浪冲击中相互磨砺,形成各种浓墨重彩的图案。

有许多图案石,不仅有收藏、观赏价值,而且具有极高的艺术价值和经济价值。前些年,巧家奇石在省内外声名鹊起,成为金沙江流域石文化的载体,受到国内外赏石专家及有识之士的青睐。

巧家县金沙江奇石种类丰富多彩,有芙蓉石、血筋石、白蜡石、黄蜡石、彩蜡石等,价值很高。其中巧家芙蓉石是国内新发现的稀有石种,有淡红、大红、深红、赭红等,大部分具有流畅的图案、线纹,硬度为摩氏

◆ 蓄水前的金沙江　张万高/摄

6度以上。由岩石经大自然打造而成的奇石,是不可再生的矿物资源,其本身是没有生命的,但经玩石、赏石人的呵护、品味,使其勃发生机。因此,巧家有"宁可食无肉,不可居无石"的说法。目前,以巧家为中心,以滇东北地区和四川宁南、会东、攀枝花为区域的赏石文化辐射圈正在形成之中,并不断地释放出南联昆明、北达成都、远涉湖广、通联全国及海外赏石界的网络能量。巧家奇石折射出先进传统文化的艺术魅力。

巧家奇石,让人极易联想到多年前发生在巧家的淘金故事。不成金便成石,古时有点石成金之说,可见金和石还是有一些天然联系的。被巧家

人称作是人文"活辞典"的邹长铭先生给我们讲述了当年关于巧家淘金者的故事。

据《云南物产志》记载：金沙江产金"以丽江石鼓以下为最好，至东川府巧家为最，永善次之，绥江再次，绥江以下便微乎其微了"。在巧家金沙江沿岸，淘沙金是一个有悠久历史的传统行业。可惜，它所演绎的不是寻梦者一夜暴富的神话，反而常常是失意者穷困潦倒的苦痛生涯。

汛期过后，洪水慢慢地消退，抛下大片由卵石和沙砾堆积的河滩地。寻踪而至的淘金人来了，佝偻着身躯，裸露着肩背，开始编织淘金人希望与失望同在的人生幻梦。

一架"金床"、一只"金筐"、一个"金斗"、一个"金盆"，是淘金人必备的工具。所谓"金床"，准确表述是淘金使用的木床——几根支架，一块木板，木板上刻有凹陷的槽，与洗衣用的搓板相似。同样，所谓"金筐"，就是淘金用的柳条筐。所谓"金斗"，就是淘金时舀水的木斗。所谓"金盆"，就是淘洗金沙的木盆。以"金"冠名，是企求，是寄望，是虚幻的标榜，颇有些画饼充饥的意味。

淘金人不能是独行侠，起码要有3个人组合在一起，才有可能使"披沙取金"成为可能。一人淘沙，一人挑运沙砾，一人淘洗。在任何一个淘金组合中，比人数更重要的是要有一双"金眼"。所谓"金眼"者，是能看出卵石、沙砾下沙金富集之处的智者。他是淘金组合中的灵魂，理所当然也是淘金营生的组织者、指挥者和收益分配者。

世上千门活，只要人肯学。由洪水冲刷裹挟而来的沙金的沉积，当然有规律可循，但毕竟是浩浩江水"暗箱操作"的结果，颇有几分秘不示人的味道。一般而言，逼近江流，于水波浮漾中有金光闪烁、莹润细腻如绸缎的积沙中是不可能获取沙金的，金玉其外的时髦，似乎并不为大自然所接受。沙金多沉积在离江流数十米的滩地上，卵石堆积，卵石层下是粗糙的沙砾，沙砾上附着的沙尘中才可能是沙金的"栖息地"。"金眼"的可贵处，正在于不为表面的浮华迷惑，慧眼独具，发现粗糙中的精致、黯然中的光泽、腐朽中的神奇。选定目标后，便在临水处支起"金床"，将"金筐"置于"金床"上，一人在选定的地点淘沙，一人挑运到"金床"边，一人把沙盛入"金筐"，一边用"金斗"舀水冲刷，一边不停地摇荡，让含金的重沙沉积在"金床"的凹槽中。待凹槽中金沙充盈，倾入"金盆"，再反复淘洗后，剩下的便是黑色的绿豆粒大小的沙砾（称钨沙）和附着于上的闪闪烁烁的沙金。此时，要将水银倾倒进"金盆"振荡、搓揉，使沙金附着在水银上；再将钨沙分离，取出附着有沙金的水银，放到点燃的烂草鞋上烧炼——只能用烂草鞋，取其火力温和，不能用火力太旺的炭火、柴火，水银蒸发，沙金凝聚成一颗，大小如绿豆，称"糠秕金"，又称"一嘴"，一天劳作，所得不过几"嘴"，也就1—2克，价值数十元而已。当然也有幸运者，寻得一塘富沙，一日所获可至十多克沙金。淘金的副产物称钨沙，也就是剥离沙金后的细碎沙石，可按一比一的比值兑换大米。居民、农户将钨沙用桐油炮制后，用来炒花生、爆米花、炒板栗。

旧时，淘沙金是穷苦人无可奈何的谋生手段。而今天的淘石，却是人们在物质生活渐次丰盈的当下，对高品质生活、对精神家园厚度的向往与追求。

大江东去，逝水如斯。随着金沙江上一个个梯级水电站的竣工，在金沙江真正从江变成湖的时候，这些记载着历史的奇石将永远消失，届时金沙江将会以"高峡出平湖"的波澜壮阔的全新景象呈现在世人面前。

在金沙江的往昔和未来发生巨变的时候，随之消失的是金沙江边那些捡石人的身影,但金沙江的奇石文化将随着时间长河被永远流传,这份关于文化的记忆将会永存人们的心底。

一个旧的家园淹没,意味着一个新的现代城市崛起。其实,人类就是在新旧交替、生生不息中不断地繁衍着、发展着……

新的生活，甜蜜依旧

尽管水电站建设会让甘蔗种植的区域淹没，但红糖这项产业不会因此消失。因为，巧家人知道，保护好甘蔗的种植，其实就是保护了小碗红糖产业，就是保护了这一非物质文化遗产的传承，更是保护了属于这个民族文化灵魂的东西。从这个意义上说，他们有理由相信，甜蜜的生活依然会延续下去，甚至比现在更加美好！

> 巧家哥哥巧家郎，巧家哥哥挑红糖；
> 哪天哪日红糖贵，给妹买件花衣裳。

从这首山歌里可以看出，巧家红糖和巧家人的生活密不可分，和年轻人的爱情有关。

再有：

> 手工红糖甘蔗榨，传统工艺味不差；
> 营养丰富又滋补，暖胃补血真不假。
> ……

"巧家年轻人结婚，老人做寿，桌上不可少的，就是糖饭、糖面。人干活受伤、做手术，或者女人坐月子，第一时间不是打针吃药，是喝红糖水。条件好的就吃红糖水煮鸡蛋。"

我们采访时，有人非常自信地说。

这些我们肯定晓得。我们还晓得的是，大年初一早上，家家户户吃的汤圆里，包的就是巧家红糖。

巧家红糖，是巧家的一张产业名片，沉淀了巧家的产业历史。

岁月苍茫，在金沙江两岸的土地上，移民当中有很多人家几代人都是以种植甘蔗、加工红糖为生。然而，有一个现实他们必须面对，那就是随着白鹤滩水电站蓄水发电，他们将整体告别自己的家园，甘蔗种植只能往金沙江沿岸高海拔地区拓展。

那么，巧家甘蔗种植及榨糖技术究竟始于何时？

没有更多可以考证的史料，1997年出版的《巧家县志》记载："清乾隆年间，巧家蒙姑岳氏运铜到弥勒州竹园镇，回程时引进甘蔗种植，榨红糖技术也由此而入，种植及榨糖逐渐在巧家金沙江谷地推广开来。"奔腾不息的金沙江流经巧家县，在河谷出口处形成众多的冲积扇，也孕育了成熟的农业，将甘蔗汁提炼加工而成的小碗红糖，一度成为巧家的代名词。

说到小碗红糖的前世今生，作为非遗传承人，巧家县白鹤滩镇鱼坝村73岁的万兴全总是滔滔不绝。我们见到他的时候，还没有到红糖"榨季"。身体健朗的万兴全一边得意地从挎包里拿出他获得的各种荣誉证书，一边兴奋地和我们介绍起了他与红糖之间发生的一幕幕往事。

1947年的冬天，伴随着一声婴儿的啼哭，一个即将经历无数苦难又将在甜蜜的岁月里生长的人——万兴全出生了。到了七八岁，他经常跑到糖坊里玩耍，总爱拿榨糖师傅的工具玩。1958年，鱼坝村建起了学校，父亲万朝德把他送到学校读书，这个好动的小孩放学后照样不忘跑糖坊，糖坊里的师傅们都觉得这孩子有天赋，建议万朝德教他学榨糖。1960年阴历的十月，万兴全正式跟父亲学艺。1963年，生产队队长安排万兴全给糖匠当"叶子客"。既是糖匠又是堂哥的万兴方对他说："要当糖匠得先学会榨匠和大火头的技术。"随后，万兴全又与同是堂哥的榨匠万兴友学习喂榨、支榨、敲尖等技术，与大火头宋大恩学习必备的吊灶、烧头尾两锅、让火等技术。最后再与万兴方学熬糖技术。

鸟有翅膀，人有梦想。这样绕完一圈，万兴全硬是把"三大师"的技术全学会了，他熟练地掌握了小碗红糖制作的整套工艺。

◆ 巧家小碗红糖　闫科任/摄

学到技术后的万兴全仍然在糖坊里当着糖匠的"叶子客"。1972年,他参加了七里村沙坝举行的红糖比赛,其技艺获得了一致好评。1982年,堂哥万兴方去世后,万兴全便独立当起了糖匠师傅并传艺给下一代。1983年,为了不占耕地,他选择在不能种植庄稼的斜坡建起了糖坊。

小碗红糖牵动着万兴全的每一根神经,说起小碗红糖,他的眼睛里总闪烁着光亮。要当好糖匠得先做好"叶子客",这是基本功。要学好大火头的烧火功夫,还要懂得榨匠的每一项活路。

自己的脚跟稳,才敢挑铁扁担。在近60年光阴里,万兴全通过多年的熬糖过程,总结出了糖匠应该具备的"看、闻、听、摸"四大诀窍。

"榨匠好学难敲尖,糖匠好学难放灰,包包匠倒好耍,遇到棉糖又难吹,大火头像跑狗,糖匠像官样。"万兴全还在前人熬糖技艺基础上编写了这段制糖顺口溜。虽然我们听得不是很懂,但他却说得津津有味。

身为糖匠的万兴全,还当过当地的红糖税务专管员。他不仅要榨好糖,还要负责糖坊的技术指导与红糖的质量监督。这些年来,万兴全打破了"传内不传外""传男不传女"的传统观念,广收学徒,将榨糖技术毫无保留地传授给他人。除了四个儿子跟自己学习熬糖技术外,就连年龄大一点的孙辈都已经开始学习熬糖的基本技术了。对于外姓人,万兴全也毫无保留,只要愿意学,愿意吃苦,他都会手把手亲自传艺。

万兴全经常对学徒们说:"熬糖就像做人一样,苦练绝技,换来无尽甘甜。"至今,他累计教授学徒400余人,其中已有18人成为当地各糖厂的"制糖匠""掌勺人"。

"把糖整好,才能增加收入。"2017年,巧家红糖开榨前,县里在食品安全方面设立了很多标准。万兴全积极响应,成立了万合食品加工厂。2020年,巧家县红糖产业扶贫协会成立,万兴全加入协会并与其他会员一致约定"传承匠心做好糖",让这门快要失传的技艺代代相传,造福巧家人民。

和万兴全一样,作为巧家小碗红糖民间作坊之一的"戴氏红糖"历史同样源远流长。

2016年8月,因其特殊的传统工艺和历史沿革,"戴氏红糖"被巧家县列为非物质文化遗产保护项目。"戴氏红糖"的传承人戴安荣说,戴家与红糖结缘可以追溯到他的祖父戴文忠那一辈,之后又传承给他的母亲李继芝,直到他现在经营打造的这份"甜蜜事业"。思绪穿越漠漠光阴,从戴安荣娓娓道来的讲述中,我们仿佛望见了"戴氏红糖"走过的百年历程。

戴安荣的祖父戴文忠出生于1905年,从小就熟悉甘蔗种植技术,懂得制糖的工艺流程。只是因为那时太过贫困,家里根本就无力去开办什么糖厂。直到后来日子好过了一点,从巧家新华饭店退休后的戴文忠才慢慢萌生了做红糖生意的念头。

时光回溯到20世纪80年代初期,下海经商的浪潮席卷了全国,也冲击了颇有点经济头脑的老戴。尽管年逾古稀,但他依然把目光瞄向了家门口的糖市,一边了解县城里红糖生产加工的情况,一边开始筹钱带着家人做起小碗红糖的销售。经过数年的市场打拼,戴家积累了一定的销售经验,由此获得了生意场上的"第一桶金"。

1989年,84岁的戴文忠安然辞世。为了把祖父留下的基业做下去,母亲李继芝接手了祖父留下的担子,开始承包糖坊做糖,并扩大经营范围,在外包装上进行了一系列的改进和完善,慢慢地扩大了"戴氏红糖"的市场和口碑。2013年,肩负着"戴氏红糖"使命的戴安荣接过母亲的担子。为了保证红糖的品质,他们不再承包糖坊,而是自己建糖坊榨糖,由此开启了生产加工、市场销售和打造品牌一条龙的创业之路。

戴安荣说，和现代熬制红糖的方法比，巧家小碗红糖的优点是甘蔗的营养成分并未遭到破坏，甘蔗内的多元糖分被保留下来，因此糖的色彩鲜、式样好、杂质少，香气浓郁。这几年来，戴家研发的迷你鲜花红糖、云南黑糖等20多个品种，不仅行销国内市场，还远销到了美国等国外市场，得到了广大消费者的信赖与好评。

传统工艺不但要继承，更要发展。自办糖坊之后，戴安荣注重在红糖品种的开发上不断创新。"戴氏红糖"最拿手的是糖狮子系列。他告诉我们，多年前，在巧家只有一户李姓人家做糖狮子，后来他们搬到昆明居住，就把这个技术转让给了戴安荣的父亲戴国祥。为了让糖狮子的造型更加生动，品种更多，戴安荣还专门跑到云南艺术学院学习了模具制作，生产研发了更具特色的"戴氏红糖"系列产品，不仅有狮子类、人物类、佛像类，还有十二生肖类……"一年下来，光是糖狮子我们就可以卖出2万多对！"戴安荣指着那些惟妙惟肖、活灵活现的"糖狮子"这样说着，脸上晃动的全是喜悦。

以柴火牛尾灶古法手工制作的巧家小碗红糖，其传统工艺加工从晚清以来就一直久享盛誉。那么，从新鲜甘蔗到红糖成品，其间到底要经过哪些加工流程，这是我们感兴趣的，也最想了解的一个"内幕"。

驱车几公里，我们来到了县城之外的白鹤滩镇野鸭村。看见村民们相继砍伐地里的甘蔗，不断送往附近的榨坊，烟囱冒出的烟雾在阳光的照射下，逐渐变淡，直到消失在高远的天空。一幅金沙江畔村庄的水墨画渐次展开。

戴安荣的糖坊就在一幢三层小洋楼下面。偌大的厂院里，隆隆作响的榨汁机旁，工人们正在把一捆捆收购来的新鲜甘蔗喂进榨机。很快，一股股白色的甘蔗汁便从机器下边的出口汩汩流入准备好的储存罐。戴安荣说，过去榨汁也是纯手工，为提高效率，后来便改用了机器，但熬制红糖的过程全部是土法工艺。

在弥漫着浓浓蒸汽和淡淡甜味的作坊里，我们看到了这样的场景：榨好的甘蔗汁被皮管引入到第一口生水锅，沸腾的糖水中浮起的泡沫和杂质用瓢一一打去；接着糖水又被放入第二口锅进行糖与杂质的分离；随后糖水又被大瓢舀进第三口锅，煮炼提纯，再去杂质，进入第四口锅；如此重复至糖水蒸发渐成膏状时再翻入第五口锅。最后在糖膏中用蓖片弹入清油或蓖麻油，使糖膏进一步澄清、散泡，当第五口锅中糖膏的水分蒸发后，把糖膏舀入糖钵，用糖棒不停搅动，使糖膏收缩结晶，然后用勺把糖膏舀进排列好的模具里冷却，成型后取出糖块，装入纸箱，码放整齐。至此，制糖的整个过程也就结束。

戴安荣说，糖匠技艺高低与糖的质量关系甚大。糖要好，工艺要点在于"灰足、火够、泡子清"，上下工序配合，特别是糖匠与"大火头"的配合。"大火头"要善观火候，火力合适，才能熬制出一锅好糖，否则质量就会大打折扣。

"刀刀客"砍甘蔗、"大火头"为牛眼灶添火、榨匠榨汁、糖匠熬糖、"包包匠"包装……这就是巧家小碗红糖作坊式生产、土法制作的整个工艺流程，这一流程宛如一轴绵延久远的民俗风情画卷，让人叹为观止！

2018年1月19日，蒙姑，巧蒙公路的另一端，由宋兴毅、宋兴瑞兄弟俩名字最后一个字组合的毅瑞古方红糖厂坐落在公路一侧，从这里跨过金沙江可以通往云南曲靖市会泽县、四川省凉山彝族自治州宁南县，在建的昆巧高速公路在蒙姑有一个出口，交通的便捷给毅瑞古方红糖厂带来商机。和往常一样，来往客商陆续光顾毅瑞古方红糖厂，歇脚、参观、购买，如果时间充足，有丰富榨糖经验的李兴富会表演一手绝活，将差不多快要熬制好的红糖从滚烫的锅里抓出来，迅速放在水里冷却不到一分钟，立即捞出来，晶莹剔透的红糖在阳光下发出耀眼的微光，诱惑着每个人的视觉和味觉。这时，李兴富总会真诚地请客人尝一下，因为，离开榨糖现场，就不可能尝到"冰冰糖"赐予的独特味道了。

对于每一个外来者，榨糖的每一道工序都充满神秘，巧家古方炼制的红糖同样具有诱惑。

200多年的榨糖技艺一直延续至今，其实就是传统与现代、文化与商业格局的形成与回望。来自巧家民间的说法是，20世纪80年代，古法小碗红糖作坊只有少数地方存在，随着一些现代化制糖工厂的出现，古法制糖日渐衰落，但随着当下养生观念兴起，古法制作的传统红糖受到市场青睐。

毅瑞古方红糖厂就是采用了传统榨糖技术的厂家之一。

这得益于昭通市巧家小碗红糖的非物质文化遗产传承人李兴富。1969年，李兴富在金沙江畔的巧家县蒙姑镇蒙姑村出生了。蒙姑属于干热河谷地带，金沙江边的空气及沙土为甘蔗生长提供独特的条件，这一带甘蔗的含糖通常在14%—15%之间，而对于榨糖的这个行业，作为原材料的甘蔗，含糖量有12%已经不错。

一方水土养一方人。幼时的李兴富开始接触榨糖，从祖父和父亲手里接过榨糖技术，再将技术传授给宋兴毅、宋兴瑞。多年过去，李兴富成为当地最有名的糖匠之一，成为巧家小碗红糖的非遗传承人。

由于有像万兴全、戴安荣、李兴富这样的糖匠的坚守，巧家红糖走出江湖。最近两年，巧家小碗红糖古法小碗制作技术被评为省、市、县级非物质文化遗产。2016年12月，中央电视台第4频道《传承》栏目组在巧家拍摄古法制糖过程，栏目中的主角就是年近80岁的郭发万。2017年，几名糖匠被评为"非物质文化遗产传承人"，其中就包括万兴全、戴安荣、李兴富等，这意味着，巧家小碗红糖进入一个转型时期。

转型标志性的现象有两个，一个是在互联网推动下的营销，巧家小碗红糖轻易走向更广泛的市场；另外一个是因白鹤滩水电站建设，大部分原有的甘蔗种植区将被淹没，未来种植区域如何规划，政府和民间都在思考。

每年春节前后，金沙江畔的村庄异常热闹，榨坊里散发的甜味、榨机的声音、甘蔗皮燃烧的火焰，绘制出浓郁的节日气氛。2018年春节来临之际，毅瑞古法制糖厂制作了美篇《非尝不可，毅瑞古法给你一生的甜蜜》发在网上，呈现了红糖的制作技术、营养价值、文化属性等，很快引来了超过500人次的阅读量和点赞。

2018年2月19日，阴历正月初四。毅瑞古法制糖厂又进入忙碌的生产期，榨坊和仓储连在一起，女主人陈莹一边与客商商谈，一边在手机上打理微店。"最多半个月，这一季的红糖就榨完了。"陈莹说。

巧家县热区产业开发办公室提供的资料显示，目前，巧家县甘蔗种植面积约3300亩，其中白鹤滩镇2000亩、金塘镇约500亩、蒙姑镇300亩、东坪镇500亩；红糖生产企业1家、生产作坊40余家；红糖产品主要有原汁固体红糖、液体红糖、黑糖或添加玫瑰等辅料的拌和糖4种类型，其中固体红糖中的小碗红糖是巧家红糖的代表。

资料同时也指出，巧家红糖声名鹊起的同时，其发展也存在诸多制约。最大问题是种植基地面临淹没。种植区4个乡镇中，白鹤滩、金塘、蒙姑都是白鹤滩水电站淹没区，白鹤滩镇大部分、蒙姑镇全部种植区域将被淹没。白鹤滩水电站蓄水后，淹没区3个乡镇适宜甘蔗种植区域进一步减少，甘蔗基地面临拓展和转移。

200多年前，蒙姑开启了巧家县甘蔗种植、加工、销售先河，逐渐推广到巧家境内金沙江畔的适宜种植区。在这段时期里，巧家小碗红糖畅销

◆ 做糖　闫科仁/摄

至川、藏、青、黔、湘各地，白糖产业曾一度成为巧家重要支撑产业。在最近几年，小碗红糖被评为农产品"昭通十宝"，其制作工艺被列入省级非物质文化遗产保护名录，媒体开始关注其兴衰。这些光环的背后，或许是巧家各级干部和老百姓共同的焦虑与思考。

2017年12月22日，巧家县召开红糖产业发展工作会议。包括建高产优质基地、品质品牌登顶意识、创新营销模式等具体措施在这次会议上透露出来。

每年深秋到春节这段时间，正是榨糖最为忙碌的时期。2018年1月21日，巧家县白鹤滩镇鱼坝村这个面朝金沙江、背靠山梁的村庄里，71岁的万兴全在自家的榨坊里忙得不亦乐乎，他指点着几个村民控火、调汁、舀糖，今年这一季的糖榨完后，他将离开这个熬制了25年红糖的地方，原来的甘蔗地及榨坊将会在白鹤滩水电站建成后被淹没，得重新在蓄水位825米以上的铜厂堡选址。

蒙姑、棉纱、鱼坝等地，是出产最优质红糖的地方，是巧家的膏腴之地，寸土寸金。这些与金沙江相伴多年的村庄，在阳光下摇曳的甘蔗林，随着白鹤滩巨型水电站的下闸蓄水，都慢慢在眼里消失。种植地转移，原材料减少，红糖加工作坊也在减少，甚至在不久的将来，不知道这一加工工艺会不会消逝，或者该以何种形式延续，这是万兴全、戴安荣、李兴富和甘蔗种植户深感忧虑的一件事情。

忧虑归忧虑，但作为非物质文化遗产的传承人，他们很清楚，顶着这一头衔，既是荣誉，又是责任。正是这份责任，让他们始终保有对非物质文化遗产保护的承诺和坚守。

特别值得一提的是，2017年1月23日，国务院总理李克强到昭通视察，对巧家红糖十分看重，还自己掏钱买了两件巧家小碗红糖。这不是件小事。巧家红糖一举成名，身价倍增。这更坚定了他们传承小碗红糖、传统工艺的信心。2018年11月，县政府还专门发出了通告，进一步规范小碗红糖生产经营行为，解决当前小碗红糖市场无证无照、掺杂掺假等突出问题。12月28日，为了提升小碗红糖品质，扩大小碗红糖品牌影响力，巧家县还举办了小碗红糖文化节，吸引了来自县内外的100余户客商的参与。

那甜蜜的事业，揪着大伙的心。不管是官方还是民间，大家都为巧家红糖产业发展奔走和努力。鱼坝村党总支书记万吉祥就是这样的一个人。在大学生村官刘荣华这位"军师"的建议下，通过开展以"访巧家小碗红糖传统工艺，促进红糖经济产业健康发展"大学生村官志愿活动深入了解红糖制作的独门绝技；多次通过网络媒体中国青年网、大学生村官网、昭通新闻网、巧家新闻网等平台宣传，成功地吸引了内蒙古鄂尔多斯市企业家贾青、河南省郑州市企业家张佳等到村考察红糖产业；带领巧家小碗红糖走进第十八届全国"村长"论坛进行产品推荐；通过巧家小碗红糖产业发展壮大本村村级集体经济，助力本村脱贫攻坚。

随着白鹤滩水电站的建设，"鱼坝"小碗红糖的

◆ 拆老屋　兰玉寿/摄

发展面临着新的挑战。鱼坝村目前所有的红糖加工作坊以及40%的甘蔗种植区将于2020年被淹没，而这些被淹没的土地，是鱼坝村甘蔗含糖量最高的区域。

揪心哪！这代代相传的"甜蜜事业"，是不是就这样没有了？

不管是万兴全、戴安荣、李兴富，还是巧家和"甜蜜事业"有关的人，他们一个个都坐卧不安。遇到村上的人在问，遇到乡上的人在问，就是遇到前来采访的我们，也在问：

"是不是就这样黜掉了？"

"黜"是巧家方言，废掉、没有了的意思。听着就难受。

就在村民还在担心田地被淹没后咋办时，万吉祥和合作社成员已经为村里做好了打算，他们计划水库蓄水后，利用非淹没区约3000亩的农田种植甘蔗、建立一个养牛场和一个新的红糖加工厂。

很快，鱼坝村肉牛养殖项目获得批复。看来，党的基层组织在关键时候，并没有缺席，而是一直在关心、关注他们。

万吉祥表示，养牛场和红糖加工厂是经过广泛听取多方意见后，深思熟虑作出的发展计划。村民可以通过在养牛场、红糖加工厂工作或从土地股份中的股息来获得稳定的收入。甘蔗尖、红糖加工产生的甘蔗渣可以用来养牛，延长甘蔗种植产业链，提高甘蔗种植户收益，激发村民种植甘蔗的积极性，传承巧家小碗红糖古法熬制技艺，壮大村级集体经济。除此之外，规模化的加工可以将我们的品牌带到其他城市的大型超市，促使小碗红糖从小作坊走向企业化，形成品牌效应，让大家都知道我们的"渔坝"小碗红糖，让村民的生活更加甜蜜。

"我可以向他们保证，会有一个不同凡响的未来！"46岁的万吉祥站在鱼坝村村民活动广场上信心满满地说。这是一个众山环簇的山顶平台，如山海中的"孤岛",而就在巧家县城北20公里的一处丰饶山水边,一座肉牛养殖场正在紧锣密鼓地建设。有的村民说,万吉祥要是能办成肉牛养殖项目,就拿手心煎蛋给他吃。可万吉祥却打清了算盘,他不怕奚落:壮大了红糖产业,势必产生越来越多的甘蔗尖和甘蔗渣,拿它们喂牛,而牛粪又能肥沃甘蔗地,这就是典型的绿色循环发展。随他手指望去,一条穿山隧道临近尾声。"路通后,从县到村,仅20分钟车程。"万吉祥站在"孤岛"上,满脸笑容。

选择成功,上天就会设一道道坎,让你煎熬,让你难受,让你蜕变。目前,"鱼坝"红糖主要通过线上推广和线下销售并行的模式。自2019年1月以来,合作社已售出11000斤以上"鱼坝"红糖,销售额达15万元。万吉祥高兴地说,部分鱼坝村村民的年收入从1000元左右增加到了3500元,生活越来越"甜"了。

肉牛养殖项目建设一天天在变化,山坡上要种甘蔗的土地一天天见多。"我们已经把8万多元的移民搬迁奖励经费和移民办公经费用来买甘蔗种子,我们先种起来,让村民看到利益,接下来更多的土地流转就容易了。"

随着金沙江白鹤滩水电站蓄水日期的一天天来临,红糖标准化加工厂房的建设也提上议事日程。"通过建设标准化红糖加工厂厂房和养牛场,我们延长了甘蔗种植产业链,提高甘蔗种植户收益,推动村民种植甘蔗的积极性。同时,巧家小碗红糖古法熬制技艺这一非物质文化遗产得以传承,村级集体经济也得以壮大。"

所有这些做法和措施,释放的都是令人兴奋的信号。尽管水电站建设会让甘蔗种植的大部分区域淹没,但红糖这项产业不会因此消失。因为,巧家人知道,保护好甘蔗的种植,其实就是保护了小碗红糖产业,就是保护了这一非物质文化遗产的传承,更是保护了属于这个民族文化灵魂的东西。从这个意义上说,他们有理由相信,甜蜜的生活依然会延续下去,甚至比现在更加美好!

◇ 金沙江新貌　兰玉寿/摄

第六章
大江在侧

一 白鹤滩上新画卷

2016年，习近平总书记在推动长江经济带发展座谈会上强调，当前和今后相当长一个时期，要把修复长江生态环境摆在压倒性位置，共抓大保护，不搞大开发。如此高屋建瓴，对长江生态环境修复工作的提出，表明长江经济带建设正从过去强调"黄金水道""立体交通走廊"建设，转到强调"绿色发展"……

2021年2月4日，移民工作到了攻坚阶段。

时任巧家县委书记张华昆主持召开金沙江白鹤滩水电站巧家县白鹤滩镇移民搬迁安置工作推进会。自到巧家县任一把手以来，关于这块土地上的移民安置，不知道他跑了多少路，开了多少会，说过多少话，抠过多少次脑袋，想过多少种办法，突破过多少次重围。

在这次会上，张华昆传达了市委领导调研巧家移民搬迁安置工作指示精神，解决移民搬迁安置工作中存在的问题，明确思路目标，全力推进移民搬迁安置工作。

作为县委一把手，如何把控大局，下好移民搬迁这盘大棋，张华昆每走一步都是经过深思熟虑的。他知道，如果走错一步，后果不可想象。因此，他会比任何

◆ 大坝建设进行时　闫科任/摄

时候都要想得多、想得透彻。就比如说，移民动迁的时间节点，早了不行，晚了也不行，在什么时间最合适，出了问题又怎么去应对，好的坏的结果，张华昆都要为此考虑无数个回合，觉睡不好，白头发也钻出来不少。张华昆说他最担心的一个环节就是移民动迁，但到最后，所有移民都顺利搬进了安置区，没出任何问题。其实这一点也不意外，应该得益于他们循序渐进、逐步推开，一步一个脚印地扎实工作。张华昆说，作为一名领导干部，如果缺乏全局思维观念，不能驾驭全局，以其昏昏，使人昭昭，那肯定是做不好移民工作的。一件事情，你背后流了多少汗水，付出多少努力，有时候群众不一定能够看到。但把事情做好了，他们一定会理解，会感动，会铭记。

2021年3月2日，刚刚升任昭通市人大常委会副主任的张华昆，又主持了白鹤滩水电站巧家移民搬迁安置工作推进会。他为3000多名包保干部鼓劲，同时批评部分干部职工思想认识不够高、包保责任压得不够实、主动服务不到位等问题。

"必须切实解决好干部群众思想和认识不到位的问题，强化工作责任，不折不扣按照3月15日前全面完成移民搬迁和3月17日前完成库底清理工作目标节点，组织专班，组织专人，采取专门的措施、专门的办法，解决工作中存在的各种困难和问题，确保高质量完成电站移民搬迁和库底清理工作……"

张华昆下达了命令。

巧家县老店镇中学的语文老师孙世美，对巧家历史颇有研究。其兄孙世祥，经历坎坷，曾供职于云南省委办公厅保密处，32岁英年早逝，却留下了长篇小说《神史》等作品。这部作品激昂而偏执，影响后世。孙世美受兄长影响，读书广博，性情沉郁。谈及金沙江，他说，民间称金沙江葫芦口处为"万里长江一口吞"。该地曾发生山崩，导致金沙江改道，形成状如大海的堰塞湖泊，巧家黎明村使用至今的古地名"海底坝"，就是相对可靠的依据。眼下，江水渐滞，形成湖泊，"万里长江一口吞"之状再现，只不过，这不再是天造地设的"葫芦口"，不是灾难造就，而是人间奇迹白鹤滩。

白鹤滩的命运，因人类而改变。白鹤滩人的命运，也就此逆转。我们在采访中，无数次感受到他们对以往的怀念，对当下的忐忑，对未来的茫然。而当搬迁进入尾声、住进新家之后，他们敞亮了，他们放心了，他们自信了。

2021年3月19日上午8时，白鹤滩水电站北门安置区移民言学良，早早地跟父母开始忙碌起来。他们新开张不久的小卖部生意火爆。

一大早，买水的，买纸的，还有来来往往好几拨顾客就坐在屋里和言学良一家聊着天。这是他们搬入新家的第33天。

偌大的安置区人来车往，热闹异常，为言学良带来了商机。

回想起正月初四搬家当天，言学良说："就是忙啊，大家伙搬家的时间也都比较集中,小区人也特别多,毕竟是白鹤滩库区最大的移民安置区嘛。他们想买口水喝,都要跑出小区好远,也就是在那个时候,我发现开个小卖部应该可以。"

实际上,言学良开小卖部这个念头,早在摇号分房的时候就已经萌发。"这一套一楼,125平方米,不管住哪一栋,都要经过我这里。原本打算出租给别人经商,但一想到这么好的地段,我要自己干!"说话间,言学良有几分兴奋。

抱着试一试的心态,言学良按照每天货物的销量、需求,从批发市场批发酒水、纸巾、饮品等生活必需品。如今,每天来往于小卖部门前的住户、装修人员、保洁员等各类人群络绎不绝。"现在一天下来,能卖2000多元,有两三百元的利润,加上每月每人都可以领到409元补偿金和其他的政策性保障收入,一家人的基本生活没有什么问题。"言学良高兴地说。

"肯定想把生意做大嘛,但是现在还是想先做

◆ 拆旧房、搬新居 何顺凯/摄

◆ 入户登记 何顺凯/摄

好便民利民的服务，现在来我这里照顾生意的都还是老街坊邻居，同一个村里的人都搬来这里，走到哪里都是熟悉的人。"接了一个订单电话，言学良接着说，"跟我住同一个地块的住户，给我打电话说需要什么，我都是直接送货上门，不要配送费。"

这边言学良和我们聊着天，那边言学良的父母热情张罗着生意。言学良说，父亲腿脚不便，母亲年纪大了，但他们也闲不住。"我上班的时候，他们就看看店，只要他们有事做，还是比较开心的！"

在小卖部做了一下清点工作后，言学良又要奔赴他的另一个工作地。实际上，入户水电安装才是他的主业。他从事这一行业已经六七年，对于房建装修相当了解，对于自家的房子质量更是赞不绝口："我们这个移民安置房的主体结构是没话说，整体质量完全没问题。"如今，新住户陆续搬入，装修工作迎来高峰，言学良的一技之长正好也派上用场。

常年在外地打工的杨兴巧，在移民大搬迁之际也回到了巧家。她说："第一次听说要建设白鹤滩水电站，还是在十多年前，那时候还想着，在这大山里建水电站，不太可能吧，更是想象不出将来会是什么样。"

而如今，对于白鹤滩水电站，她的感触却是格外深刻。"最近这两三年都在外地，每次回来巧家都是大变样，甚至有时候都找不着路。电站建设带动地方发展，交通便利太多了。"下一周，杨兴巧又将踏上外出打工的路，年轻时总想出去，现在她最大的愿望是回家。"看到巧家发展这么快，以后肯定是要回来的！"她说。

28岁的张玉，是白鹤滩镇可福村人。不久前，她搬了新家找了新工作，孩子在安置区小学上学，有了更好的学习环境。新生活新起点，一切都让张玉对未来的生活充满希望。半个月前，她通过招聘会，成功应聘到了移投物业管理公司负责北门安置区4号地块900户业主的物业管理工作。

"现在工资待遇也比以前好,还能照顾到家里面的老人和小孩!"说这话时,张玉难掩喜悦之情。

在巧家县辉煌电子厂,工人们正在流水线上生产蓝牙耳机,拨耳机线、穿耳机线、浸锡、盖壳、打胶、使用烙铁焊接、测机等20多道工序有条不紊地进行着,大家忙得不亦乐乎。

"经过培训后,我就在这里上班了。上下班时间相当灵活,接送孩子也很方便。"工人张洪艳开心地说。

离乡离土进入城镇,靠什么来生活?这正是巧家县委、县政府为搬迁群众解决的头等大事。该县立足移民群众就业需求,严格落实"五清"工作要求,有针对性地实施分类,以加强培训、转移外出就业为主要抓手,以鼓励自主创业、招商引资为有效措施,解决不同年龄段的就业需求。对

◆ 夫妻双双把家搬 符云昆/摄

因照顾家庭、超龄等原因难以适应企业化管理的群众，提供公益性岗位，招聘到就业车间"卫星"工厂等，在家门口就能赚到钱。

就业是民生之本、稳定之基。今年以来，巧家县组织开展巧家—东莞2021年东西部劳务协作劳动力转移就业"百日行动"暨水电移民专场招聘会，邀请东莞、浙江、昆明及本土企业70余家在白鹤滩镇、大寨镇、金塘镇、蒙姑镇召开水电移民专场招聘会，涉及电子、服装、食品、五金、玩具等生产制造业和家政、销售等服务行业，提供经理、文员、技术工种、普通操作工以及保洁、保安等就业岗位15000多个，帮助移民群众解决就业难题，为劳动力转移就业保驾护航，开辟了移民就业"薪"天地。

"白鹤滩镇的移民朋友，如果您还在为搬迁后找工作挣钱发愁，或者无法外出务工，想在巧家县城找一个既能照顾老人孩子又能挣钱的工作，辉煌电子厂一定能满足您的需求……"辉煌电子厂老板陈酊州拿着扩音喇叭大声喊道。据介绍，辉煌电子厂是巧家本乡本土人开办的工厂，是巧家县人力资源和社会保障局认定的就业扶贫车间，目前在东坪镇新街村、鲁甸县卯家湾易地扶贫搬迁安置区建有工厂，主要生产组装蓝牙耳机、电脑耳机、手机耳机、手机指环扣等电子产品，产品主要销售到东莞、深圳、义乌等地。因产品订单量大，老板陈酊州在巧家县城开设了分厂。

"我老家在东坪，之前我一直都在东莞那边做蓝牙耳机，后来了解到老家的农村劳动力很多，而有的劳动力因为要照顾家里没办法外出打工，就想着为家乡做点贡献，所以我就回来办厂了，让他们可以就近务工，工资是按计件发的，多劳多得，上班时间也非常灵活。"陈酊州告诉我们，巧家县城这个厂的工人主要是为下一步七里移民安置区的"卫星"工厂培养精英（班组长），七里安置区的"卫星"工厂建好以后，大概要招2000个工人，届时可以解决更多移民的就业问题。

第六章·大江在侧

◆ 搬老物件　邱锋/摄

◆ 金塘镇的蚕茧丰收了　闫科任/摄

为做好白鹤滩水电站移民就业工作，巧家县按照《推动白鹤滩水电站移民安置区"十有"达标建设促进移民劳动力充分就业工作方案》的要求，做到有数据台账、有就业创业服务站、有网格覆盖、有卫星工厂、有技能培训、有就业创业服务、有跟踪稳岗、有维权关爱服务、有社会力量参与、有公益岗位，成立了白鹤滩水电站移民劳动力转移就业工作领导组，优化、充实8个安置区就业创业服务站力量，摸清移民劳动力就业现状、就业意愿、培训需求等基本情况并形成移民就业台账，共同推进移民就业工作。

"我才做了四五天，周末我要在家带小孩，就没有来上班。我觉得这个工作很轻松，只要眼睛好使，人勤快，一天能挣100元左右。我刚来时一天只做了几百条，现在熟练了之后一天可以做4000条左右。"移民谢伸琼说。

为进一步推进移民劳动力就业工作，巧家县人力资源和社会保障局及4个移民乡（镇）积极发挥桥梁纽带作用，通过"线上+线下"形式搭建用人单位和劳动力的沟通联系平台，有效加强务工需求与用工需求的精准对接。同时，坚持"培训跟着就业需求走，内容围绕岗位技能转"的原则，紧紧围绕市场需求、产业发展和农村劳动力实际需要，结合用工需求有针对性地开展农村实用技术培训和职业技能培训。另外还结合白鹤滩水电站移民搬迁现状，面向全国择优引进8家人力资源公司进驻8个移民安置区就业创业服务站，分别挂联16个乡（镇），为全县29.6万劳动力提供就业咨询、岗位推送、技能培训等服务。据统计，巧家县共有移民劳动力2.5万人，截至我们采访时，已转移就业2.1万人，就业率为84%。

搬得出，更要稳得住；稳得住，更要过上好日子。

有人说过，最具挑战性的挑战莫过于提升自我。按照云南省委、省政府"结合移民搬迁安置打造巧家县特色旅游城镇"的目标定位，以及2021年6月19日昭通市委、市政府现场办公会的要求，巧家县要立足新的县情特征，努力成为脱贫致富示范区、金沙江下游生态保护修复重点区、湖滨旅游康养目的地。一条14公里长的扶贫大道将县城白鹤滩镇的黎明、七里、北门、天生梁子、邱家屿5个移民安置区连在了一起，移民群众的幸福生活正在向远方延伸。在下一步工作中，巧家县将移民搬迁安置与特色旅游城镇深度融合，及时修编了城市总体规划，将移民安置区纳入城镇规划区，整合金沙江峡谷、电站水库湖面、堂琅文化等元素，绘就了"一城三镇"旅游城镇建设蓝图。特色旅游以避寒康养为核心，延伸大坝观光、山水休闲、山地运动、文化体验等旅游项目；特色农业以热带果蔬产业为核心，延伸生态庄园、田园综合体、绿色食品加工等，最终形成"旅游+农业"的特色产业综合开发模式，为移民未来的发展奠定了良好基础。

2021年3月1日，白鹤滩水电站库底清理启动；3月15日，库底清理基本完成；4月6日，电站正式下闸蓄水；6月28日，电站首批机组正式投产发电……这一过程中，昭通各级各部门高质量完成移民搬迁安置任务。这一切的背后，凝聚的是云南省委、省政府以人为本的政治担当，是昭通市委、市政府举全市之力在完成脱贫攻坚任务的同时，打赢移民搬迁攻坚战的又一场胜利。

道由白云尽，春与青溪长。承载着希望与重生，巧家库区移民的生活、人生的故事以及梦想，正在这片深明大义的土地上拔节生长。在刚刚启航的"十四五"征程上，巧家移民搬新家、谋新路、开新局，金沙江畔"一面山、一湖水、一座城"的美丽画卷正徐徐展开。

崭新经验，全新跨越

古老的白鹤滩江河巨变，它向世界证明，中国人不仅能建造世界顶尖级的水利枢纽，还能够实施世界上最伟大、最平稳、让百姓最满意的水利移民工程……这些，得益于党的坚强领导，得益于基层工作经验的积累。

懦夫哀叹昨天，懒汉坐等明天，强者征服今天。移民迁至新家，工作仅是开始。巧家县以党建为引领，推行"一线工作法"，让移民群众需求在"一线"解决。金沙江白鹤滩水电站建设涉及云南昭通市巧家县5个镇32个村（社区）189个村民小组17153户50178人，均得到妥善安置，并将长效扶持，以此促进库区发展。

"长风破浪会有时，直挂云帆济沧海。"在这场攻坚战中，巧家县人大常委会以"不破楼兰终不还"的担当和"敢教日月换新天"的气概，充分行使宪法和法律赋予的职权，变"二线"为"一线"，既全面督战，又奋力决战，在巧家移民攻坚战中谱写了一曲曲扣人心弦的华彩乐章。巧家县人大常委会组成人员是在巧家60万人选出的人大代表中选举产生，代表的是广大人民的根本利益，行使的是人民赋予的最高权力，服务的是巧家

60万人民。面对千年难遇的水电站建设机遇和繁重的移民攻坚任务，县人大常委会秉承"一切权力属于人民"的执政理念，牢固树立"以人民为中心"的思想，不辱使命，代表人民行权履职。

艰难方显勇毅，磨砺始得玉成。巧家县政协以恪尽职守诠释责任，用奋发有为回应期盼，凝神聚气强党建、群策群力谋发展、润物无声凝共识、深耕细作提质量，聚焦全县中心工作，着力在服务大局上显担当。县政协干部职工倾心尽力全面参与脱贫攻坚和移民搬迁工作，严格落实包保责任，全面下沉一线，深入乡、村进行调研，查找问题、研究对策，顺利完成了包保的脱贫攻坚和移民搬迁工作任务。

"以前，住老家时，要到村公所办事，路又远又难走，常常误事。现在搬进了新家，社区就在楼下。他们经常直接服务到家，同志们好得很！"搬迁到北门安置区滨江社区的移民吕相宏很是满意。眼下，巧家县8个移民安置区11个社区功能用房均修建完成，并配套了"党建网格化""红黄绿精细化"等服务管理措施，正在进一步完善相关配套设施和服务功能，通过细致的服务，赢得了移民群众的认同。

工作队伍"一线"聚集。5万余人的巨大动迁任务，这是巧家有史以来从未遇到过的大事、难事。县里行动迅速，整合了84家挂包部门和12个非重点移民乡镇2500余名党员干部职工，举全县之力挂包到户。1000余名党员联谊会纷纷举起拳头，组成服务队，分别担任片区长、楼栋长、引路员、电梯员等。同时，各工作队员深入移民群众全面做好移民"五清"工作，做好全方位服务，真正做到移民群众在哪里，干部职工就服务到哪里，用细致周到的服务切实解决移民群众的困难。

"大爷，您家的新房子楼层真不错，采光也很好，之前存在一些小问题，现在已经全部处理好了，您再看看，有什么不妥的地方您直接和我

◆ 新家园，新风貌　闫科任/摄

说。"白鹤滩镇北门安置区4号地块15栋楼栋长刘红接到任务后，从不推托，积极主动，想得细，做得准。远照的日头不如近烤的火。刚搬进来的移民大爹对住房十分满意，他说："可以的，小姑娘。我刚看了一下，没啥大问题，你们工作干得好，我今晚就要搬进来了。"

群众困难"一线"解决。"刚搬进新房子时，家里的确是一样不是一样的。可我们老两口的生活都被大家惦记着，他们给我们送吃的、用的，移民包保干部、楼栋长，还有左邻右舍，生怕我们年纪大住不习惯，经常都有人来看我们，教我们用电器、用电梯，啥子都管到了。"搬迁到大寨镇王家湾安置点的杨清禄激动得很。据杨清禄的包保干部说，每次回访完杨大爹家，离开时，腿脚不灵活的杨大爹，非要把他送到门口："多谢多谢！你们辛苦了！"

做稳铸牢"四级服务阵地"，也是巧家县各级党组织工作的重中之重。雨滴穿石，不是靠蛮力，而是靠持之以恒。他们运用党建网格精细化管理措施，整合乡镇和包保单位人员、村组干部、移民党员和移民群众代表力量。让干部沉下去，问题浮上来，扎实做好矛盾纠纷化解、遗留问题

◆ 金塘双河大桥　符云昆/摄

处置等工作。化解各类矛盾落地有声，成效非常明显。

2022年1月21日，在虎年春节即将到来的时候，沐浴在冬日暖阳中的巧家县移民安置区——白鹤滩街道金沙社区一片祥和，送春联、拍全家福照片……移民群众一个个喜笑颜开。

"坚定信念跟党走，幸福搬迁乐众生。"在活动现场，县长陈富华边走边看，连连为写得好的春联赞叹。兴之所至，随后他也参与其中，挥毫泼墨，把写好的春联送给了移民群众。

"我们现在的任务，就是争取政策、条件，高质量打造好巧家特色旅游城镇，谋划好移民后扶产业，让移民充分就业，逐步过上好日子。"陈富华与现场的移民亲切地拉起了家常。

陈富华是2021年5月到巧家县当县长的。从事多年交通建设的他，虽然积累了不少工作经验，但现在要解决移民后续发展问题，他肩上的担子一点也不轻。针对移民的相关工作，他一点也不马虎，想得透，做得多。

和陈富华一样，巧家县委宣传部部长宗波也是在2021年走马上任的。不同的是，宗波关注的焦点是安置区的治理管理，以及移民的思想动态。他说，虽然移民迁了新居，但仍然面临很多问题。如果不及时化解，就会影响移民安置区的发展和稳定。因此，充分发挥思想政治工作"解网器""润滑油""黏合剂"的作用，就成了宗波每天的"必修课"。

千里之行，始于足下。改变将来，从现在开始；改变现在，就是改变未来。"十三五"圆满收官，"十四五"正在启航。对于我们伟大的祖国而言，2021年，是具有特殊意义的一年，是中国共产党成立100周年，是开启全面建设社会主义现代化国家新征程的第一年。白鹤滩水电站首批机组的投产发电，有着党中央的高瞻远瞩、深谋远虑，有着广大干部群众在建设过程中的艰辛汗滴，还有着水电站库区广大移民舍小家、顾大家的可贵情怀。

重器之基 | 巧家县白鹤滩水电站移民纪实

◆ 好生活从此开始　张广玉/摄

◆ 移民安置区丰富的蔬菜市场　张广玉/摄

2021年5月13日下午，天气热得像蒸笼，刚从市长岗位升任市委书记不久的郭大进奔赴巧家县，检查移民后续扶持工作落实情况。巧家的工作做得好，在特殊时期圆满完成搬迁安置任务，他心里有数。

郭大进书记容光焕发，语句铿锵。他要求巧家县要全力巩固脱贫成果、推进乡村振兴，要结合全市努力成为"脱贫致富示范区"的目标定位，把巩固脱贫成果摆在重要位置，坚决守住"不发生规模性返贫"的底线，同步抓好易地搬迁后续扶持，及时打开乡村振兴工作局面。他特别强调，要围绕省委、省政府赋予昭通努力成为"脱贫致富示范区、生态保护修复排头兵、滇东北开发开放新高地"三个定位和做好"巩固拓展脱贫攻坚成果、生态文明建设、滇东北开发开放、人力资源开发"四大文章的要求，对标对表市委、市政府部署要求，深入思考谋划，努力在新的时代征程中交出巧家高质量跨越式发展的精彩答卷。

新任县委书记陆颖在接受《昭通日报》记者采访时表示：省委、省政府昭通现场办公会，市委、市政府巧家现场办公会的召开，为巧家指明了发展的方向。巧家县将始终坚持以习近平新时代中国特色社会主义思想和"七一"重要讲话精神为指导，深入贯彻习近平总书记考察云南重要讲话精神，严格落实市委、市政府对巧家县的定位要求，自我加压，奋起直追，借势白鹤滩水电站建设，做足高峡平湖水文章，努力把巧家县打造成为"脱贫致富示范区、金沙江下游生态保护修复重点区、湖滨旅游康养目的地"，奋力闯出一条经济社会高质量跨越发展的新路子。具体来说，要做的工作就更多了：巩固脱贫攻坚成果，接续乡村振兴，努力打造脱贫致富示范区。坚决把群众增收致富作为工作核心，持续做好产业、就业工作，扎实做好易地扶贫搬迁"后半篇文章"，坚决守住不发生规模性返贫的底线。要扛牢生态责任，抓好绿色发展，努力打造金沙江下游生态保护修复重点区。全力筑牢"两江一山一库"生态安全屏障，启动建设"森林巧家""山水巧家"，实施乡村美化、公路绿化、城镇面山荒山造林等行动；要聚焦资源优势，实现跨越发展，努力打造湖滨旅游康养目的地。积极主动融入川滇旅游环线，充分发挥"高峡平湖""避寒康养"的独特优势，抓好水电移民安置的有机融合，夯实交通基础设施支撑，大力发展特色康养产业，打造集热带气候、湖光山色、健康养生、休闲度假、民俗文化等为一体的湖滨旅游康养目的地。

这是巧家县为移民群众勾画的一幅后续发展图。这幅图凝聚了太多的心血和智慧，也关系着数万移民群众的福祉。

时过三月，2021年8月23日下午，冒着金沙江畔的高温酷暑，市委书记郭大进一行先后来到巧家县金塘镇双河社区、白鹤滩镇滨江社区调研。这里水电移民的搬迁，他一直惦记在心。来到社区，他认真了解移民群众的生产生活情况，和大家一起拉家常、话发展。郭大进一行来到金塘镇青冈坝安置区，看望移民丁昌华一家。郭大进与丁昌华夫妻俩促膝交谈，详细了解他家的生活情况。丁昌华说，白鹤滩水电站建设是巧家的大事，也是中国的大事，他们一家半点含糊都没有，一家五口按时从金塘镇双河社区高粱地搬迁至这里居住。

"你现在一个月的收入有多少呢？生活过得怎么样？"

"书记，我一个月有3500多元的收入，妻子也有收入，生活过得还可以。搬到这里居住，孩子上学很近，家人看病也很方便。移民政策比较好，各级党委、政府对我们移民群众也很关心。"

"搬过来各方面都方便了，各种条件也不错，要努力把孩子教育好，你们两口子干活有劲，生活也有奔头。党委、政府是你们的后盾，我们也会继续关心你们，今后日子一定会越过越好！"郭大进关切地说道。

郭大进书记和蔼可亲，语言也十分风趣。丁昌华夫妻在与郭大进交谈中，感觉到郭书记没有官架子，高悬的心放松下来，脸上洋溢着幸福的笑容。

青冈坝安置区临湖而建。在丁昌华家，透过窗户就能看到白鹤滩水电站库区面貌，山光水色尽收眼底。他家里茶几、空调、电视机、洗衣机等家具家电一应俱全，屋里屋外收拾得干干净净。和搬迁前相比，生活环境有了很大的改善。

郭大进书记满怀信心，要求巧家各级干部群众要坚持以人民为中心的发展思想，引领和促进移民群众积极就业创业，确保移民群众稳得住、能发展。

2022年7月2日，盛夏时节，万物生长。刚到昭通新任的市委副书

◆ 电站发电了 张广玉/摄

记、代理市长杨承新,马不停蹄地来到巧家县。在北门滨江景观旅游中心,他认真听取四季康养、湖滨生态旅游、库区集镇建设等规划汇报后,要求巧家县各级各部门要继续加强与建设企业协调沟通,加快昭巧高速公路建设,做好城市设计,打造旅游亮点。

在玉屏街道中村村,他要求要对现有村容村貌改造升级,让村里每一处风景、每一栋建筑、每一块砖都凸显当地特色,要把群众培养成为旅游开发的主人。这一趟行程,他还先后到巧家营社区红糖基地、金塘镇火龙果基地、马树镇草莓基地等地调研。看到干部精神状态很好、百姓安居乐业、各项事业发展空间很大,他给予了充分肯定,并对各项工作提出了要求。

是啊,白鹤滩移民的生活越来越好了。进入新发展阶段,我们伟大的祖国会更繁荣,不仅是白鹤滩水电站库区人民,千千万万的中国人,生活会更美好……当年,陆崇仁先生为巧家大东门撰题对联:"梦社萦素怀,趁此番雉堞刷新,且凭玉岭主权,安排四面青山层层保卫;萱垣惊宦梦,倘他日龙潭归卧,好绾金江衣带,坐看半天紫气阵阵飘来。"要是他九泉有灵,应该会满眶含泪,仰天而笑。要是那位彝家名将张冲先生有知,他一定会将酒碗高高举起,与天同醉,与地同歌。

屹立于世界东方的伟大中国,河流蜿蜒,江河纵横,是世界上河流最多的国家之一。据有关资料介绍,中国大大小小的江河,总计达4.5万余条,遍布于960万平方公里的大地。同时,中国还是世界上水旱灾害最多的国家之一。有文献记载以来,中国居然有1092次水灾、1056次旱灾。这些令人恐怖的往事,让数千年的中华文明发展史成为一部人与水旱灾害的抗争史。这大江大河,一方面在哺育众生,滋养生灵,另一方面却灾害频发,致使民不聊生。江河的两面性,促使中国人不得不反思、总结,无穷的智慧，促使中国发展成为全球大型、水利设施最发达的国家。其中，最为突出的便是遍布中国大地、拦蓄近9000亿立方米库容的近10万座水坝。它们可以拦截滔滔洪流，可以蓄水，保障供水、灌溉、也可以抬高水位，发展水电、改善航道，中国也因此成为世界上拥有水库大坝最多的国家。

今天，我们的母亲河——金沙江，再一次被历史赋予了新的使命。放眼望去，金沙江上，已有20座梯级水电站。仅昭通境内就有溪洛渡水电站、白鹤滩水电站、向家坝水电站三大供电枢纽。作为金沙江哺育成长的儿女，我们由衷地感到骄傲与自豪。

沧海桑田，岁月更迭，时间是最伟大的评论家，古老的白鹤滩江河巨变。它同样向世界证明，中国人不仅能建造世界顶尖级的水利枢纽，还能够实施世界上最伟大、最平稳、让百姓最满意的水利移民工程。

我们所叙述的，仅仅是这场伟大的移民工程中极少的一部分。还有更多的干部群众，他们默默无闻、甘于奉献，同样是大国重器，是伟大祖国坚实基础的一部分。基石坚实，发展才会有更稳靠的保障；信心坚定，国家才会更有力量，才会有更美好的未来。

是的，埋头苦干的人，他们无愧于家国；含泪播种的人，一定会含笑收获。

后　记

采访大国重器白鹤滩水电站的移民工作是幸运的，因为不是每个人都有机会去参与和书写这样一个世界级工程背后的故事。能够见证伟大的水利移民工程，是时代赋予我们的责任与使命，更是一件值得骄傲和自豪的事情。

作为本地人，我们熟悉巧家的历史文化、风土人情以及白鹤滩水电站移民搬迁的整体情况。为了完成这部作品，我们曾多次深入到库区和飞扬着尘土的建设工地，奔走于移民干部和群众中间，与他们交心谈心，收集鲜活的创作素材。被称为是"天下第一难"的移民搬迁，无疑是艰辛和复杂的。看到曾经的家园被慢慢升高的江水一点一点淹没，我们能够体会到移民群众眼中的不舍和心中的眷恋；看到背负压力的移民干部冒着40多摄氏度高温，浑身汗水、满脸疲惫地和移民群众签订搬迁协议，我们能够感受到他们所经历的委屈、不解，甚至更多；看到昭通市各级领导的高瞻远瞩与顶层设计，我们充分感觉到新时期领导干部极高的政治站位、极强的责任担当和这一群体过人的智慧……因此，我们有责任调动自己的"脚力、眼力、脑力、笔力"，挖掘搬迁过程中移民干部和群众的各种心理纠葛和喜怒哀乐，讲好他们服务于国家重点工程建设的每一个感人故事。

报告文学是介于文学和新闻之间的一种体裁。在尊重客观事实的基础上，要有生动的故事情节，更要有激烈的矛盾冲突，我们的作品没有回避现实矛盾和冲突，而是在人物的碰撞中丰满生命的质感和人性的温度。对我们而言，移民搬迁不仅仅是一次创作，更是一次精神的洗礼。

中国作家协会副主席、著名报告文学作家何建明说："真正优秀的报告文学作品，必定具备'报告性''新闻性'和'文学性'这三个关键点。"《重器之基——巧家县白鹤滩水电站移民纪实》紧紧围绕这三个"关键点"，从微观角度对移民搬迁实践进行透视，从宏观层面对移民搬迁进行了全景式深剖，既有宏大的场面，也不乏细节上的深入。作品中，我们更想探讨的是，十年如一日坚守一线、与亲人聚少离多的移民干部，为什么愿意用自己的"辛苦指数"换取群众的"幸福指数"，为什么敢于破解"天下第一难"的移民工作……也许这些，读者在本书里会找到答案。

这个答案，应该就是习近平总书记给白鹤滩水电站投产发电发来的贺信里的高度概括和充分肯定："你们发扬精益求精、勇攀高峰、无私奉献的精神，团结协作、攻坚克难，为国家重大工程建设作出了贡献。这充分说明，社会主义是干出来的，新时代是奋斗出来的。"

最后，想说的是感谢。在本书的创作过程中，昭通市委、市政府，巧家县委、县政府，市、县两级水电移民办公室，华东院和云南建投集团等都给了我们鼎力支持，各个新闻媒体的同人也给我们提供了许多宝贵的第一手资料，特别是中共巧家县委宣传部，为此项工作付出了很多。在此，我们一并感谢。

"截断高峡出平湖，百年梦圆白鹤滩。"今天，经过艰苦卓绝的奋战，白鹤滩水电站已巍然屹立于金沙江畔，移民搬迁也业已告一段落。然而，移民搬迁的结束并不意味着移民工作的结束，如何搬得出、稳得住、能致富，5万余名移民的后续发展问题，在今后很长一段时间依然是当地党委、政府工作的核心。那么，从这个意义上讲，我们对移民这一群体的关注依然还在路上，我们对于巧家移民工作的深度呈现，还有无限的空间……

这部作品从采访到写作，再到征求意见，反复修改，同样是一个艰辛的过程。作品出版之时，部分当年奋战在一线的同志，都已提拔或者调离。但是，他们的拼搏和付出，移民群众记得，白鹤滩记得，历史也将永远记得。